갈대는 바람에

꺾이지 않는다

2017 문학마실

국립중앙도서관 출판예정도서목록(CIP)

갈대는 바람에 꺾이지않는다 : 고창근 장편소설 / 지은이:
고창근. -- 상주 : 문학마실, 2017
    p. ;   cm

ISBN 979-11-951187-8-6 03810 : ₩15000

한국 현대 소설[韓國現代小說]

813.7-KDC6
8 9 5 . 7 3 5 - D D C 2 3
CIP2017006313

갈대는 바람에
꺾이지 않는다

고창근 장편소설

고창근 장편소설
갈대는 바람에 꺾이지않는다

2017년 03월 20일 발행

지은이 – 고창근
펴낸이 – 고창근
펴낸곳 – 문학마실
출판신고번호 – 제 511-2013-000002 호
주소 – 경북 상주시 구두실길16-1 (인평동)
전화 – 010-9870-0421
전자우편 – sgamm@hanmail.net

ⓒ 고창근, 2017
ISBN 979-11-951187-8-6 (03810)
– –

값 15,000원

* 잘못된 책은 바꾸어 드립니다

<작가의 말>

　어느 날 신문에서 친딸을 초등학생 때부터 성폭행해 온 친아버지가 중형을 선고받았다는 받았다는 기사를 읽었다. 친딸은 성인이 되어서도 우울증으로 몇 번이나 자살을 시도하였다고 한다.

　나는 분노가 일면서 인면수심이라는 아버지만 처벌하면 문제가 다 해결되는 것처럼 떠드는 언론에 또 다른 분노가 일었다. 정말 그 아버지만 사회로부터 격리시키면 문제가 다 해결되는가? 제2, 제3의 그런 일은 벌어지지 않을까? 유감스럽게도 소설을 탈고할 때쯤 경기도 어느 지역에서 친딸을 성폭행한 친아버지가 구속되었다는 기사를 읽었다.

　한 개인의 삶은 사회의 영향을 절대적으로 받는다. 그러니까 사회의 환경에 따라 개인의 존엄성이 좌우되는 것이다

　친딸을 성폭행한 친아버지는 당연히 처벌받아야 한다. 또한 그런 괴물을 탄생시킨 사회 또한 책임져야 한다.

　어쩌면 친아버지로 상징되는 가해자는 우리 사회에 엄청나게 많다. 회사의 이익금이 남아도는데도 회사원들을 명퇴시키거나 정규직을 비정규직으로 만드는 괴물들, 개발이란 이름으로 돈을 벌기 위해 무자비하게 산과 강을 파헤치는 괴물들, 기득권을 유지하기 위해 법이란 이름으로 약자들을 착취하거나 억압하는 괴물은 또한 사회에 얼

마나 많은가.

　국가차원의 자원외교로 아마존강의 한 섬에서 개발하는 거대 기업이 법을 이용해 원주민들을 내쫓으려고 하는 야만적 상황을, 친딸을 성폭행한 친아버지의 상황과 비슷하다는 생각을 해보았다.
　개인의 문제를 가족문제로 치부하는 사회에서 인간으로서의 존엄성이 짓밟힌 한 여성이 친아버지라는 거대한 괴물에 저항할 수 없었듯이, 아마존강의 원주민들도 조상대대로 평화롭게 살고 있다가 느닷없이 개발을 한다고 살던 터에서 쫓아내려는 거대 기업들에게 어쩔 수 없이 고스란히 당할 수밖에 없었으리라.

　이 땅에 정의는 있는가?
　최소한 인간의 존엄성을 지킬 수 있는 사회인가?

　소설을 쓰는 내내 약자와 강자가 없는, 모든 인간이 서로 평등한 사회를 꿈꾸었다.

2017년 3월
주막듬에서　고창근

차 례

갈대는 바람에 꺾이지 않는다

1

출근하자마자 박사무장이 아마존 강의 한 섬에서 벌어질 재판에 대해 얘기했을 때 정미는 별로 관심을 두지 않았다. 아마존이라니. 정미의 머릿속에는 현기증을 일으킬 정도로 아득히 멀게 느껴지는 곳이었다. 아니, 어쩌면 실제로 존재하는 지역이 아니라 상상 속의 지명이라는 느낌조차 들기도 했다. 늘 죽음을 달고 있었기에 그런지도 몰랐다. 죽음은 항상 가깝게 느껴졌고 두렵지도 않았다. 다만 아빠를 그냥 두고 죽는다면 자신의 생이 너무 억울하다는 생각뿐이었다. 생리는 항상 고르지 않았고 몸은 경직되어 잠을 잘 때는 나무토막으로 변한 것처럼 뻣뻣했다. 아침에 일어나면 물에서 막 건져낸 솜처럼 무거운 몸은 아래로 깊숙이 가라앉았다.

몇 개월 전, 아마존 강에 있는 어느 한 섬에서 원주민들이 국가의 위임을 받은 기업이 개발하고 있는 광산을 파괴시켰다고 했다. 그 와

중에 현지기업 직원 6명이 죽었고 8명이 다쳤으며 원주민 또한 5명이 죽고 6명이 다친 사건이라고 박사무장이 얘기할 때에도 정미는 아무 생각 없이 예예, 하기만 했다. 박사무장 또한 사건에 대해서는 별로 관심이 있는 것 같지가 않았고 단지 우리 사무실의 우진우 변호사가 원주민 범인의 국선으로 선임되었으며 당장 다음 주에 사건이 벌어진 섬으로 떠나야 한다는 것이었다. 자신은 시간을 낼 수 없으니 변호사를 따라 아마존 강의 조그마한 섬에서 벌어질 재판에 다녀오라는 말이었다.

"바람이나 쐴 겸. 아직 솔로이니 걸리적거리는 것도 없고."

박사무장은 사건 내용과 변호에 대해서는 신경쓸 필요 없다는 투였다. 그때 정미는 정신이 퍼뜩 들었다. 멀리 간다, 이 나라를 떠난다, 이런 말들이 머릿속을 헤집고 다녔다.

"예, 그럴게요."

정미는 마치 신의 계시를 받은 것처럼 느꼈고 일말의 망설임도 없이 승낙했다. 그만큼 절박했던 것이었을까. 이 나라를 떠날 수만 있다면, 아빠가 없는 곳으로 떠날 수만 있다면 무슨 짓인들 못하랴. 그곳이 아마존 강이든 지옥이든 상관없었다. 순간 자신의 죽음보다도 아빠를 감옥에 처넣느냐, 혹은 아빠를 살해하고 싶다는 생각보다도, 자신이 아빠로부터 벗어나는 것에만 급급했다는 사실에 은근히 부아가 나기도 했다.

"뭐 크게 준비할 거는 없고."

사무장은 다음 주 화요일에 페루의 수도인 리마로 가는 비행기 표를 예약하라고 했다. 페루요? 정미는 그때까지 아마존 강이 어디 있는 줄도 몰랐다.

"아마존 강이라고. 그렇지, 아마존 강이라면 보통 브라질을 많이 떠올리는데 변호사님이 가시는 곳은 아마존 강 상류지역인 페루로 가는 거야."

사무장은 지도를 펼쳐놓더니 손가락으로 짚어가며 말했다. 예, 예, 알았어요. 정미는 목구멍으로 넘어오는 말들을 삼키며 고개를 끄덕거렸다.

"여기 봐. 여기서 이쪽까지 강 전체를 아마존 강이라고 하는데 요 위에 있는 것이 마라논강이고 그 옆에 있는 게 우카얄리 강인데 말이야. 이 두 강이 한데 만나는 요 지점 있지. 거기서부터 아마존 강이 시작돼서 여기까지 쭉 계속 되는 거야."

정미는 사무장의 말이 머릿속에서 마치 거미가 거미줄을 치는 것처럼 복잡하게 헝클어졌다. 사실 섬이 어디에 있든 상관없었다. 단지 정미가 하고 싶은 말은 자신이 가는 사실을 아무도 모르게 해달라는 것이었다. 그 인간, 아빠가 알면 당장이라도 쫓아올 것이었다. 설사 그곳이 지옥이라 하더라도 말이다.

"왜? 그거야 어렵지 않지만."

사무장은 정미의 말을 듣고는 의심스런 눈초리로 일별하곤 알았다고 고개를 끄덕였다. 우선 페루의 수도인 리마로 가서 거기에서 이키토스 항구까지 이동하고 다시 배를 타고 섬으로 간다고 했다. 정미는 절대 비밀로 한다는 사무장의 말만 들릴 뿐 다른 말들은 귓가에서 웽웽거렸다. 그러면서 벌써부터 심장이 심하게 뛰고 있는 것을 느꼈다. 참, 당한 회사는 일성기업이야. 사무장은 뒤돌아가는 정미의 등을 향해 말했다. 만족스런 말투였다. 순간 정미는 혼란을 느꼈다. 일성이라면 우리나라 최고의 기업이고 어느 변호사도 일성기업을 상대하는 변호는 맡으려 하지 않았기 때문이었다. 이해가 되지 않았지만 크게 신경 쓰지는 않았다.

강가 군데군데에 산처럼 흙이 쌓여 있고 커다란 사금채취선들이 요란한 소리를 내고 있었다. 그 위에서 웃통을 벗어던지고 땀을 뻘뻘 흘리고 있는 흑인들을 보았을 때에야 정미는 섬으로 간다는 사실을 실감했다. 배는 일성기업 전용이었고 변호사는 현지 기업의 책임자인 전무라는 사람과 객실에서 얘기를 나누고 있었다. 어젯밤 리마에서 기차로 이키토스에 도착했고 현지 총괄 책임자인 조사장이라는 사람이 기차역에 마중을 나왔다. 변호사는 밤새 술과 음식을 접대 받았고 정미는 몸이 아프다는 핑계로 호텔 객실에 머물렀다. 되도록 밖으로 나가고 싶지 않았다. 금방이라도 아빠가 뒤에서 머리채를 낚아챌 것 같았기 때문이었다.

섬은 아마존 강의 상류에 위치한다고 했지만 상류 페루 쪽으로 치우친 곳에 있었다. 또한 우카얄리 강에 있어 엄격히 따지면 아마존 강이 아니었다. 그러니까 아마존 강이 시작되기 전의 지류에 위치해 있었다. 마라논강과 합류하기 전 우카얄리 강은 물길이 두 갈래로 갈라지는데 그 지점에 섬이 형성되어 있었다. 강의 한 쪽은 물살이 약하고 좁았으나 사나운 악어들이 서식하고 있었고 그 반대쪽은 물살이 세고 깊어 자연히 섬은 외부로부터 잘 알려지지 않아 사람들의 발길이 닿지 않았다고 했다. 이 모든 것은 마중 나온 현지 기업의 전무라는 사람으로부터 들었는데 국가차원의 자원외교로 페루로부터 우리나라 정부가 개발권을 획득했고 다시 일성기업이 개발을 맡게 되었다는 것이었다. 다시 말해 섬에 대한 모든 권한을 부여받았다는 말인데 정미는 처음부터 재판에 관심이 없었기에 단지 아빠로부터 멀리 도망쳤다는 것에 흥분되어 다른 것은 생각할 겨를이 없었다. 다만 변호사가 국가로부터 선임된 것은 광산 파괴와 살인 혐의로 재판을 앞둔 현지 원주민을 변호하라는 것인데 그 반대쪽에 있는 일성기업에서 마중까지 나오고 게다가 호화로운 대접까지 한다는 게 이해가 되지 않았다. 1년 전에 대학을 졸업하고 선배의 소개로 법무법인에 취직한 터라 아직 법조계의 상황을 제대로 파악 못한 탓도 있지만 어쨌든 정미는 의아하게 생각했지만 크게 개의치는 않았다. 국내에서 벌어지는 재판도 아니고 머나먼 아마존 강의 이름 없는 한 섬에서 벌어지는 재판에 국선으로 선임된 것에 불평을 터뜨리기는커녕 오히려 좋아라 날뛰는 변호사나 그 변호사를 환대하는 피해 기업의 태도나 어차피 이해 못하는 것은 마찬가지였다.

2시간여를 달렸을까. 사금채취선들의 자취가 사라지고 울울창창한 숲만 계속 나타나는 중에 배는 가까스로 한 선착장에 도착했다. 선착장에는 의외로 커다란 배가 사금을 싣고 막 떠나려던 참이었다. 몇 사람이 안아도 다 안지 못할 여러 종류의 커다란 나무들과 역시 커다란 잎을 하늘로 솟구치게 내밀고 있는 여러 식물들, 알록달록한 이름 모를 새들로 역시 원시림에 왔구나 싶은 생각이 드는 터에 선착장은 마치 동떨어진 세계에 온 듯 크고 이물스럽게 느껴졌다.

"저거 만드는 데만 해도 일 년은 걸렸습니다."

전무의 말이 뒤에서 들려와 정미는 자신도 모르게 몸을 돌렸다. 언제 밖으로 나왔는지 변호사와 전무 그리고 담당 부장이라는 남자가 난간을 잡고 나란히 서 있었다.

"와 대단한데요. 역시 일성입니다."

변호사 또한 예상 못했는지 감탄을 쏟아냈다.

"지금 안 보여서 그렇지 이 물밑에 악어들이 우글거립니다. 세계에서 가장 사납다는 악어들인데요. 게다가 바닥이 깊지 않아 흙을 긁어내고 선착장을 만드느라 고생 좀 했습니다."

"그래도 이렇게 개발을 하니 얼마나 좋습니까? 우리나라처럼 자원이 빈약한 나라에서 오십 년간 개발권을 획득했다니 말입니다."

변호사는 연신 일성기업을 칭찬하기에 바빴다.

"우리 일성 아니면 세계에서 누가 이렇게 하겠습니까? 이런 곳에서 말이지요. 그나저나 불편할 텐데 어떡하지요? 새로 숙소를 만든다고 했지만 아무래도 오지다 보니……."

"무슨 말씀을요. 이런 기회에 오지 여행도 하고 얼마나 좋습니까?"

변호사는 전무의 말을 받았다.

"미스 오께서도 불편하지 않았으면 좋겠는데요. 이렇게 미인이신 분인데."

전무는 정미에게조차 정중하게 대했다.

"아뇨. 전 괜찮습니다."

일개 법무 법인의 사무보는 사람한테까지 이렇게 깍듯하게 나오는 경우는 드물었다. 더구나 큰 기업일수록 더 그랬다. 하지만 일성이라서 그런지 다르긴 달랐다. 이키토스에 도착했을 때부터 사장도 그랬고 지금의 전무도 변호사만큼은 아니지만 정미에게 예의를 갖춰 대했다.

정미는 전무의 눈길을 피하여 객실로 들어가 서류가 든 변호사의 가방과 자신의 가방을 챙겼다. 잠시 의자에 앉아 있는 사이 배가 선착장 안으로 들어가는 게 보였다. 부장이 들어와 변호사의 커다란 가방을 들었다.

"이리 주십시오."

부장은 정미에게 손을 내밀었다. 가방을 달라는 뜻이었다.

"아뇨. 괜찮습니다."

정미는 과분한 대접에 오히려 불편함을 느끼면서 정중히 거절했다. 몇 번 더 가방을 달라던 부장은 고개를 숙이고는 먼저 나갔고 정미는 뒤따랐다. 부장을 본 변호사가 가방을 달라고 해도 괜찮다며 앞서서 선착장으로 성큼성큼 걸어갔다.

"가시지요."

전무가 변호사를 앞세웠고 자신이 뒤를 따랐다. 정미는 바람 불어오는 방향을 향해 고개를 내밀었다. 열기가 많은 중에도 상쾌한 느낌이 얼굴에 달라붙었다. 해방감에 몸이 하늘로 떠오르는 느낌이었다. 태어나서 처음으로 느끼는 감정 같았다. 중학교 때 딱 한 번 아빠를 피해 가출을 한 적이 있었지만 지금처럼 자유를 느끼지는 못했다. 언제 붙잡힐지 모른다는 두려움 때문이었다. 그때는 40대 남자만 보아도 가슴이 철렁 내려앉았다. 이제는, 설마 여기까지 따라오랴 싶어 마음이 놓였다.

선착장에는 50여 명의 회색 회사 유니폼을 입은 남녀 직원들이 나와 있었다. 그 뒤에는 <환영합니다. 변호사님>이라는 녹색의 펼침막이 걸려 있었다. 그것은 주위의 울창한 숲과 대조되어 기이한 느낌을 주었다. 변호사와 정미가 선착장에 내리자 그들은 박수를 쳤고 변호사는 고개를 숙여 인사를 했다. 만족스런 미소가 그의 얼굴에 슬었다. 그들 중 30대 초반으로 보이는 한 남자가 정미의 가방을 빼앗듯이 거머쥐었다.

"제가 들겠습니다."

헉. 순간 당황한 정미는 뒤로 물러섰다. 의식하지 않았는데 몸이 알아서 움직이는 느낌이었다. 오히려 당황한 건 남자 직원이었다. 놀란 얼굴로 정미를 바라보았다.

"죄송합니다."

여전히 고개를 숙이는 정중한 태도에 정미는 간신히 말했다.

"이러지 마세요."

정미는 당황하여 가방으로 손을 내밀었다. 하지만 남자는 고개를 정중히 숙이며 괜찮다고 말했다. 정미는 순간 사건이 단순하지 않은 게 아닐까하는 의구심이 들었다. 사건에 대해 자세한 내막을 모르긴 하지만 자기들의 변호사도 아니고 상대편의 변호사인데 이렇게 과한 친절을 베푸는 것에 대해 정미는 일종의 경계심을 느꼈다.

"일성이 왜 일성인지 알아?"

아마존 강으로 오기 이틀 전 사무장이 무슨 말끝에 정미를 향해 이렇게 말한 적이 있었다.

"모든 게 일등이라는 거지. 제품의 질은 당연히 일등이고. 그 뭐랄

까, 그런 눈에 보이는 거 말고 안 보이는 거 있지. 그런 것들조차도 일
등이라는 거지. 하다못해 직원들의 매너까지 일등이라니까. 한번 봐,
일성기업 직원들. 자부심 대단하지. 최고의 기업에 다닌다는 자부심.
왜 있잖아, 옛날에는 고시 패스하면 집안 잔치 벌이는데 요즘은 일성
에 들어가면 잔치를 벌이고 가문의 영광이라잖아. 노조도 안 해. 왜?
필요성을 못 느끼지. 다른 회사보다 연봉도 많지 복지도 좋아. 노조를
왜 하겠어. 회사 방침이 무노조라고 해서 요즘 세상에 노조 못 만들겠
어?"

사무장의 입가에 하얀 침이 묻어나는 걸 보며 순간, 정미는 두려움
비슷한 걸 느꼈다. 어쩌지 못하는 상대. 아무리 용을 써도 이기지 못
할 것 같은 상대. 정미는 자신도 모르게 몸이 움찔거렸다.

"우선 숙소로 가서 짐을 푸시지요."

정미는 이러지도 저러지도 못하는 중에 전무가 변호사에게 말했다.

"예. 참, 좋군요. 공기도 맑고."

변호사는 흡족한 표정을 지으며 주머니에서 손수건을 꺼내 목둘레
를 닦았다. 공기는 상쾌했으나 선착장의 열기는 후끈거렸다. 정미는
빨리 숙소로 가고 싶었으나 변호사는 한참동안 주위를 바라보더니
전무의 뒤를 따라갔다. 한 쪽으로는 4개의 기차 레일이 깔려 있고 그
옆으로 2차선 시멘트 포장도로가 숲속으로 길게 나 있었다. 조금 걸
어가니 4층짜리 커다란 건물 두 동이 멀리 보였다. 모두 통나무로 지
은 꽤나 큰 건물이었다. 주변의 경치와 잘 어울리게 대부분 나무로 주
위를 장식했는데 전체적으로 위압감이 느껴졌다. 축소시키면 숲속의
별장으로 느낄 만도 했다. 건물 앞에는 파란 색의 족구장과 테니스장

농구장이 꽤 넓은 면적을 차지하고 있었다.

"숙소와 사무실로 쓰는 건물입니다. 자원도 없는 우리나라를 위해 일하는 사람들에게 이 정도는 해야지요. 다 나라를 위하는 일인데요."

전무의 말에 변호사는 고개를 끄덕였다.

"나라의 경제도 살리고 얼마나 좋습니까? 또한 이런 오지에 개발을 해 원주민들을 잘 살게 하겠다는데 웬 말썽을 일으켜서."

쯧쯧. 변호사는 혀를 찼다.

"그러게 말입니다. 누이 좋고 매부 좋은 일 아닙니까. 우린 자원 개발해 국가 경제 살려서 좋고 이 미개한 원주민들은 개발을 해 잘 살게 되니까 서로 좋은데 말입니다. 근데 불상사가 생겨 가지고."

전무는 이해 못하겠다는 듯 말했다.

"원래 좋은 일 하다보면 이런 일 저런 일 생기게 마련이지요."

변호사는 또다시 주머니에서 손수건을 꺼내 이마와 목을 닦았다. 정미도 몸에 베어나는 땀이 느껴졌다. 가만히 있는데도 이마와 목덜미에 땀이 줄줄 흘러내렸다. 덥긴 덥구나. 정미는 손수건으로 땀을 닦으며 주위를 두리번거렸다. 이곳으로 오기로 확정된 후 딱 한 번 인터넷으로 아마존 강을 검색해 본 적이 있었다. 이곳 섬은 검색되지 않았고 벌거벗은 원주민들의 모습이 눈에 띄었다. 울긋불긋한 색칠을 한 몸. 코를 뚫어 나무인지 동물의 뼈인지를 끼운 주름투성이 원주민. 중요한 부위만 가리고 나뭇가지를 든 채 빙 둘러서서 무언가 의식을 치르는 부족민들. 하지만 막상 도착해서 주위를 두리번거려도 원주민들은 하나도 보이지 않았다. 포장된 도로나 주위의 사람들을 보니 오히려 여기가 진짜로 아마존 강이 맞나 싶을 정도였다. 하지만 몇 사람들이 팔을 둘러도 모자랄 만큼의 큰 나무들과 처음 보는 식물들이 그나마 원시림에 와 있다는 느낌을 주었다. 변호사 또한 말로만 듣던 원주민들을 살피는지 주위를 두리번거렸다. 그러자 전무가 나섰다.

"여기는 원주민들이 살지 않습니다. 모두들 숲 깊숙이 들어갔지요. 우리가 굳이 가지 말라고 했는데도 자꾸만 숲으로 들어가더라고요. 안 들어간 사람들은 우리 회사에서 열심히 일하고 있고요. 그리고 ………."

"원주민들이 회사에서 일한다고요?"

변호사가 말을 끊고 자리에 멈춰 섰다. 이해를 못하겠다는 표정이었다.

"그럼요. 우리가 이곳 원주민들에게 일자리를 제공했지요. 사실 그들이야 배고프고 헐벗은 미개인들 아닙니까. 일자리도 주고 먹을 거 입을 거 다 주었지요."

전무는 자랑스럽게 말했다.

"좋은 일 하시네요, 세상에."

변호사는 진정 감탄하는 표정이었다.

"근데 어딜 가나 꼭 시비를 붙는 놈들이 있지요. 마치 우리나라에도 꼭 그런 놈들 있지 않습니까. 반대를 위한 반대하는 놈들이요. 여기도 그렇다. 개발을 반대하는 놈들……. 그들은 지금 숲속으로 들어가 헐벗은 생활을 하고 있지요. 여기서 일하면 집도 있고 배불리 먹고…… 옷도 주고."

전무도 주머니에서 손수건을 꺼내 이마와 얼굴을 닦았다.

"그렇지요. 꼭 그런 놈이 어느 사회에나 있기 마련이지요."

변호사와 전무는 서로 얘기를 주고받으며 숙소로 걸어갔다. 정미는 몇 걸음 뒤에서 주위를 두리번거리며 걸어갔다. 나무나 풀이나 모두가 엄청 컸다. 적도에 가깝다고 하더니 햇빛 자체가 뜨거웠다. 하지만 상쾌한 느낌에 가슴 깊숙이 공기를 들이마셨다. 오랜만에 편안하게 걷고 있다고 생각하니 오길 잘했다는 생각이 들었다. 그때였다.

"저기, 저."

먼저 정미가 놀라 자리에 멈춰 섰고 다음에 변호사가 멈춰섰다. 두 동의 건물 중 사무실이라는 건물 앞에 검은 사람들의 무리가 보였다. 그들은 몸에 실오라기 하나 걸치지 않은 채 시멘트 포장 위에 앉아 있었다. 대충 봐도 40여 명은 될 듯싶었다. 전무가 분명히 여기에 원주민들이 없다는 말을 했는데. 정미는 이상하다는 표정으로 그들을 바라보았다.

"아, 쟤들이요. 원주민들입니다."

"아, 그렇군요."

변호사는 눈길을 계속 둔 채 신기하다는 듯 말했다. 마치 동물원의 동물들을 바라보는 듯했다.

"저 땡볕에 뭐하는 거예요?"

불길한 예감에 숨이 목구멍에 턱, 막히는 듯한 느낌을 받으며 정미가 물었다. 그것은 분명히 이물스런 느낌이었다.

"지들 딴에 데모한다고 하는데⋯⋯. 허 참."

전무는 기가차지 않는다는 표정을 지었다.

"데모요?"

변호사가 무슨 말이냐는 듯 전무를 돌아보았다. 정미는 원주민들을 오래 보지 못하고 고개를 돌렸다. 그건 분명 이질적인 장면이었다. 건물 앞에 검은 사람들이 벌거벗은 채 앉아 있는 것도 그렇지만 40도가 넘을 것 같은 땡볕에 시멘트 포장 위에 있는 것 또한 기이했다.

"이번에 갱도를 파괴한 놈 있잖습니까. 그 살인자를 풀어내라고 저렇게 앉아 있는 겁니다."

전무는 쯧쯧 혀를 찼다.

"살인자를 풀어달라니요. 그리고 아무것도 안 하고 그냥 있는 것 같은데……."

데모라면 최소한 피켓이란 것을 들고 고함지르는 장면을 상상한 터라 변호사는 이상하다는 듯 말했다.

"그러게 말입니다. 저렇게 아침에 와서 하루 종일 있다가 해가 지면 갑니다. 한 마디로 웃기는 놈들이지요. 자, 갑시다. 신경 쓸 것도 없습니다."

전무는 말끝에 웃기는 놈들이지요, 하는 말을 한 번 더 남기며 앞으로 걸어갔다. 그제야 변호사는 고개를 끄덕이며 전무의 뒤를 따랐다. 정미는 아무래도 원주민들을 똑바로 볼 수가 없어 일부러 고개를 숙인 채 걸었다. 변호사는 연신 손수건을 꺼내 얼굴과 목을 닦았다. 뒤에서 변호사와 정미의 커다란 가방을 들고 따라오는 일성기업 직원들도 땀을 연신 흘리고 있었다.

"아이고, 선배님 아닙니까?"

숙소 건물에 거의 도착했을 때 우렁찬 목소리가 들렸다. 고개를 들어보니 키가 작고 약간 뚱뚱한 체격의 남자가 운동복 차림으로 손을 흔들며 숙소 입구에서 나오고 있었다.

"어, 강검사!"

변호사 또한 과도한 몸짓으로 손을 흔들며 사내에게 뛰다시피 달려갔다. 둘이는 얼싸안을 것처럼 몸을 가까이 한 채 손을 잡고 흔들었다.

"선배님 잘 오셨습니다. 여긴 천국입니다, 천국."

검사가 너털웃음을 터트렸고 변호사 또한 따라 웃었다.

"후배님이 여기 있다면 오죽 하겠어. 여기 강검사님이 대학교 3년 후배요. 대학 다닐 땐 동아리 활동도 같이 하고 했는데."

변호사는 전무를 돌아보며 말했다.

"제가 선배님한테 많이 배웠지요."

검사의 말에 전무가 나섰다.

"다행입니다, 동문이시니. 저도 그 대학 나왔습니다. 00학번입니다."

"그럼요. 여기 오전무님이 13년 선배 되십니다."

검사가 전무의 손을 잡고는 흔들었다.

"아이고 이거, 선배님을 몰라봐서 죄송합니다."

변호사가 너스레를 떨었고, 아이고 무슨 말씀을, 전무는 손사래를 쳤다. 정미는 빨리 숙소로 가고 싶었지만 혼자 들어갈 수도 없어 그냥 주위의 풍경을 바라보기만 했다.

"재판 걱정할 거 없습니다. 미개인들이 저지른 일이라 재판이고 자시고 할 거 없습니다."

검사는 안으로 들어가자고 손짓을 하면서 말을 이었다.

"본국으로 안 갔는가. 조사하느라 고생했을 텐데."

변호사의 말에 검사는 고개를 저었다.

"사건 서류는 수사관한테 보내고 저 혼자 남았습니다. 왔다갔다 하는 것도 번거롭고."

"그럼요. 여기가 천국인데 굳이 왔다갔다 할 필요 있습니까? 우선 들어가셔서 짐부터 풀고 나오시지요. 저녁에 근사한 파티를 준비했습니다."

전무의 말에 검사는 입이 벌어졌다.

"아마도 여기 음식 먹어보면 선배님도 환장하실 겁니다."

"뭘, 파티까지야."

변호사는 입을 다물지 못하고 숙소 건물 안으로 들어갔고 정미 또한 가방을 받아쥐고 재빨리 뒤를 따랐다. 먼저 시원한 공기가 와락 달려들었다. 정미는 휴, 숨을 내쉬며 주위를 두리번거렸다. 1층은 주로 각종 편의 시설이 있었다. 탁구장에서 당구장 노래방 볼링장 스쿠터장도 있었다. 또한 식당 팻말도 보였다. 수십 년 공사를 한다더니 아예 현대식으로 만들었구나 싶었다. 전무가 윗층으로 안내를 했다. 3층은 직원들 숙소로 사용하고 2층은 외빈용 숙소가 있다고 했다. 정미의 방은 변호사 옆방에 배정 되었다. 변호사의 앞방은 검사가 사용했다. 정미는 방에 들어오자마자 침대에 드러누웠다. 이인용 침대 하나와 탁자 의자 둘, 화장대가 있고 욕실이 있었다. 혼자 쓰기에는 불편할 게 없을 듯했다. 침대보는 보송보송한 느낌이 좋았다. 아무래도 회사 측에서 준비를 단단히 한 모양이었다. 옷도 갈아 입지 않고 그대로 침대에 누워 있는데 인터폰으로 1층 찻집으로 차 마시러 오라는 전갈이 왔다. 정미는 피곤하다며 사양하곤 그대로 누워 있었다. 마음이 평온했다. 실로 오랜만에 느껴보는 편안함이었다. 이제는 아빠로부터 벗어났구나. 설마 여기까지 쫓아오지는 못할 테지. 더구나 이곳은 광산 관계자만 출입할 수 있다고 했다. 생각할수록 기분이 날아오르는 것 같았다. 순간 눈물이 눈가로 주르륵 흘러내렸다. 정미는 닦을 생각도 않고 그대로 내버려두었다. 이제 눈물 흘릴 일은 없을 것이다. 정미는 그런 생각에 잠겨 있다가 잠이 스르르 들었다.

"악!"

정미는 몸에 닿는 사람의 손을 느끼며 고함을 질렀다. 하지만 몸은 움직이지 않았다. 또다시 고함을 지르려고 하는데 누군가의 목소리가 희미하게 들렸다.

"정미 씨, 왜 그러세요?"

여자 목소리였다. 그제야 정미는 눈을 떴다. 여기가 어딘가. 눈을 뜨고서도 한동안 주위를 두리번거리다 아, 하며 정미는 상체를 일으켰다. 얼굴에는 안도의 표정이 서렸다. 앞에는 회사 유니폼을 입은 20대 여자가 정미를 내려다보고 있었다.

"괜찮으세요?"

여직원이 물었고 정미는 고개를 끄덕였다. 잠이 깜빡 들었구나. 이렇게 깊이 잠이 들다니. 아빠한테 당하고 난 뒤 처음이었다. 아무래도 긴장이 풀려서 그런 것 같았다.

"몇 시에요?"

정미의 말에 여직원은 벽에 있는 시계를 보며 7시가 넘었다고 했다.

맙소사. 4시간을 잤구나. 벽에 걸린 시계를 미처 발견하지 못한 자신을 자책하며 속으로 중얼거렸다. 죽음 같은 잠이었다.

"곧 환영 파티를 한다고 모시고 오랍니다."

여직원은 전무 비서실에 근무한다고 밝힌 후 함께 파티장으로 내려가자고 했다. 정미는 고개를 저었다. 아직 정신이 명명하기도 했지만 사람들이 많이 모인 장소에 가기가 싫었다. 사람들이 많이 모인 곳, 특히 남자들이 많은 곳은 의도적으로 피해온 터였다.

"어차피 저녁 드셔야지요. 피곤하시면 저녁만 드시고 올라오시든지요."

"아뇨, 지금 배도 안 고프고. 나중에 배고프면 그때 가서 뭘 먹든지 하고요. 죄송하다고 전해주세요."

정미는 여직원이 혹 기분 나빠하지는 않을까 걱정하며 조심스럽게 말했다.

"꼭 모시고 오라고 했는데. 그럼, 그렇게 전할게요. 혹 필요하신 거 있으시면 언제든 연락 주십시오."

여직원은 상냥하게 말했지만 사무적인 어투는 어쩔 수 없이 묻어났다.

"예."

정미는 빨리 여직원이 나가주기를 기다리며 두 손을 쥐고 있었다. 여직원은 망설이다 고개를 숙여 인사를 하고는 문을 열고 나갔다.

휴.

정미는 자신도 모르게 한숨을 쉬곤 다시 침대에 드러누웠다. 옷을 갈아입어야 한다는 생각을 했지만 조금만 더, 하는 생각으로 누워 있다가 또다시 잠이 들었다. 잠결에 인터폰의 벨소리를 듣긴 했지만 어디 먼 곳에서 들려오는 듯했고 받지 않았다.

부드러운 것이 얼굴을 간질이는 느낌에 정미는 눈을 떴다. 따스한 햇빛이 얼굴에 닿아 있었다. 마치 햇빛이 이제 일어나, 하는 것 같았다. 벌써 아침이구나. 죽음 같은 잠에 빠져 내처 잤구나. 정미는 놀라면서도 한편으론 행복한 마음으로 침대 위에서 뒹굴었다. 이런, 옷도 벗지 않았네. 정미는 속으로 쿡쿡 웃었다. 자다가 땀을 많이 흘렸는지 속옷은 물론 겉옷까지 다 젖은 것 같았다. 아, 이대로 영원히 있고 싶다. 몸은 땀으로 찝찝했지만 정신은 맑고 상쾌했다. 시계를 보니 7시를 가리키고 있었다. 20여 분을 더 침대위에서 뭉그적거린 정미는 일어나 가방에서 속옷이랑 실내복을 꺼내 욕실로 갔다.

씻고 나왔을 때 마치 기다리고 있기나 한 것처럼 인터폰이 울렸다. 받으니 변호사였다.

"많이 아픈가. 올 때 호텔에서도 통 잠을 못 자는 거 같더니."

심히 걱정스러운 모양이었다.

"아뇨. 괜찮습니다."

정미는 일부러 쾌활하게 말했다. 이제 변호사가 일을 하면 옆에서 도와야 했다. 사무장이 없기에 일이 많을지도 몰랐다. 지금껏 그래왔던 것처럼 일이 밀려 누군가에게 피해를 주거나 욕을 얻어먹는 것은 죽기보다 더 싫었다.

"아냐. 피곤하면 계속 쉬어도 돼. 피고인이야 내가 만나보면 되는 거고. 하지만 아침은 먹고 쉬어야지. 어제 저녁도 안 먹고."

변호사는 다정하게 말했다. 남자라면 치를 떠는데도 변호사는 첫날부터 달랐다. 진정으로 걱정해주는 면이 있었다. 변호사의 말을 들으니 코끝이 시큰했다.

"예. 지금 내려가겠습니다."

정미는 말을 마치곤 인터폰을 끊었다. 그제야 배가 고프다는 사실을 알았다. 아직 사무실이 어디 있는지도 몰랐다. 회사 사무실 건물 어디쯤 있을 텐데 아침 먹고 사무실로 갈 생각이었다.

화장대에는 드라이기까지 있었다. 정미가 가지고 온 것보다 훨씬 고급스러운 것이었다. 정미는 자신이 가져온 것으로 머리를 말린 후 창문을 열고 창밖을 보았다. 보이는 것이라곤 나무뿐이었다. 여러 가지 식물 냄새가 배인 바람이 기다렸다는 듯이 얼굴을 간질이며 방안으로 밀고 들어왔다. 정미는 숨을 길게 들이마셨다. 이렇게 상쾌하게 아침을 맞은 것은 태어나서 처음인 것 같았다. 항상 오늘 하루를 어떻게 사나, 하는 걱정으로 시작하였다. 다가올 미래에 대한 걱정을 한 적이 없었다. 당장 오늘 하루가 두려웠다.

어?

정미는 멀리 있는 나무들을 보다가 고개를 돌렸을 때 또다시 40여 명의 원주민들이 시멘트 포장 위에 앉아 있는 것을 보았다. 선착장에서 사무실 건물을 보았을 때는 숙소 건물과 사무실 건물이 가까이 있는 것 같았는데 이제 보니 두 건물 사이가 족히 100여 미터는 넘을 만큼 떨어져 있었다. 원주민들의 모습은 자세히 보이지 않았다. 단지 몸에 실오라기 하나 걸치지 않은 맨몸인 것은 확실했다. 원주민들은 어제와 똑 같았다. 묵묵히 앉아 앞만 바라보고 있었다. 또다시 불길한 예감이 몸을 훑었다. 검사가 말한 것처럼 '재판할 것도 없을 것' 같은데 뭔가 간단치 않을 거란 예감이 들었다. 정미는 상쾌한 기분을 깨지 않으려는 듯 머리를 흔들고 나서 1층으로 내려갔다. 식당은 꽤 컸다. 출입구에서 주방이 있는 곳까지는 한참동안 걸어가야 할 정도였다. 백여 명은 될 것 같은 사람들로 붐볐다. 모두들 회사 유니폼을 입은 직원들 같았다. 식당 안을 두리번거리는데 어제 저녁에 숙소를 찾아왔던 여직원이 다가와 공손히 인사를 했다. 그리곤 따라오라며 앞장섰다. 깍듯한 예우가 또다시 부담스럽지만 일단 여직원의 뒤를 따라갔다. 회사 직원들이 흘끗거렸다. 왼쪽으로는 방이 여러 개 있는데 끝에 있는 방으로 여직원은 안내했다. 문을 여니 이미 방에는 변호사뿐만 아니라 검사 전무 등도 있었다.

"괜찮은가?"

먼저 변호사가 걱정스러운 눈으로 물었고 전무 검사도 한 마디씩 했다. 정미는 괜찮다고 일부러 큰소리로 말하며 문 쪽에 앉았다. 사람들의 몸에서 술 냄새가 확 풍겼다. 어젯밤 술을 많이 마신 듯했다.

"어제 좋았는데 말이야. 진귀한 요리도 많았고."

변호사가 아쉬운 듯 말했다.

"피곤해서요. 아침 먹고 사무실로 가겠습니다."

정미는 밥이 도착하길 기다리며 첫날부터 변호사에게 피해를 주면 안 되겠다는 생각을 했다.

"뭘, 사무실로 올 필요 없어. 그냥 쉬어. 섬 구경이나 하든지."

변호사는 손을 저었다.

"오늘 피고인을 만나보시지 않겠습니까?"

사무장이 없는지라 자신이 사무장 역할까지 해야 한다는 것을 생각해서 말했다. 국내에서 사무장 또한 자신이 없으니 변호사를 잘 도우라는 말을 심심찮게 했던 것이었다.

"볼 것도 없어. 이미 사건의 증거가 확실히 드러났고. 자꾸 발뺌만 하는데, 하여튼 무식한 것들이 무조건 아니라고 발뺌만 하고 나선다니까."

검사가 마른 얼굴을 손으로 닦으며 말했다. 어제 술로 피곤기가 얼굴에 잔뜩 묻어 있었다. 정미는 변호사를 바라보았다.

"그래. 오기 전 사건 기록을 훑어봤는데, 피고인이야 시간 날 때 한번 보면 되는 거고. 뭐 급할 거 있겠어? 재판하려면 보름이나 있어야 되는데?"

변호사 또한 심드렁하게 말했다. 아무리 국선이라지만 너무 하는 게 아닌가 싶었다.

"그래도 사무실에는 나가보겠습니다. 청소도 해야 하고."

정미의 말에 전무가 말을 받았다.

"청소는 우리 직원이 다 해놨어요. 신경 쓸 거 없어요."

"아니고 이렇게까지 신경 안 쓰셔도 되는데."

변호사는 흡족한 표정을 지었다.

"그래도…… 사무실은 어디 있는지요?"

정미가 전무를 바라보자 변호사도 전무를 바라보았다. 변호사 또한 사무실이 어디 있는지 모르는 것 같았다.

"회사 사무실 건물로 들어가서 2층에 올라가면 왼쪽으로 있어요. 오른쪽은 검사실이고 그 옆엔 판사실입니다. 팻말이 있으니까 찾기는 쉬울 거예요. 혹 필요한 거 있으면 언제든 말하세요."

전무의 말에 정미는 고개를 숙여 예를 표했다. 역시 빈틈없는 것 같았다. 오히려 그런 면이 더욱 더 불편하게 했다. 몸에 딱 붙는 옷을 입고 계속 생활해야 하는 기분이었다.

잠시 후 흰 요리 가운을 입은 요리사들이 여러 가지 음식을 가져왔는데 마지막으로 상 중앙에 커다란 스테인리스로 된 냄비가 놓여졌다. 전무가 의기양양하여 뚜껑을 열자 흰 김이 구름처럼 솟아올랐다. 무슨 탕 같았는데 구수한 냄새와 역한 냄새가 동시에 얼굴로 몰려왔다. 변호사와 검사는 고개를 앞으로 빼고 냄비 안을 바라보았다. 하지만 내용물이 무엇인지 모르겠다는 표정을 지었다.

"악어 내장탕입니다. 술 해독에 좋고, 특히 남자들의 정력에 그만이죠."

전무의 말에 변호사와 검사가 하, 감탄을 했다. 정미는 고개를 숙이고 바짓단을 매만졌다. 갑자기 식욕이 떨어진 느낌이었다. 아침을 안 먹고 지낸 지가 꽤 되었는데 오늘은 왜 아침을 먹는다고 허풍을 떨었는지 후회가 막심하였다. 그렇다고 지금 일어나 나갈 수도 없는 노릇이었다. 여자 요리사가 변호사부터 그릇에 악어 내장탕을 들어 주었다. 변호사는 전무에게 먼저 드리라고 사양했고 전무는 손님이 먼저 드셔야 한다고 해서 요리사가 한참동안 탕그릇을 들고 있어야 했다. 누르스름한 색깔의 기름기가 국물 위에 동동 떠 있었다.

"야, 이거 죽이는데요."

검사는 몇 숟가락 떠먹더니 어제 먹은 술이 다 깬다며 호들갑을 떨었다. 정미는 여전히 고개를 숙인 채 악어탕에는 눈길도 주지 않은 채 나물로 된 반찬을 집어 먹었다. 나물 반찬은 많았는데 전부 처음 보는 것이었다. 대체로 향이 강하고 쓴 맛이 돌았다.

"이 나물들 모두 이곳에서만 나는 약초입니다. 전문가가 채집해서 요리한 것입니다. 탕도 드셔보시지요."

정미가 나물만 먹는 것을 본 전무가 말했다.

"예."

정미는 고개를 숙이며 대답하곤 계속 나물과 밥을 먹었다. 다른 사람들은 악어탕을 앞다투어 몇 그릇씩 비웠다. 여자 요리사가 그릇이 빌 때마다 재빨리 덜어주었고 좀 식었다 싶으면 즉각 데웠다.

숙소로 와 다시 침대에 누워 뒹굴던 정미는 또다시 깜박 잠이 들었고 점심을 먹으러 내려오라는 인터폰의 전갈에 정신을 차렸다. 잠깐 눈을 감았다고 생각했는데 벌써 오후 1시가 지났다. 이런. 이곳은 왠지 시간이 총알처럼 지나가는 것 같았다. 점심은 사양하였다. 평소에 아침을 먹지 않다가 먹어서 그런지 혹은 아침을 먹고 그대로 잠을 자서 그런지 속이 터부룩했고 배도 고프지 않았다. 또다시 몸은 땀으로 끈적거렸다. 여전히 냉방시설이 잘 되어 있는데도 베개와 침대시트가 축축할 정도였다. 정미는 또다시 속옷을 가지고 욕실을 가서 오랫동안 몸을 씻었다.

옅은 화장을 하고 챙이 큰 모자를 꺼냈다. 아무래도 사무실에 가봐야 할 것 같았다. 노트북을 챙겨들고 숙소 건물 바깥으로 나왔다. 후끈한 열기가 몸을 감싸왔다. 선선한 곳에 있다 나와서 그런지 어제보다 햇볕이 더 뜨거운 것 같았다. 주위는 고요했다. 역시 굵고 키가 엄청나게 큰 나무들이 주위에 빼꼭히 둘러싸고 있어 오지에 왔다는 실감이 났다. 숨을 깊게 몇 번 들이마신 후 오른쪽의 사무실 건물이 있는 곳으로 걸어갔다. 시멘트 바닥에서 뜨거운 열기 후끈 올라왔다. 조금만 걸었는데도 몸에 땀이 흘러내렸다. 길옆의 레일위로 꼬리를 길게 문 기차가 철거덕 소리를 내며 사금석을 실어 나르고 있었다. 도대체 얼마나 멀고 많이 개발했기에 기차레일까지 깔았나 싶었다. 땀이 흐르는데다 옷을 입었다고는 하나 등에 닿는 햇빛이 따가워 오직 걷는 것에 정신을 집중하며 가고 있는데 앞에서 사람들의 목소리가 들렸다.

"글쎄, 이러면 안 된다니까."

남자의 목소리였다. 순간 정미는 몸을 움찔거리며 앞을 바라보았다. 무리지어 앉아 있는 원주민들이 먼저 보였고 원주민들 앞에서 무어라 말하는 남자의 모습이 눈에 들어왔다. 남자는 회사 유니폼을 입고 있었다.

"이제 보름 후, 그러니까 해가 열다섯 번 뜨면 재판을 한다니까요. 자꾸 이러면 여러분들이 손해에요, 손해."

남자는 손수건으로 연신 이마의 땀을 훔치며 말했다. 원주민들은 남자의 말을 듣고도 아무런 변화가 없었다. 원주민들에게 가까이 다가간 정미는 깜짝 놀랐다. 모두들 옷 하나 걸치지 않았다는 것은 진작 알았지만 막상 가까이서 보자 무섭다는 생각이 먼저 들었다. 원주민들의 피부는 짙은 검은색이었으며 키가 작고 얼굴은 넓은 편이었다. 코가 들창코라 얼굴 중앙에 구멍이 두 개 난 것처럼 보였다. 하지만 순하게 생긴 큰 눈방울과 두툼한 입술, 넓은 얼굴이 푸근하고 마음씨 좋은 인상을 주었다. 마치 순한 초식 동물 같았다. 그들은 회사 간부가 뭐라고 하든 앉은 자세 그대로 있었다. 앉은 방향도 각자 달라 어떤 사람들은 사무실 건물 쪽을 향해 앉았는가 하면 어떤 이들은 그 옆 방향을, 어떤 이들은 아예 반대쪽을 보고 있기도 했다. 이들이 정말 전무 말대로 데모라도 하는가 싶기엔 왠지 미심쩍은 구석이 있기도 했다.

"아, 오셨어요?"

누군가 정미를 보고 알은 체했다. 정미는 햇빛에 눈을 찡그리며 사내를 보았다.

"아, 예."

처음 왔을 때 보았던 김부장이라는 사람이었다. 김부장 주위로 여러 명의 회사 사람들이 있었다. 정미는 가볍게 목례를 하고는 지나쳐 가려는데 김부장이 하소연을 했다.

"도통 말귀를 알아들어야지, 원."

김부장은 답답하다는 듯 말했다. 정미는 또다시 고개를 숙여 예를 표하곤 빠른 걸음으로 사무실로 갔다. 아는 남자라도 마주 대하기가 겁이 났다. 이러지 말아야지 하는데도 몸이 먼저 움츠려들었다. 정미는 건물로 들어서자마자 2층으로 올라갔다. 역시 냉방이 잘 되어 있어 시원했다. 전무가 말한 대로 2층에 올라가서 왼쪽으로 돌아보니 변호사실이라는 연두색 바탕에 흰 글자로 된 팻말이 보였다. 오른쪽을 돌아보니 검사실이라는 팻말이 그 옆엔 판사실이라는 팻말이 보였다. 그 옆으로도 끝없을 정도로 길게 복도가 나 있고 양쪽으로 여러 팻말이 달려 있었다. 정미는 문이 잠겨 있으면 어떡하나 싶은 마음으로 변호사실 문을 열었다. 다행히 문은 잠겨 있지 않고 소리 없이 열렸다. 사무실은 단출한 느낌이 들 정도로 사무실 집기가 많지 않았다. 큰 책상 하나와 작은 책상 하나. 1인용 소파 6개. 캐비닛이 3개 복사기 등 모든 게 한 번도 사용하지 않은 것처럼 보였다. 잠시 둘러보는데 금방 땀이 다 말랐다. 전기 시설도 없을 이런 오지에서 숙소와 사무실의 이 커다란 건물을 어떻게 시원하게 할까 하는 생각이 잠시 들었다. 정미는 작은 책상으로 가서 들고 온 노트북 가방을 올려놓았다. 커다란 모니터가 시커먼 입을 벌리고 정미를 올려다보았다. 그 옆에는 프린터기가 놓여 있었다. 변호사가 쓸 커다란 책상에도 컴퓨터가 있었다. 회사에서 꼼꼼하게 준비를 한 것 같았다. 정미는 의자에 앉았다. 의자 역시 한 번도 사용하지 않은 듯 가죽 냄새가 났다. 의자에 앉으니 마음이 편해졌다. 일단 노트북을 꺼내 책상 위에 올려놓았다. 꼭 무엇을 하겠다는 것은 아니었다. 주위가 제대로 정리되어 있을 것, 그래야 마음이 놓였다. 곁에 있어야 될 게 없고 없어야 될 게 있으면 계속 그 쪽으로 신경이 쓰여 정신이 산만하였다. 머리를 뒤로 한 채 의자를 이리저리 돌리며 눈을 감았다. 비록 이곳 일정이 길지 않지만 아빠가 있는 본국으로는 가지 않을 작정이었다. 올 때는 단지 벗어난다는 생각으로 비행기를 탔지만 아, 이렇게 비행기만 타면 멀리 달아날 수 있구나 하는 생각이 들었다. 이렇게 간단한 걸, 돌아가지 않고 어떻게 살지는 나중에 차차 생각하기로 했다. 조용한 사무실이 마음에 들었다. 계속 고개를 뒤로 젖히고 있자니 또다시 잠이 스르륵 오는 것 같았다. 아니지, 이러면 안 되지. 정미는 미간에 힘을 주며 눈을 떴다.

"아, 이러면 안 돼요. 자, 다들 일어서서 집으로 가세요."

남자의 목소리가 들렸다. 계속해서 원주민들에게 말하는 것 같았다.

"보름 후에 재판한다니까. 그러면 이제 다 끝나요. 알겠어요? 이런다고 뭐 달라지는 것도 아니고."

이번엔 다른 남자의 목소리가 들렸다. 정미는 창 쪽으로 눈길을 돌렸다. 창문은 닫혀 있었다. 순간적으로 창문을 닫으려 했던 생각에 헛웃음이 나왔다. 정미는 다시 눈을 감았다. 저들은 왜 그럴까. 죄를 지었으면 죗값을 받아야지. 싸우려면 제대로 싸우든지. 이런저런 생각에 갑자기 화가 치솟았다. 그래 싸우려면 제대로 싸워봐. 비록 국선이지만 우린 당신들 변호하려 왔단 말이야. 피켓도 들고 고함도 지르고 노래도 부르고. 제대로 싸우란 말이야. 누군가 가슴 속에서 마구 소리를 질렀다. 헉. 정미는 목구멍이 막히는 것 같아 눈을 뜨고 심호흡을 했다.

정미는 자리에서 일어나 창가로 다가갔다. 땡볕에 시커먼 사람들이 무리지어 앉아 있는 모습이 비현실적으로 느껴졌다. 그것도 맨땅이 아니라 한창 달아오른 시멘트 바닥이었다. 정미는 원주민들을 자세히 보았다. 머리카락이 하얗게 세고 젖가슴이 배까지 축 늘어진 할머니부터 이제 아장아장 걸어 다니는 아기까지 연령대가 다양했다.

"그만 집으로 돌아가세요. 다시는 오지 말고요. 이젠 강제로 쫓아낼 거예요!"

남자의 말에 원주민들은 전혀 아랑곳하지 않았다. 그렇다고 옆 사람과 얘기하는 것도 아니었다. 그냥 한 곳을 지그시 응시하는 것이었다. 짜증이 배어 있거나 분노하고 있는 표정도 아니었다. 무표정한 얼굴이었다. 뭐랄까. 자연의 한 일부처럼 보일 뿐이었다. 오히려 악을 쓰는 남자의 목소리가 우습게 느껴질 정도였다. 그때 회사 남자 몇이 앞에 앉은 원주민들한테 다가가더니 팔을 잡고 일으키기 시작했다. 팔을 잡힌 원주민들은 저항하지 않고 순순히 일어섰다. 그러다 남자가 다른 원주민을 일으키려 옆으로 가면 또다시 슬그머니 자리에 앉았다. 몇 번이나 그렇게 하자 남자는 짜증을 내며 고함을 질렀다.

"아, 이거 돌겠네, 정말. 가, 이 놈들아. 아, 이 새끼들. 이 미개한 것들이. "

그들의 입에서 차마 입에 담기 어려운 말들이 나왔다. 정미는 이 자리를 벗어나고픈 생각과 그러면서도 다리가 떨어지지 않아 가슴을 졸이며 상황을 주시했다. 앉아 있을 때는 몰랐는데 일어서니까 음모까지 훤히 들어난 여자 원주민들을 볼 때면 얼굴에서 열이 확 나기도 했다. 여자들에게 함부로 대하는 남자들에게 적개심이 일었다. 이 사람을 일으켜 뒤쪽으로 밀어놓고 다른 사람을 일으키면 방금 일어났던 사람은 또다시 제자리에 앉는 상황이 계속 반복됐다. 원주민들은 화를 내지도 짜증을 내지도 않았다. 일으키면 순순히 일어났고 회사 사람이 다른 곳으로 가고 나면 으레 자기 자리인 것처럼 앉았다. 초조하고 화가 나는 것은 남자들이었다. 10여 명의 남자들이 40여 명의 원주민들을 당할 수는 없었다. 결국은 남자들의 손에 힘이 들어가기 시작했다. 일으키고 뒤로 밀치는 행동이 점점 거칠어지기 시작했다. 하지만 여전히 원주민들은 남자들의 행동에 아랑곳하지 않았다. 그러던 순간이었다.

악.

정미는 자신도 모르게 비명을 질렀다. 처음엔 세세하게 보지 않고 점점 난폭한 행동에 가슴 졸였는데 그러다 우연히 남자 원주민이 일어날 때 정미가 있는 곳과 정면으로 서게 되었고 정미는 남자 원주민의 성기를 보고는 자신도 모르게 비명을 질렀던 것이었다. 아득한 현기증을 느끼며 그 자리에 주저앉을 것 같았다. 가슴이 두근거렸고 겨드랑이에서 서늘한 땀이 주르륵 흘러내렸다. 가슴이 터질 것처럼 방망이질쳤다. 정미는 비틀거리며 자리로 돌아와 의자에 앉았다. 떼어놓고 왔는 줄 알았는데 기어코 따라붙었구나 싶었다. 이젠 잊어야지 싶었는데 한순간에 그 의지가 꺾어버렸다. 분명 원주민 남자의 성기는 보잘 것 없었고 위협적이지도 않았다. 발기하지 않은 그것은 무슨 푸른색 풀로 묶여져 있었고 아이의 고추처럼 작아보였다. 하지만 정미는 그 순간 아빠의 얼굴이 먼저 떠올랐다.

괜찮다, 정미야.

정미는 분명 아빠의 목소리까지 들었다. 정미는 책상에 엎드려 심호흡을 했다. 등이 들썩거렸다. 본국에 떨쳐버리고 왔다고 생각했던 장면들이 정미의 머릿속을 헤집고 다녔다.

정미야, 괜찮다, 괜찮아.

초등학교 저학년 때였다. 아빠에게 처음으로 당한 날이었다. 평소엔 엄마가 씻어주는데 어쩐 일인지 혼자 목욕하고 있었다. 돌이켜보면 아빠가 하라고 했는지 모르겠다는 추측도 들었다. 욕탕에 따뜻한 물을 가득 받아 놓고 물장난치며 놀고 있을 때 아빠가 벌컥 문을 열고 들어왔다. 정미는 몸을 움츠리며 놀란 얼굴로 아빠를 쳐다보았다.

괜찮아. 아빠하고 같이 하자.

아빠는 정미를 잠깐 훑어보더니 옷을 벗었다.

혼, 혼자 하면 아, 안 돼요?

정미는 놀라서 더듬거리며 말했다.

혼자 하면 잘 못 씻잖아.

혼, 혼자 하고 시, 싶은데.

정미는 두 손으로 몸을 감싸며 울상을 지었다.

왜 그러니. 어릴 땐 아빠랑 목욕하는 거 좋아했잖아.

아빠는 엄한 표정을 지으며 탕 안으로 들어왔다. 그때 정미는 어른의 고추를 처음 보았다. 크고 시커먼 그것은 덜렁거렸다. 남동생의 고추와는 다르게 무서운 생각이 들었다.

자, 이리 온.

아빠는 정미를 뒤에서 안았다.

이, 이러지 마세요, 아빠.

정미는 울음을 터트릴 것 같은 표정을 지었다.

아빠 말을 안 듣고, 너 착한 줄 알았더니 이제 보니 나쁜 애구나.

아빠는 엄한 투로 말했다. 정미는 바들바들 떨면서 아무 말도 못했다. 한 마디 더 했다간 혼날 것 같았다.

자, 때 밀어줄게.

아빠는 때수건도 없이 커다란 손바닥으로 등을 문지르기 시작했다. 등을 꼼꼼히 문지르고 허리를 거쳐 엉덩이까지 손이 내려왔을 때 정미의 몸이 움찔거렸다.

정미 참 착하구나. 말 잘 들으면 선물 사 줄게.

아빠는 부드럽게 말을 하면서 계속 등과 허리 엉덩이의 때를 밀었다. 정미는 아무 말도 못하고 엄마가 빨리 오길 빌었다. 얼마나 시간이 흘렀을까.

자 돌아서봐. 앞에도 씻어야지.

또다시 아빠가 말했고 정미는 혼자 하겠다고 더듬거리며 말했다.

애가 또 왜 그래. 착한 어린이가 되어야지.

아빠는 정미의 겨드랑이에 두 손을 넣더니 번쩍 들어 올려서 자신과 마주보게 몸을 돌렸다.

우리 정미 예쁘구나.

아빠는 얼굴을 씻기더니 가슴과 배를 문질렀다.

봐라, 때가 많이 나오잖니. 이런데 어떻게 혼자 씻으려고 떼를 쓰니.

아빠는 큼지막한 손으로 가슴과 배를 문지르며 말했다. 정미는 차마 아빠를 마주보기가 어려워 눈을 꼭 감았다. 한참동안 씻던 손이 아래로 내려왔다.

아야!

순간 정미는 비명을 질렀다. 아빠의 손가락이 질속으로 들어왔기 때문이었다.

조용히 해. 거기도 깨끗이 씻어야지.

아빠는 사타구니를 문지르다 또다시 질속으로 손가락을 집어넣었다.

아야.

정미는 또다시 비명을 질렀다.

참아. 여자는 이곳을 깨끗이 씻어야 하는 거야.

아빠는 정미가 아프다는데도 자꾸만 질속으로 손가락을 집어넣었다. 정미는 고통을 참지 못해 울먹이자 아빠는 하던 짓을 멈추고 일어서라고 했다. 다리를 씻더니 말했다.

봐라. 깨끗하게 씻으니 얼마나 예쁘니. 우리 딸 말도 잘 듣고, 선물 사 줄게.

아빠는 머리를 쓰다듬더니 뒤로 돌아앉았다.

저기 때수건으로 등을 씻어라.

정미는 나오는 울음을 삼키며 아빠의 널찍한 등을 씻었다.

박박 문질러라.

아빠는 말했고 정미는 있는 힘껏 문질렀다. 한참 후 돌아앉더니 가슴과 배를 씻으라고 했다. 정미는 또다시 때수건으로 가슴과 배를 문질렀다. 잠시 후 아빠는 됐다면서 수건으로 잘 닦고 나가라고 했다. 정미는 어떻게 몸을 닦았는지 기억이 나지 않았다. 정신을 차리고 보니 거실에서 자신이 옷을 입고 서 있었다. 바지는 반대로 입어 다시 입어야 했다. 아빠는 정미가 나오고도 한참 지난 후에야 밖으로 나왔다. 정미는 차마 아빠 얼굴을 볼 수 없어 텔레비전에 눈을 박고 있었다. 아빠는 정미의 등을 토닥거렸다.

정미 참 착하네. 아빠 말도 잘 듣고.

정미는 아빠 손길에 움찔거렸다. 도대체 어찌된 일인지 이해가 되지 않았다. 지금까지 살갑게 대해주던 그 전의 아빠가 진짜 아빠인지 욕실에 있었던 아빠가 진짜 아빠인지. 변신이라도 한 걸까. 그런데 왜 하필 그런 괴물을 달고 변신을 했을까. 내가 아빠한테 잘못이라도 했나. 정미는 무수히 떠오르는 잡념에 그토록 좋아하는 만화도 눈에 들어

오지 않았다. 잠시 후 엄마가 동생과 함께 들어왔다. 남동생의 머리가 깡총하게 깎여 있었다. 미장원이라도 다녀온 것 같았다. 정미를 보더니 목욕했다는 사실을 알고는 박수를 쳤다.

우리 정미 이제 다 컸네. 혼자서도 목욕할 줄 알고.

그럼. 정미 다 컸지.

엄마의 말에 아빠가 말을 받았다. 정미는 차마 아빠와 함께 했다는 말을 못 했다. 부끄럽기도 했고 얘기하면 안 될 것 같았기 때문이었다.

이리 줘.

남동생은 정미의 손에 들려있던 리모컨을 빼앗다시피 가져가 채널을 바꾸었다. 정미는 또다시 눈물이 와락 쏟아질 것 같았다. 눈에 힘을 주고는 재빨리 자신의 방으로 들어가 문을 잠갔다. 다음날 아빠는 퇴근할 때 커다란 인형세트를 사왔다. 남동생은 자신의 것은 없다며 울면서 떼를 썼고 엄마는 눈을 흘겼다.

당신은 딸한테 사족을 못 써.

한참동안 엎드려 있던 정미는 고개를 들었다. 몸이 떨렸다. 그 인간 여기까지 못 오겠지. 정미는 고개를 뒤로 젖히며 심호흡을 했다. 그때였다.

"이러시면 안 됩니다!"

굵직한 남자의 목소리가 들렸다. 분명 변호사 목소리였다. 정미는 일어나 창 쪽으로 다가갔다. 변호사가 원주민들을 향해 서 있었다. 뒤에는 회사 직원들이 지친 표정으로 원주민들을 노려보고 있었다.

"이제 보름 후면 재판을 합니다. 법으로 해야지요. 잘했는지 못했는지 정당한 법으로 판단할 것입니다."

변호사는 연신 흐르는 땀을 닦으며 말했다. 하지만 원주민들은 아무 반응이 없었다.

"제가 변호사입니다. 피고인을, 그러니까 죄를 지은 사람을 변호하고자 온 사람입니다. 그러니 저를 믿고 돌아가 주십시오."

변호사의 말은 허공에 담배연기처럼 흩어졌다. 원주민들이 아무 반응을 않자 변호사는 점점 짜증이 나는 것 같았다.

"자꾸 이러시면 피고인한테 불리합니다. 조속히 집으로 돌아가 주십시오. 이럴수록 피고인의 죄는 더 무거워집니다."

여전히 원주민들은 듣는지 안 듣는지 아무 표정도 없이 묵묵히 있었다. 변호사는 손에 든 손수건으로 얼굴을 닦았다.

"하실 말씀 있으시면 말씀하세요. 저는 이제 드릴 말씀이 없습니다."

변호사는 최후통첩을 했다. 이제 자신의 역할은 다 했다는 투였다. 그때 제일 앞에 앉은 주름투성이 여자 원주민이 천천히 일어섰다. 키가 작고 젖가슴이 아랫배까지 늘어진 나이 많은 여자였다. 머리도 하얗게 세었다. 표정은 순하게 생겼지만 어딘가 위엄이 있어 보였다. 변호사를 잠시 바라보더니 두 손바닥을 하늘을 향해 폈다. 변호사가 뒤를 돌아보자 회사 간부가 당신을 존경합니다, 라는 뜻입니다, 라고 큰소리로 말했다. 어깨를 으쓱한 변호사도 두 손바닥을 위로 폈다. 그러자 여자 원주민은 손을 거두고 입을 열었다.

"우린 그저 풀 위에 눕다를 만나러 왔습니다. 우린 그동안 만나지 못했습니다."

분명 우리나라 말이었다. 개발한 지가 5년이 지났다더니, 원주민들이 우리나라 말을 다 익혔구나 싶었다. 높낮이 없는 말투며 혀로 잇몸을 탁탁치는 듯한 음, 마치 책을 읽는 듯한 어조였다. 정미는 놀란 가슴을 누르며 다음 말을 기다렸다.

"누구요? 풀? 풀 위에…… 아, 피고인 말하시는군요? 근데 아직도 한 번도 만나지 못했다고요?"

변호사는 순간 당황하며 뒤를 돌아보았다. 회사 간부는 머뭇거리다 말했다.

"혹시라도 난동을 부릴까봐 그랬습니다. 우리가 경찰까지 있는 것도 아니고."

변호사는 어이없다는 표정을 지었다.

"예. 당장 면회시켜드리지요. 면회가 끝나면 곧장 돌아가셔야 합니다. 제가 피고인을 위해서 열심히 변호하겠습니다."

변호사는 말을 마치고 뒤로 돌아서려는데 여자 원주민이 말을 걸었다.

"피고인이란 무슨 말이요?"

변호사는 몸을 돌리려는 자세를 바로잡고는 헛웃음을 지었다.

"재판 받는 사람을 피고인이라고 부릅니다."

"재판은 뭡니까?"

다시 여자 원주민이 물었을 때 변호사의 얼굴에 짜증스런 표정이 역력했다. 하지만 표정을 금방 바꾸었다.

"죄를 지었는가 안 지었는가를 따지는 것입니다."

"그걸 왜 당신들이 합니까? 그런 걸 따지는 건 우리 왕이 해야 합니다."

여자 원주민의 어투는 처음이나 똑같았다. 높낮이가 없는 어투, 서둘거나 설득하려 하지 않는 어투. 하지만 쉽게 대하기가 어려운 무엇이 말 속에 있었다.

"왕이라고요?"

변호사는 어이없다는 투로 말했다.

"죄를 지었는가 안 지었는가는 당연히 왕한테 물어보아야지요. 만약 죄를 지었다면 속죄의 시간을 보내야 하고요. 그 누구도 왕을 대신해 사람을 판단할 수 없습니다."

"……"

변호사는 말을 잃고 여자 원주민을 바라보았다. 무더운 열기에 얼굴이 벌겋게 달아올랐다. 빨리 끝내고 싶은 표정이 역력했다.

"왕이란 대체 누굽니까? 여기 있습니까? 있으면 나와 보세요."

변호사의 음성이 올라갔다.

"정령이 보낸 사람입니다. 그 분은 함부로 돌아다니지 않습니다."

하, 이거 환장하겠네. 변호사는 손수건으로 얼굴과 목을 닦으며 투덜거렸다. 하지만 여자 원주민은 지그시 앞만 바라볼 뿐이었다.

"됐소. 왕이고 뭐고, 하여튼 지금 면회시켜줄 테니 끝나면 당장 해산하시오. 안 그러면 재판이 상당히 불리하게 돌아갈 거요."

"무슨 권리로 당신들이 판단한다는 겁니까. 여긴 우리 땅입니다. 우리 땅에서 일어난 일은 우리 왕이 판단해야 합니다."

"그건 여기 페루 나라하고 우리나라하고 약속을 했단 말이요. 50년 동안 이 땅을 개발할 권리는 우리나라에 있다고. 그리고 이 땅에 일어나는 모든 일은 우리나라 법으로 처리한다는 조건도 있소."

"그 조건은 누가 했소?"

"그야 뭐, 여기 대통령하고 우리나라 대통령이 했겠지요."

"우린 그런 조건을 한 적이 없소. 빨리 풀 위에 눕다를 내보내주시오."

여자 원주민은 한결같이 당당하게 말했다. 다른 원주민들은 조용히 듣기만 했다.

"그건, 말이 안 되지요. 죄를 지었으면 죗값을 받아야지. 그냥 나가겠다는 심보는 뭐야. 이거 원, 말이 통해야지."

변호사는 뒤로 돌아 회사 간부들이 있는 곳으로 걸어갔다. 아마도 피고인에 대해 묻는 것 같았다. 정미는 일이 심상치 않게 돌아간다는 느낌을 받았다. 처음 선착장에 도착했을 때 멀리 보이던 원주민들의 모습이 떠올랐다. 아무 말도 않고 가만히 있는데도 뭔가 불길한 예감이랄까, 그런 느낌이 들었던 것 또한 사실이었다. 정미는 계속 지켜보았다. 지금 변호사를 도와줄 수 있는 상황도 아니었다. 한참동안 얘기하던 변호사는 다시 원주민들이 있는 곳으로 걸어갔다. 어느새 여자 원주민은 자신이 앉아 있던 자리로 돌아간 상태였다.

"대표 두 명만 나오시오. 지금 숙소 건물 안에 있다니까 바로 면회시켜주겠소. 부모는 없소?"

변호사는 원주민들을 돌아보며 말했다. 조용히 듣던 여자 원주민이 변호사가 말을 마치자 일어섰다.

"여기 어른은 모두 아버지고 어머니요. 다 같이 가겠소."

"무슨 말도 안 되는 소리합니까?"

변호사는 어이가 없다는 투로 말했다.

"부모가 자식을 보겠다는데 무슨 말입니까?"

여전히 책을 읽는 투로 여자 원주민이 말했다. 다른 원주민들은 조용히 듣기만 할 뿐 별다른 행동을 하지 않았다.

"좋소. 떼거리로 가든, 맘대로 하시오. 이리 오시오."

변호사는 지쳤다는 표정을 지으며 뒤로 돌았다. 회사 간부가 다가 갔다.

"괜찮을까요? 저 사람들 다 가면?"

"나보고 어쩌란 말이요. 대체 일을 어찌 했습니까? 그동안 면회도 한 번 안 시켜주고. 이건 불법이라는 걸 모릅니까?"

변호사의 화난 얼굴에 회사 간부는 인상을 찌푸렸다.

"자, 갑시다. 빨리 끝냅시다."

변호사가 재촉했고 회사 간부가 앞장섰다. 원주민들은 천천히 일어 서서 회사 사람들의 뒤를 따라갔다. 정미는 휴, 숨을 길게 내쉬었다. 시멘트 바닥에 앉아 있는 것을 보는 것만으로도 숨이 막힐 지경이었 는데 그들이 일어서서 걸어가니 속이 시원해지는 기분이었다. 정미는 사무실을 나와 멀찍이서 원주민들의 뒤를 따라갔다. 아무래도 모른 척하기에는 임무를 방기하는 것 같았다. 그렇다고 원주민들의 앞에 서서 가기에 마음이 허락하지 않았다.

풀 위에 눕다를 가두어놓은 곳은 숙소 건물 뒤편에 있는 작은 창고 였다. 나무로 기다랗게 지어진 2층에 있었다. 회사 간부가 열쇠로 문 을 열자 20대 중반쯤 되어 보이는, 역시나 몸에 실오라기 하나 걸치 지 않은 남자가 밖으로 나왔다. 키가 작고 얼굴이 넓적한 초식 동물 같은 젊은이였다. 정미는 고개를 돌리고 먼 산을 바라보았다. 돌아가고픈 마음이 드는데도 쉽사리 발걸음이 떼어지지 않았다. 몇몇 식당 사람들이 정미 주위로 모여들었다.

"자, 면회하세요."

변호사의 목소리가 들렸다. 순간 원주민들의 웅성거리는 소리가 들렸다. 분노하거나 항의하거나 노여워하는 목소리는 아니었다. 그들의 말로 하니 무슨 뜻인지 모르겠으나 안부를 묻는 것 같았다. 정미는 고개를 천천히 돌렸다. 원주민들은 돌아가면서 풀 위에 눕다의 온 몸을 손으로 쓸어 내렸다. 머리에서 얼굴 어깨 허리 다리 순이었다. 한 사람이 끝나면 다음 사람이 똑같은 동작을 했다. 무슨 액을 털어내는 무당 같은 행동이었다. 모두 한 차례씩 돌아가며 다 하고 나자 나이 많은 여자 원주민이 풀 위에 눕다에게 다가갔다. 둘이는 뭔가 열심히 소곤거리며 애기를 했다. 아마도 큰소리로 말하지 않고 소곤거리듯이 말하는 게 그들의 방식인 것 같았다. 변호사는 처음엔 그들이 무슨 애기를 하는가, 주의를 기울이다 지겨운 듯 먼 산을 바라보았다. 한참 동안 애기하던 여자 원주민이 풀 위의 눕다의 팔을 잡더니 원주민들이 있는 곳으로 걸어갔다. 옆에서 지켜보던 회사 간부가 제지를 했고 변호사가 끼어들었다.

"여기서 한 발자국도 못 나갑니다."

변호사의 말에 여자 원주민은 풀 위의 눕다의 팔을 잡았던 손을 놓았다.

"이 사람은 죄가 없습니다."

"죄가 없다니요? 조사를 통해 이 사람이 범인이라는 게 밝혀졌는데."

변호사는 단호하게 말했다.

"우리는 거짓말을 하지 않습니다."

"조사 기록에 다 있습니다."

"데리고 가겠습니다."

여자 원주민은 서두르지 않았지만 말에 힘이 실려 있었다.

"보름 후에 재판인데 그때 가봐야지요. 재판을 하면 다 알 수 있을 테니까요. 죄가 없으면 풀려날 테고 죄가 있으면 죗값을 받을 테고."

"정 그렇다면 우리 왕에게 판결을 내려달라고 하지요."

여자 원주민 또한 물러서지 않았다.

"안 됩니다. 이미 재판 날짜가 잡혔고 법대로 해야 합니다."

변호사 또한 지지 않았다.

"그 법은 누가 만들었습니까?"

"예? 그야 국가에서 만들었지요."

"왜 우리가 우리 땅에서 남의 나라 법을 따라야 합니까?"

여자 원주민은 여전히 책을 읽는 듯한 톤으로 차분히 말했다. 저 사람이 정말로 지금까지 미개인이라고 부르던 사람이 맞나 싶었다. 정미는 초조한 마음이 일면서 계속 눈길을 주었다.

"이곳은 아직 문명화가 안 되어서 그렇지 다 나라마다 법이 있습니다. 일종의 규칙이지요. 규칙이 깨지면 혼란이 오고요. 이곳도 나라 안의 장소니까 법을 따라야지요."

변호사 또한 어느새 진지하게 말하고 있었다.

"이곳은 우리 땅입니다. 판단하는 것은 우리 왕밖에 없습니다. 그 누구도 사람을 판단할 수 없습니다."

"안 됩니다. 이미 조사해서 혐의가 있으니까 기소가 되었고 재판을 받아야 합니다. 보름 후입니다."

"받지 않겠습니다. 이 사람도 죄를 짓지 않았다고 합니다. 우리는 거짓말을 하지 않습니다."

여자 원주민은 변호사를 보면서 여전히 차분하게 말했다. 정미는 두 사람의 말을 들으면서 풀 위에 눕다를 바라보았는데 마치 남의 애기인양 듣고만 있는 것이었다. 자신의 일이라면 당장 무죄를 주장하든지 해야 할 것이 아닌가. 안타까운 마음이 들었지만 계속 지켜보기로 했다.

"자, 이제 면회를 하셨으니까 돌아가십시오. 피고인에 대해서는 제가 성심성의껏 변호를 해 드리겠습니다. 아니면 공권력을 투입해서라도 법 집행을 할 겁니다."

"우리는 함께 갈 것입니다."

여자 원주민 또한 뜻을 굽히지 않았다. 회사 간부까지 끼어들어 한동안 옥신각신하였지만 결론이 나지 않았다. 휴, 고개를 흔들던 회사 간부는 주위 사람들에게 눈짓을 했고 그때 회사 사람들이 풀 위에 눕다에게 달려들어 양 팔을 잡고는 건물 안으로 끌고 갔다. 잠깐 저항하던 풀 위에 눕다는 이내 체념한 듯 그들이 끌고 가는대로 따라갔다. 여자 원주민 또한 순간 당황한 듯했으나 이내 평상심을 되찾았다. 원주민들은 서로 무어라 중얼거리더니 모두들 자리에 앉았다. 그러곤 또다시 앞을 멀뚱히 바라보는 것이었다. 정미는 순간 화가 났다. 왜 그러는 거야. 항의를 해야지. 입을 다물고 있으면 누가 도와준다는 거야. 결국은 너희들의 일은 너희들 스스로 해결해야 하는 거야. 가슴속에서 말들이 솟구치는 걸 정미는 간신히 참았다. 변호사는 원주민들의 옆을 지나 빠르게 걸었다. 그러다 정미를 발견하고는 중얼거렸다.

"에이, 미련한 것들."

무척이나 화가 난 듯했다. 변호사가 앞장서서 숙소 건물로 들어갔고 회사 간부들도 뒤따라갔다. 정미는 한동안 원주민들을 바라보다 숙소로 올라갔다.

숙소에 올라간 정미는 극심한 피로를 느끼며 그대로 엎어지듯 침대에 쓰러졌다. 분노가 일었다. 가슴속에서 불이 활활 타오르는 것 같았다.

왜, 왜.

목구멍에서 소리가 터져나왔다.

왜, 싸워야지. 권리를 주장해야지. 왜, 왜.

정미는 꺼억 소리 내어 울었다. 그냥 주저앉으면 어쩔 거야. 누가 도와준대? 아무도 안 도와줘. 결국은 자신이 해결해야 하는 거야. 싸워야지. 안 되면 폭력이라도 행사해야지. 법이 누구 편인데. 너희들은 숫자도 많잖아. 밀어붙였어야지. 울화통이 터졌다. 정미는 가슴의 통증을 느끼며 손으로 가슴을 감쌌다.

아마도 아빠와 함께 목욕한 며칠 후였다. 잠을 자는데 아랫도리가 이상했다. 잠은 쏟아지고 몸은 말을 안 들었다. 무엇인가가 스멀스멀 팬티 속에서 움직이는데 도대체 무엇인지 알 수가 없었다. 깨어야지, 일어나야지, 하면서도 잠에서 깨어나지 못하고 있었다. 그러다 한동안 꿈틀거리던 것이 질 속으로 들어왔다.

아얏!

정미는 비명을 지르며 잠에서 깨어났다. 순간 커다란 손이 입을 가렸다.

조용히 해.

아빠의 목소리였다. 여전히 손은 아랫도리를 더듬고 있었다. 정미는 숨이 턱, 막히는 것 같았다.

그래, 착하지. 정미는 착한 아이야.

몸을 밀착한 아빠는 계속 팬티 속을 더듬거렸다.

이러면 안 되는데. 이러면 안 돼.

정미는 고함을 지르려고 했지만 목소리가 목에 걸려 나오지 않았다. 손이 엉덩이를 더듬고 다시 앞으로 나아갔다.

아얏!

또다시 정미는 비명을 질렀다.

조용히 하라니까.

아빠의 엄한 목소리가 들려왔다. 자칫하면 주먹이라도 날릴 기세였다. 정미는 무서워 꼼짝도 하지 않았다. 온 몸에 한기가 돌았다. 몸이 자신의 몸이 아닌 것 같았다. 두려움에 떨고 있을 때 아빠는 일어서더니 정미의 머리를 쓰다듬었다.

정미 다 컸구나. 착하지. 그래, 내일 선물 사 줄게.

아빠는 조용히 문을 열고 나갔다. 정미는 이불을 뒤집어쓰고 한참 동안 울었다.

다음 날 아침 정미는 학교에 가지 않았다. 열이 끓고 온 몸이 쑤셔

왔다.

어떡하니, 정미가 아파서.

아빠는 출근하며 정미 방에 들려 이마를 짚어보았다. 어디가 얼마나 아픈가 물어보았다. 어느새 평소의 자상한 아빠로 돌아와 있었다. 정미는 아빠의 손을 뿌리치고는 이불을 뒤집어썼다. 아빠가 출근하고 난 뒤 엄마가 들어와 병원에 가자고 했다. 처음엔 안 간다고 했지만 엄마의 성화에 못 이겨 병원에 갔다. 의사는 감기 몸살이라고 했다. 이때만큼 의사가 멍청하게 보인 적이 없었다.

보약이라도 한 질 먹어야겠구나.

엄마는 근심어린 얼굴로 바라보았다. 정미는 순간 눈물이 핑 돌았다. 뿌옇게 변한 엄마가 등을 토닥거렸다.

야가 울긴 왜 울어. 아프니까 마음도 약해졌나보다.

엄마에게 모든 것을 얘기하고 싶었지만 엄마가 걱정할까봐 말을 못했다. 다음에 또 그러면 엄마한테 다 일러야지. 정미는 엄마 품속에서 울면서 다짐을 했다.

저녁에 퇴근한 아빠의 품에는 장난감이 가득했다. 텔레비전에서 선전하는 인형 세트였다. 금발 머리에 하얀 피부를 가진 백인 여자아이들이었다.

당신은 또 정미만 귀여워한다. 우리 아들 정수 것도 사오지.

엄마는 눈을 흘겼고 동생은 울음을 터뜨렸다. 그러더니 인형을 발로 찼다. 인형들이 거실 바닥에 뒹굴었다.

이놈의 짜식이.

순간 아빠의 커다란 손이 정수의 얼굴을 강타했다. 정수는 1미터는 날아가 바닥에 쓰러졌다.

정수야.

놀란 엄마가 정수에게 다가가 안았다. 정수의 코에서 피가 흘렀다. 다행히 다른 데는 다치지 않은 것 같았다. 아빠 또한 놀란 표정이었다. 자신의 손을 한 번 바라보고 정수를 한 번 바라보고는 허, 어이가 없다는 표정을 지었다.

정수야 괜찮니?

아빠는 정수에게 다가갔다. 정수는 불안한지 엄마의 품속으로 파고들었다.

당신, 왜 그래요. 애들을 다 때리고.

엄마 또한 놀라서 어리둥절한 것 같았다. 지금까지 아빠는 때리거나 하다못해 혼내는 일도 없었던 터라 이 날의 일은 아빠를 비롯해 가족 모두에게 충격적인 일이었다. 아빠는 당장 밖으로 나가더니 커다란 장난감총을 사왔다. 정수에게 몇 번이나 미안하다고 했다. 정수는 평소에 갖고 싶었던 총이라 금방 헤, 하고 입을 벌리고 웃었다.

그 뒤로도 아빠는 수시로 정미의 방에 들어왔다. 그리고 팬티 속에 손을 넣고 더듬거렸다. 언젠가 엄마가 화장실 가다 방에 들어온 적이 있었다.

당신 뭐해요?

엄마의 의아한 목소리에 아빠는 벌떡 일어섰다.

어, 그래. 정미가 아프지 않나 싶어서.

아빠는 엄마 쪽으로 걸어가더니 팔로 엄마의 어깨를 두르며 괜찮으니까 애 잠 깨게 하지 말고 밖으로 나가자고 했다.

아휴. 당신 딸 사랑은 못 말린다니까.

엄마의 목소리가 점점 멀어졌다. 역시 다음 날도 아빠는 선물을 사주었다. 주위 사람들은 넌 행복한 아이라고, 세상에 그렇게 자상한 아빠가 어디 있느냐고 침이 마르게 말했고 친구들은 부러워했다.

2

황태섭 판사는 아침에 출근하자마자 일성기업의 차전무로부터 전화를 받았다. 아마존 강의 어느 섬에서 벌어질 재판에 황부장 판사님께서 맡게 됐다며 축하한다고 했다. 판사는 얼떨결에 전화를 받으며 일성기업의 정보력에 감탄했다. 대법원 행정처로부터 공식적인 전화를 받기 전에 이미 일성기업으로부터 축하전화를 받은 것에 놀랐다. 일성기업의 정보력은 국가의 정보기관보다 더 뛰어나다는 말은 이제 정설이 되었다.

"잘 부탁합니다."

차전무는 너털웃음을 지었다.

"무슨 말씀을요. 오히려 제가 영광이지요."

판사 또한 큰소리로 웃었다. 그렇다. 영광이었다. 일성기업과 관련된 재판을 맞는다는 것은 행운이었다. 퇴직 후 일성기업의 법률고문으로 들어갈 확률이 높기 때문이었다. 명절이면 일성기업으로부터 들어오는 떡값도 몇 배로 뛸 것이었다. 명절에 일성기업으로부터 떡값을 받지 않으면 일종의 무능한 판사였다. 검사도 마찬가지였다. 계급에 따라, 평판사라도 집안이나 장래를 보아 떡값의 규모가 정해졌다. 물론 누가 얼마를 받는지는 본인 외에는 아무도 몰랐다. 일성기업과 관련된 소송을 맡게 되어 일성기업에게 유리한 판결이라도 내려지면 당연히 떡값이 전해왔다.

몇 년 전 일성기업의 산업재해 관련 재판이 있었는데 2년 선배가 사건을 맡게 되었다. 판결은 어느 정도 회사원의 입장을 들어주는 것이었으나 전체적으로 일성기업에게 유리한 판결이었다. 노동계에선 당연히 반발이 심했다. 하지만 그 판사에게 일성으로부터 떡값이 내려오지 않았다는 소문이 무성했다. 회사원에게 어느 정도 유리하게 한 측면도 있었던 게 왕회장님의 심기를 불편하게 했다는 것이었다. 그 판사는 다음 해 인사에서 지방으로 내려갔다. 형식상으론 승진했으나 내부적으로 좌천이라고 했다. 그러니 어떤 경우라도 일성기업의 입맛에 맞는 판결이 나와야 했다. 그건 어려운 일이 아니었다. 일성기업에 유리하게 판결을 하더라도 어떤 언론이든 문제삼지 않았다. 만약 일성기업에 불리한 기사가 한 줄이라도 나오기만 하면 그 날로 광고가 끊겼다. 수백 개의 계열사를 거느린 일성기업이 광고를 줄이거나 끊는다면 신문사는 몇 개월 못 버티거나 회사 규모를 축소해야 할 정도였다.

"저녁에 정란에서 뵙지요."

차전무는 정중히 말했다. 정란은 국내의 최고급 요정이었다.

"그러지요."

판사는 벌써 몸이 정란에 가 있는 것 같았다.

오후가 되자 대법원 행정처로부터 공식적으로 아마존 강에 있는 섬 사건에 대해 주임 판사로 임명한다는 전갈을 받았다. 일성기업으로부터 연락 받은 지 무려 6시간 후였다. 또한 사건 서류도 도착했다. 판사는 기록을 꼼꼼히 살폈다. 일반 재판이 아니었다. 일성기업 재판이었다. 어찌 보면 쉬운 재판이 될 수 있었다. 이미 결론이 난 상태에서 이유를 갖다 붙이면 되는 것이었다. 일성기업에게 유리하게 하되 누가 봐도 고개를 끄덕일 만한 판결문을 내놓으면 금상첨화지만 그것까지 바란다면 무리였다. 판사는 수사 기록을 보느라 바쁘게 시간을 보내다 퇴근하자마자 가벼운 발걸음으로 정란으로 향했다. 저절로 콧노래가 나왔다.

"오늘 우진우 변호사는 아마존 강으로 떠났습니다."
차전무는 판사가 자리에 앉자마자 변호사 얘기를 꺼냈다.
"아, 우변호사요?"
우변호사는 대학 후배였다. 앞에 앉은 전무는 4년 선배였다.
"재판은 보름 뒤니까 후배님은 천천히 떠나셔도 될 것 같네요."
전무는 대놓고 후배라고 불렀다. 아무리 사석이라도 그런 호칭을 쓰는 사람은 같은 직종에 있는 사람 외는 드물었다. 하지만 상대는 일성기업 전무였다.
"예, 선배님."
판사는 깍듯이 대했다. 그때 한복을 입은 여자들이 음식을 가져왔고 다 차려지자 20대 초반으로 보이는 분홍색 한복을 입은 앳된 여자가 가야금을 들고 들어왔다.
"미향이라고 합니다."
여자는 가야금을 옆에 두고 큰절을 했다.

"그래. 네 가야금 소리가 제일 낫더라."

전무가 칭찬했다. 판사도 안면이 있는 여대생이었다. 역시 분홍색 한복을 입은 20대 초반의 여자 둘이 방으로 들어오더니 전무와 판사 옆에 앉았다.

"자, 우선 한 잔 하시지요."

전무가 말을 마치자 판사 옆에 앉은 여자가 술을 따랐다. 전무 옆에 앉은 여자도 술을 따랐다. 가야금 소리가 은은히 울려 퍼졌다. 판사는 기분 좋게 술잔을 들었다.

"선배님, 한 잔 하시지요."

"예, 후배님."

전무가 판사의 잔에 자신의 잔을 부딪쳤다. 이 집은 비밀을 잘 지키기로 유명했다. 누구에게 접대를 받아도 절대로 밖으로 소문이 세어 나가지 않았다. 사장이 철저하게 직원들을 관리했다. 가야금 소리가 조용히 허공을 유영하는 중에 향긋한 술이 몇 순배 돌자 전무는 시중들던 두 여자들에게 잠시 물러가 있으라고 했다. 판사는 약간 긴장을 하며 전무를 바라보았다.

"별거 아닙니다, 후배님."

전무는 직접 두 손으로 판사의 잔에 술을 따랐다. 두 손으로 술을 받은 판사 또한 두 손으로 전무의 잔에 술을 따랐다.

"후배님도 아시다시피 이번 재판은 절대로 비밀로 해야 합니다."

"뭐, 그거야."

판사는 대법원 행정처로부터 이미 들은 사실이었다. 국제적 여론이 나빠질 수 있다는 것이었다. 이번 재판은 실제로 하는 것은 국내법으로 국내 판사가 하지만 형식상으로는 페루 법원에서 하는 것으로 되어 있다고 했다.

"우리나라하고 50년을 계약했거든요. 50년 동안은 우리 국내법으로 할 수 있다는 건데요. 문제는⋯⋯."

전무는 말을 끊고 판사의 잔에 술을 따르고 자신의 잔에도 따랐다. 판사는 전무의 얼굴을 긴장하며 바라보았다.

"정보에 의하면 페루 국회에서 몇 년 내에 원주민 보호법을 통과시킬 예정이랍니다."

"원주민 보호법이요?"

판사는 쉽지 않은 재판이 되겠구나, 하는 예감을 느끼며 술잔을 들어 반만 마시고 잔을 내려놓았다. 입안에 은은한 향내가 퍼졌다.

"그러니까 아마존 강가에 사는 원주민들을 보호하자는 취지인데요. 국제적 여론에 밀려 할 수 없이 하는 것이지요."

"그 법의 요지가 뭡니까?"

판사는 나머지 남은 술을 입에 넣으며 생각했다. 왜 이런 얘기를 할까. 전무 또한 잔에 남은 잔을 들어 입에 털어넣었다.

"원주민을 보호한다는 것이 법의 취지인데, 반대로 우리 같이 개발하는 입장에서는 곤란한 일이 한두 가지 생기는 게 아닙니다. 예를 들면 원주민 한 사람이라도 발견되면 그 원주민이 살던 지역을 그 원주민의 소유권으로 인정해준다는 것이지요."

"아."

판사는 뭔가 짚이는 게 있었다.

"그러니까 원주민이 없으면 맘대로 개발할 수 있다는 말이네요."

"그럼요. 근데 이게 문제가 한두 가지가 아닙니다. 은밀히 소문이 나자 브라질 등 아마존 강이 흐르는 각 나라에서 개발하는 사람들이 미리 원주민을 찾아내 없애버린다는 것이지요. 정치가란 사람들이 이렇습니다. 원주민을 보호하자는 것은 좋은데 거꾸로 원주민을 죽이는 법이지요."

"원주민이 한 명만 있어도 그 지역 소유권을 인정한다니. 그러면 개발을 못하게 되겠군요."

"그러니까 개발하는 사람들 입장에서는 원주민을 보면 정부에서 발견하기 전에 다른 지역으로 쫓아내거나 없애버리는 것이지요."

"음."

판사는 고개를 끄덕거렸다.

"그럼 일성기업에서도 차질이 생기겠군요."

"예, 그렇지요."

이제 이번 재판이 단순한 재판이 아니라는 게 확연히 드러난 셈이었다. 근데 뭘 어쩌자는 건가. 사건 내용을 살펴보았을 땐 어차피 최고형일 수밖에 없다는 생각이 들었다. 전무의 말을 들으니 생각이 확고해졌다고나 할까.

"어차피 원주민이 문제군요."

판사의 말에 전무는 고개를 끄덕였다.

"그 섬 전체에 상당한 광물이 존재합니다. 따라서……"

전무는 빈 잔에 술을 따르곤 입으로 가져갔다.

"개발권을 50년 동안 행사하기로 했으니, 어차피 개발은 되어야 하고."

판사는 고개를 끄덕였다. 원주민을 쫓아내고 개발하는 것은 자신의 소관이 아니었다. 그건 그들의 몫이었다. 자신은 일성기업의 의도를 알았으니 최고형량을 내리기만 하면 되는 것이었다.

"그래서 말씀드리는데, 후배님께서 재판 일정을 연기해주시면 어떨까 하고요."

판사 직권으로 재판을 한 달 뒤로 연기해달라는 말이었다.

"그야 어렵지 않지만 무슨 이유라도 ……."

판사는 전무를 바라보며 물었다.

"터놓고 말씀드리자면, 원주민들과 협상을 하려고 합니다. 섬에서 철수하여 다른 지역으로 이동한다면 ……."

전무는 판사의 빈 잔에 술을 따랐다. 그거구나, 오늘 나를 불러낸 것이. 판사는 속으로 미소를 지었다.

"만약 물러난다면 아량을 베풀 수 있다, 이거지요?"

판사의 말에 전무를 고개를 끄덕이며 예, 그렇지요, 했다.

"만약 말을 안 들으면 법이 얼마나 무서운지 본보기를 보여주겠다, 뭐 그런 거고요."

판사는 손에 들어온 고기를 어떻게 요리할까 하는 심정으로 말했다.

"예, 후배님 말씀이 정확합니다. 그래서 이번 재판이 중요하다고 말씀드린 겁니다."

"예. 직권으로 재판 연기하겠습니다. 그동안에 좋은 결과 있으시길 바랍니다."

판사는 속으로 껄껄껄, 웃으며 말했다.

"고맙습니다. 역시 후배님은 존경할 만합니다."

전무는 고개를 숙여 예를 차렸다.

"근데 원주민들은 몇 명이나 됩니까?"

판사가 물었다.

"대략 삼사 백 됩니다. 정확한 인원은 저희들도 잘 모릅니다. 체계가 안 잡힌 미개인들이다보니."

"그렇군요."

판사는 고개를 끄덕였다. 삼사 백명이라면 이동시키기가 쉽지 않을 것이었다. 하지만 일성기업이라면 얘기가 달라졌다. 한다면 하는 기업이었다.

"근데 섬이 지금까지 주변에 알려지지 않았던 건 무엇 때문입니까?"

섬에 대해 좀 더 잘 알 필요가 있었다.

"그 섬이 좀 독특합니다. 그러니까 육지 속의 섬인데요. 큰 강이 내려오다 물줄기가 두 갈래로 갈라지며 섬이 형성되었지요. 한 쪽은 물길이 약하고 깊이가 얕으나 사나운 악어가 많이 살고요. 한 쪽은 강이 깊고 물살이 셉니다. 그러다 보니 미개인들이 외부와 교류 없이 오랫동안 고립된 채 살아오지 않았나 싶습니다."

"사납지는 않나요? 영화 같은데 보면 왜 그렇지 않습니까? 말을 타고 달리며 무고한 외부인들에게 총을 쏘고 말이지요."

판사는 백인들의 행렬을 공격하는 인디언들을 떠올렸다. 그들은 하나같이 사납고 무모한 놈들이었다. 전무는 의외로 미개인들이 순하다고 했다. 우리가 알고 있는 인디언들과는 다르다고 했다.

"그 섬에 말은 없고요. 이상하게도 동물들도 초식동물만 있습니다. 사자나 호랑이 같은 육식동물은 없고요. 그래서 그런지 미개인들은 동물들과 한 가족처럼 지냅니다. 뭐 같은 종족이라 여긴다나. 하여튼 동물들을 가족처럼 대하니 당연히 채식주의자들입니다. 고기는 일체 안 먹는 습관이 있다고 하더군요."

"다행이군요. 총 들고 대들면 어떡합니까. 무식한 게 제일 겁나는데요."

전무는 고개를 저었다.

"하지만 고집이 아주 셉니다. 이건 뭐 말이 안 통합니다. 처음 광산 개발할 때도 그 지역에 사는 미개인들을 이주시키는데 고생 좀 했습니다. 도대체 이주를 안 하려고 하니 말입니다."

"지금도 그렇군요."

판사는 이번 사건과 연관지으며 물었다.

"그렇지요. 이번 사건도 처음부터 강력하게 이주를 반대한 놈의 소행이고요. 또한 개발을 반대하는 무리들이 뒤를 받치고 있는 형상입니다."

"처음부터 이주를 반대한 놈이라고요?"

판사는 눈을 크게 뜨고 전무를 바라보았다.

"처음 개발할 때 반대한 무리들이 있었는데 그 중의 한 명입니다. 풀 위에 눕다라고. 그래서 너희들이 문명을 몰라서 그렇다, 시찰을 시켜주겠다, 해서 두 놈을 대표로 해서 국내에 1년 동안 시찰을 시켰지요."

"그런데도 반대를 해요? 저들이 사는 것과 하늘과 땅 차이일 건데."

"그러게 말입니다."

그쯤에서 전무는 술잔을 들어 판사에게 건배를 청했다. 판사는 술
잔을 들어 전무의 잔에 부딪치곤 입에 털어넣었다. 깊은 맛이 입안에
감겼다. 가야금 소리는 여전히 방안을 부유하고 있었다.

"우리 돈 들여 1년을 시찰시켰더니 한 놈은 개발로 돌아섰습니다.
그런데 이번에 사고를 친 놈은 끝까지 개발을 반대한 놈입니다."

"어디나 꼭 그런 놈이 있는데. 반대를 위한 반대를 하는 놈들 말이
지요."

판사는 전무를 바라보며 말했다. 대충 전무의 속뜻을 알 것 같았다.

"그 놈이 앞장서서 지금까지 개발을 반대해 온 놈입니다."

"그런데 문제는 그 놈만 처리하면 끝나는 것이 아니라는 말씀인데
요."

"그러게 말입니다. 원주민 보호법이 시행되면 복잡해집니다. 그래
서 이번 재판이 우리 일성기업으로서는 아주 중요합니다."

전무는 판사를 바라보았다. 이쯤이면 다 이해되지 않느냐는 투였다.

"알겠습니다. 국가를 위한 일인데 잘해야지요. 국가경제를 살려야
하지 않겠습니까. 요즘 젊은이들 일자리가 없다고 아우성인데 그런
데서 일자리를 창출하는 게 얼마나 좋습니까."

"이렇게 이해해주시니 고맙습니다. 그럼 식사하시지요."

전무는 만족한 표정을 지으며 벨을 눌렀다. 잠시 후 시중들던 여자
아이들이 들어왔다.

"자, 이 분께 술 따라 드리고 식사 내오라고 해라."

전무의 목소리가 올라갔다. 뜻대로 되어서 기분이 좋은 표정이었다.

"다 국가를 위해서 그런 거 아닙니까. 자원이 없는 나라에서 경제를 발전시키려니까 힘들지요. 이번 기회에 우리나라 경제가 한층 더 발전하는 계기가 될 것이고요."

"그럼요. 국가가 발전해야 개인들의 발전도 있는 거 아닙니까?"

판사와 전무는 건배를 하고는 술을 입으로 가져갔다.

저녁은 프랑스 요리가 들어왔고 이미 취한 판사는 여자가 따라주는 대로 술을 마셨다.

"후배님, 그럼 전 이만 일어서겠습니다. 지금 회장님께 보고를 드려야 합니다. 오늘밤엔 옆에 있는 아가씨가 모실 겁니다."

전무는 고개를 숙여 인사를 하고는 방을 나섰다.

전무가 간 뒤에도 술을 더 마신 판사는 여자와 함께 대기시켜놓은 차를 타고 호텔로 출발했다. 모든 코스는 전무가 이미 정해놓은 대로였다. 당연히 돈도 전무가 계산했다.

다음 날 출근할 때 아내는 판사 앞으로 흰 쇼핑백을 내밀었다. 어제 저녁에 어떤 젊은이가 가지고 왔다고 했다. 판사는 고개를 끄덕이곤 그대로 금고 안에 넣으라고 했다.

3

검사는 숙소 뒤 창고로 갔다. 회사 간부는 무슨 영문이냐고 물었으나 검사는 대답하지 않았다. 회사 간부는 더 묻지 않고 자물쇠를 열었다.

"가서 일 보세요."

검사는 회사 간부에게 말하고는 두 손으로 문을 활짝 열었다. 좁은 공간에서 미개인과 함께 있고 싶지 않지만 어쩔 수 없었다. 수사관이 없기에 자신이 직접 미개인을 만나야 한다는 사실 자체가 무척이나 자존심 상하는 일이었다. 어쨌든 지금 수사관은 본국에 가 있고 재판이 연기되었다는 사실이 중요했다. 뭔가 중요한 게 있다는 뜻이었다. 그게 뭘까.

검사는 인상을 찡그리며 창고 안으로 들어갔다. 시커먼 미개인이 앉은 채 검사를 바라보았다. 두려워하는 표정이 아니었다. 마치 사색에 잠긴 듯한 표정이었다. 순간 검사는 그런 표정의 미개인에게 발길질을 하고 싶은 충동을 가까스로 참았다.

감히 검사를 무서워하지 않다니.

국내에선 있을 수 없는 일이었다. 아무리 높은 사람이라도 자신 앞에 오면 오금부터 저렸다. 국회의원이든 장차관이든 군대의 장성이든 모두가 그랬다. 정치인들은 겉으로 큰소리를 치지만 눈 속을 들여다보면 얼마나 불안에 떠는지 알 수 있었다. 근데 이놈은 전혀 두려워하는 기색이 없었다.

검사는 한 쪽 구석에 있는 의자를 미개인 앞에 놓고 앉았다. 지그시 내려다보았다.

"팔자 한 번 좋구나. 먹고 싸고, 먹고 자고."

검사의 비아냥거리는 투에도 미개인은 아무런 표정 변화가 없었다. 검사는 인상을 찡그렸다. 아, 이 냄새. 생선 썩어가는 듯한 냄새. 어릴 때 고향 두엄더미에서 나던 냄새. 이런 미개인을 상대로 재판이고 자시고 할 게 뭐 있단 말인가. 그냥 끌고 가서 없애버리면 그만인 걸. 게다가 저 벗은 꼴이라니.

검사는 미개인을 바라보는데 미개인은 벽을 멀뚱히 바라보고 있었다. 그래 묵비권을 행사하겠다는 말이지. 검사는 슬슬 몸에서 피가 빠르게 도는 것을 느꼈다. 어쨌든 재판이 연기되었다는 것은 중요한 뭔가가 있다는 것이고 재판에 한 치의 착오도 없어야 했다. 이놈에게 자백을 받아내는 게 중요했다. 근데 이놈은 끝까지 자백을 하지 않으니 환장할 노릇이었다. 그렇다고 뚜렷한 증거가 있는 것도 아니었다. 다만 사고 현장에 어슬렁거리는 미개인을 보았다는 증인이 있는 정도였다. 처음 조사할 때 미개인은 사고 당시 현장에 있었다는 사실은 인정했다. 하지만 범행 자체는 부인했다.

"이봐. 재판 일정이 잡혔다는 건 알고 있겠지?"

검사의 말에 미개인은 아무런 반응이 없었다.

"한 달 후면 너를 재판하러 본국에서 판사가 온다."

역시나 미개인은 아무런 반응이 없었다.

"그래 좋다. 풀 위에 눕다, 우리 좋게 끝내자. 네가 자백하면 정상 참작해서 사형만은 면해주겠다고 했지 않나? 사람이 많이 죽었는데 시치미를 딱 뗀다고 될 일이냐?"

검사는 처음으로 미개인의 이름을 부르며 말했다. 그동안 수사관이 물고문을 비롯해 여러 고문을 가했지만 끄덕도 없던 놈이었다.

하, 보통 놈이 아닌데요?

수사관도 놀라자빠지겠다는 표정으로 말했다. 국내에서는 유능한 수사관으로 이름난 사람인데 일개 미개인 하나 자백시키지 못해 쩔

쩔 매는 것이었다. 그래서 으레 그렇듯 커다란 물통에 녀석을 거꾸로 처박아넣어도 괴로운 듯 몸만 비틀었을 뿐 두려워하는 모습이 아니었다. 국내에서 보통 한 번만 물고문 시키면 오줌을 싸고 싹싹 비는 게 그동안 보아온 모습인데 이놈은 전혀 달랐다. 손으로 빌기는커녕 커다란 눈을 껌벅일 뿐이었다. 거꾸로 매달아 놓고 수건으로 얼굴을 씌운 채 고춧가루 탄 물을 부어도 녀석은 마찬가지였다. 곧 죽을 것처럼 숨을 할딱거릴 뿐이었다. 두려운 표정을 짓지 않으니 오히려 고문하는 입장에서 불안해지는 것이었다.

그만해.

검사가 말리지 않으면 정말로 미개인이 죽을 것 같았다. 미개인은 그대로 죽어도 두려워할 것 같지도 않았다.

에이.

수사관은 분을 참지 못하고 미개인을 발로 걸어차더니 창고를 나갔다. 검사는 미개인에게 다가가 뒤로 묶인 끈을 풀어주고 편안히 앉게 했다. 하지만 미개인은 앉을 힘도 없는지 옆으로 픽, 쓰러졌다. 미련한 놈. 검사는 피우던 담배를 미개인에게 집어던졌다.

이제는 녀석이 몸을 많이 추슬렀는지 건강해 보였다. 그 고문 이후 녀석은 일체 말을 꺼내지 않았다.

"네가 자백을 안 하면 네 부족들의 신임에 더 나쁜 영향을 미치는 걸 아는가? 네 부족들을 위해서라도 자백을 하는 게 더 옳을 텐데?"

검사는 속으로 욕지기가 치밀었지만 되도록 부드럽게 말했다. 그동안 경험으로 봐서 강하게 나간다고 될 일이 아니었다.

"너는 그래도 네 부족들 중에서 가장 똑똑하다고 들었는데, 본국에 시찰까지 갔다 오고 말이야. 그럼 장차 네 앞날이 걱정 안 되는가?"

검사는 미개인을 똑바로 보며 말했다. 하지만 미개인은 여전히 벽을 보며 앉은 채 미동도 없었다. 마치 말을 못 알아듣는 것 같았다. 처음 미개인을 보았을 때 나름 일이 쉽게 풀릴 줄 알았다. 3년 전에 1년 동안 본국에 시찰을 한 적이 있다고 했다. 미개인들이 회사에 적대감을 갖고 있자 문명사회가 어떤지 알게 하기 위해 나름 똑똑한 사람 두 명을 선발하여 1년 동안 본국에서 생활하며 문명 체험을 하게 했는데 풀 위에 눕다가 그 중의 한 명이라 했다. 당연히 말을 하는데 불편함이 없었고 나름 자신의 입장을 펼쳤다.

그동안 개발에 적극 반대했다는데 사실이냐?

수사관의 말에 미개인은 순순히 그렇다고 했다. 자신에게 불리한 줄도 모르고 대답하는 것이었다. 계속 광산 폭발을 하지 않았다고 발뺌하던 미개인은 그럼 왜 갔느냐는 말에 어떻게 정령이 만든 산을 파괴하는가, 가슴이 아파서 가보았다고 했다. 그러면서 광산을 돌아보고 나오는데 폭발음이 들렸다고 했다. 미개인이 폭발시켰다는 회사 측 증인이 있고 또한 현장에서 붙잡혔으니 꼼짝 못할 지경이었다. 게다가 평소에 개발에 반대했다는 말까지 순순히 자신의 입으로 말했으니 수사하나마나였다. 하지만 범행에 대해서는 완강히 부인했다. 처음 말 귀가 통한다고 생각한 것은 오산이었다.

어떻게 사람을 죽인단 말이요.

미개인은 자백하라는 말에 그렇게 대답했다. 평소에 회사를 적대시 여기지 않았느냐는 말에 그렇다고 하면서도 어떻게 사람을 죽일 수 있느냐고 했다. 그럼 사람을 죽일 의도는 없고 단지 갱도만 파괴하려고 했는데 그만 갱도가 크게 무너지는 바람에 사상자가 많이 일어났던 게 아니냐고 다그쳤을 땐 갱도를 파괴할 의도도 없었다고 했다. 단지 파헤쳐진 산을 보고 슬펐노라고 말했다.

검사는 미개인을 바라보며 자신의 직감에 대해 생각했다. 지금까지 단 한 번도 틀린 적이 없었던 직감. 그 직감이 미개인이 범인이 아닐지도 모른다고 말하고 있었다. 아니라고, 미개인이 범인이라고 생각하려고 했지만 왠지 범인이 아닐지도 모른다는 생각이 시간이 지날수록 들었다.

증인이 있고 범인이 현장이 있었고 무엇보다 범인은 평소에 광산 개발에 대해 반대해 왔으니 기소하는 데는 아무런 문제가 없었다. 재판을 하더라도 무죄가 떨어지기는 힘들 것이었다. 설사 짜고 치는 고스톱이 아니라도 말이다.

하지만.

검사는 미개인을 지그시 내려다보았다. 범인이 아니라면. 회사의 실수라면. 증인이 회사 측 사람이라 회사에 불리하게 증언할 리는 없었다. 직감이 맞는다면, 이 미개인이 범인이 아니라면, 내가 모르는 무엇이 있는가. 재판을 연기할 이유는 무엇인가.

수사 기록과 기소를 수사관에게 일임하면서 검사는 섬에 남아 생활했다. 특별한 이유가 있는 것이 아니고 이곳에 온 김에 주위 나라나 오지를 구경하고 싶었기 때문이었다. 그러다 보니 미개인들과도 접촉을 많이 하게 되었는데 미개인들의 생활 에 죽인다는 말 자체가 없었다. 동물들은 물론이고 식물들조차도 함부로 죽이지 않았다. 그런 미개인이 사람을 죽였다? 검사는 섬생활을 하면서 불쑥불쑥 고개를 드는 의문에 고개를 저었다. 미개인이 범인이 되어야 했다. 미개인이 범인이 안 되는 경우는 있을 수가 없었다. 처음 조사하러 본국을 떠날 때부터 그랬다. 주임 검사로 임명되고 바로 그날 일성기업의 전무가 찾아왔고 요정에 가서 큰 접대를 받았다. 아직 부장검사도 아닌 자신에게 일성기업의 전무가 직접 대접한다는 것은 이례적인 일이었다. 거기다 거액이 든 쇼핑백까지.

다음날 페루의 리마에 도착했을 때 페루의 일성기업 총 책임자인 조사장이 직접 공항으로 나왔고 또한 큰 접대를 받았다. 이키토스에 갔을 때 현장 책임자인 전무가 마중을 나왔고 계속 환대를 받았으니 태어나서 그런 경험은 처음이었다. 이미 답이 나와 있는 상태에서 자신이 할 수 있는 것은 크지 않을 거라는 예감이 들었다. 현장에 와서 조사를 해보니 예감이 맞았다. 목격자가 있고 범인은 현장에서 붙잡혔다. 범인은 계속 개발에 반대해온 인물이다. 누가 봐도 조사할 것도 없는 사건이었다.

근데 나한테 왜 그런 환대를?

미개인을 조사하면서 자꾸만 그런 의문이 들었다. 그러면서 이 미개인이 범인이 아니라는 직감에 확신이 서는 것이었다.

검사는 고개를 저었다. 앞에 앉은 범인은 어떤 경우라도 범인이 되어야 했다. 또한 자신은 이 범인에게 자백을 받아야 했다. 하지만 이 미개인이 일체 말을 하지 않으니 환장할 노릇이었다. 고문을 해도 효과가 없었다. 검사 앞에서 떨지도 않은 놈이니 무슨 말하랴.

"풀 위에 눕다, 한 마디 묻겠다. 왜 광산개발을 반대하는 거야? 개발하면 너희들도 문명화되고 얼마나 좋으냐. 먹을 거 입을 거 걱정 없는 세상이 될 텐데 말이야."

하지만 미개인은 여전히 벽을 바라보며 눈만 끔벅거렸다. 처음 조사할 때 정령이 만들어준 자연 파괴에 대해 가슴이 아프다고 얘기한 것이 고작이었다. 그리고 회사 사람들이 섬에서 떠나줄 것을 바란다고 했다. 하지만 그건 말도 안 되는 소리였다. 50년 동안 개발권을 엄청난 돈을 주고 획득했는데 이제 와서 물러가라니. 검사는 미개인에게 말할수록 벽을 보고 말하는 것 같았다.

검사는 일어섰다. 자백을 받으면 좋지만 이제 할 수 없었다. 수사관도 없는데 자신이 직접 고문할 수도 없는 일이었다. 어쨌든 이 미개인이 범인이 아닐수록 일성기업은 나에게 신세를 많이 지게 되는 셈이다. 그에 대한 대가는 따라올 것이다. 문을 닫고 자물쇠를 잠그는 검사의 입에 미소가 걸렸다.

재판 연기는 정미에게는 더할 나위 없이 좋은 일이었다. 그만큼 아빠가 있는 곳으로 늦게 돌아간다는 의미였다. 물론 이 곳 올 때 비행기를 타는 순간 다시는 이 나라의 땅에 발 디딜 일은 없을 것이라고 생각했지만 그 기간만큼 본국으로 가지 않고 어떻게 살아갈지 생각할 여유를 가지게 된 셈이었다. 혼자 숙소에 남으니 할 일이 없었다. 여전히 전무 비서실의 여자는 식사시간마다 인터폰으로 알려주었지만 정미는 다시는 인터폰으로 연락하지 말라고, 여자가 기분 나쁘지 않게 말했다. 일어나고 싶을 때 일어나고 자고 싶을 때 잤다. 때가 아닐 때

배고프면 음식점에 가서 사 먹었고 배가 고프지 않으면 건너뛰었다. 정미는 꿈이 아닐까 싶어 머리를 흔들어보기도 했고 이런 행운을 누리는 게 어쩌면 커다란 불행을 앞둔 전조현상이 아닐까 하는 두려운 생각이 들기도 했다. 어릴 때부터 행복을 느끼면서 살아오지 못한 삶이라 행복을 제대로 누리지 못하는 것 같았다. 그래, 될 대로 되라. 아무리 큰 불행이 온다한들 아빠가 있는 날보다 더 불행할까 싶었다.

정미는 챙이 큰 모자를 쓰고 화장은 하지 않은 채 숙소를 나왔다. 섬 구경이나 할 생각이었다. 오전 10시이니 2-3시간 다녀올 생각이었다.

밖으로 나와 자세히 보니 숙소와 사무실 건물 외에도 건물이 여러 채 더 있었다. 모두 외양은 주변 경치와 어울리게 나무로 치장을 했다. 한 건물에는 술집 찻집 당구장 노래방 단란주점까지 있어 마치 문명도시의 건물에 와 있는 느낌을 주기도 했다. 또 다른 건물에는 교회와 성당 절이 있었다. 이곳에까지 이런 것이 있나 싶었지만 각자 종교가 있으니 없으란 법도 없지, 하며 큰 길을 따라 걸어갔다. 다행히 길가에 그늘이 짙게 깔려 있었다. 그늘이어서 그런지 많이 덥다는 느낌은 들지 않았다. 전체적으로 아늑한 느낌을 주었다. 지금까지 살면서 이렇게 유유자적하게 걷는 것이 처음인 듯 느껴졌다. 항상 무엇엔가 쫓기듯 몸을 움츠리고 살아왔다. 정미는 가슴을 활짝 펴고 주위를 두리번거리며 걷고 있는데 숙소 건물에서 떨어질수록 커다란 나무들이 쓰러져 있는 게 보였다. 모두가 어른 몇이 팔을 벌려도 모자랄 만큼 굵은 나무들이었다. 한두 그루가 아니라 무더기로 쓰러져 있는 것을 볼 때마다 이상하게 가슴이 덜컥, 내려앉았다. 가슴 한 쪽이 쓰러왔다. 예전에 많이 느꼈던 쓰라림이었다. 왜 이러지? 정미는 정신을 차리려고 미간에 힘을 주며 숲을 바라보았다. 여전히 군데군데 파헤쳐져 허연 속살을 드러낸 곳이 마치 몸에 난 생채기처럼 살을 에는 듯한 느낌이 피부로 전해왔다. 주위를 둘러보니 한두 군데가 아니었다. 여러 군데가 파헤쳐지고 거대한 나무들이 쓰러져 있었다. 많이 아팠구나, 많이 힘들었구나. 정미는 다가가 어루만져주고 싶은 생각이 들었다. 가서 안아주고 싶었다. 힘들었지, 등이라도 토닥거려주고 싶었다. 수백 년은 되었을 것 같은 나무에서 정미는 마치 자신의 모습을 보는 것 같았다. 그때였다.

"어디 가세요?"

남자의 굵직한 목소리가 들려왔다. 깜짝 놀라 돌아보니 선착장에서 가방을 들어준 김부장이란 사람이 앞에 서 있었다.

"아, 예. 섬 구경 좀 하려고요."

정미는 고개를 끄덕여 인사를 하고는 황급히 지나치려는데 김부장이 말을 했다.

"어디 불편하세요? 안색이 안 좋습니다."

"아, 아뇨."

정미는 고개를 숙인 채 말했다.

"멀리 가지 마세요. 잠깐만요."

김부장은 정미의 기색을 보고는 재빨리 가방에서 뭔가를 꺼냈다.

"원주민들이 무슨 해코지할지 모르잖아요. 혹 위험할지 모르니 이거 가지고 계시고요."

손에 쥐어주는 것을 보니 작은 칼과 호루라기였다.

"우린 총까지 소지하고 있답니다. 물론 간부만 그렇지만"

김부장은 가방을 열고 총을 꺼내보였다.

"고맙습니다."

정미는 칼과 호루라기를 주머니에 넣으며 인사를 했다. 호루라기는 본국의 집에도 있었다. 아빠는 정미에게 호루라기를 꼭 가지고 다니도록 했다. 세상이 무서우니 항상 조심해야 한다며 남자들이 무슨 짓을 하면 호루라기를 불으라고 했다. 그러면서 아빠를 제외하고는 이 세상의 모든 남자를 믿지 못하게 했다.

김부장이 멀어져가자 정미는 얼른 2차선 시멘트포장을 벗어나 숲으로 들어갔다. 사람들이 많이 다녔는지 혼자 지나갈 만한 길이 나 있었다. 조금 걷다 옆에 있는 바위에 걸터앉았다. 또다시 몸이 부르르 떨렸다. 아빠는 모든 남자들은 믿을 게 못 된다며 호루라기만 준 게 아니었다. 학교를 마치면 교문 앞에 차를 대기하고 있다가 곧장 집으로 태워주었다. 영문을 모르는 친구들은 아빠를 부러워했다. 고급 승용차로 아빠가 매일 학교 갈 때나 올 때 태워주니 부러워할 만도 했다. 집은 부자였고 아빠는 정미가 원하는 것은 무엇이든 다 해주었다. 겉으로 보기엔 이상적인 집이었다. 하지만 정미로서는 죽을 맛이었다. 친구들과 어울리지 못했다. 학원도 다니지 못했다. 피아노나 그림은 선생님이 집으로 오게 해서 배웠다. 모두 여자 선생님이었다.

초등학교 고학년에 다니던 어느 날 정미는 학교를 마치고 정문으로 나가지 않고 후문으로 걸어갔다. 혼자서 집에 갈 작정이었다. 그 전에도 여러 번 혼자서 다니겠다고 아빠에게 말한 터였다. 하지만 아빠는 거의 매일 밤 정미 방에 들어오면서 길에서 나쁜 남자를 만날지 모르니 태우러 가겠다고 했다. 문방구점을 지나 미용실 앞으로 걸어가는데 자전거를 타고 놀던 친구를 만났다.

"교문 앞에서 네 아빠가 기다리는데. 너 안 나온다고 묻던데? 아빠 못 만났니?"

순간 등에서 식은땀이 한 줄기 흘러내렸다.

"응. 만났어."

정미는 말하곤 재빨리 걸었다. 일부러 큰길은 놔두고 골목으로 걸었다. 몸이 긴장되고 걸음이 잘 떨어지지 않았다. 곧 아빠가 뒷머리를 잡아챌 것 같았다. 역시나 오래 가지 못했다. 골목으로 빙 돌아간다고 했지만 가다 고개를 들고 보니 아빠가 골목 끝에 서 있었다. 보지 않아도 아빠는 무척 화가 났을 거라는 생각에 정미는 그 자리에 주저앉았다. 울음도 나오지 않았다.

"이리 온, 정미야."

아빠는 부드럽게 말했다. 정미는 일어서야 한다고, 큼지막한 손바닥이 얼굴을 강타할 거라고, 부르르 떨며 겨우 일어섰다.

"정미야 놀랬잖아. 왜 이리로 왔니? 무슨 일 있어?"

아빠는 언제 다가왔는지 바로 코앞에서 부드러운 말투로 물었다.

"아, 아뇨."

정미는 몸을 떨며 겨우 말했다.

"애가 왜 이리 떨어. 무슨 일 있는 거 아냐?"

아빠는 의심스런 눈으로 물었다. 정미는 거듭 아무 일 없다고 말했다.

"그럼 됐다. 가자."

아빠는 정미의 손을 잡고 끌었다.

"혼자 갈래요."

정미는 금방이라도 울음을 터뜨릴 듯한 얼굴로 말했다. 아빠가 돌아보았다. 인자한 미소를 지었다. 집밖에서는 한 번도 화를 내지 않던 아빠였다.

"애가 왜 이러니, 착한 애가. 너 혹시 학교에서 나쁜 애들이랑 어울리니?"

"아뇨."

정미는 고개를 숙인 채 입술을 잘근잘근 깨물었다. 미세한 아픔이 전해왔다. 아픔이 위로가 되었다.

"근데 왜 그래? 누가 뭐라니? 다른 애들은 다들 너를 부러워하잖니?"

"……."

정미는 그 부러운 게 무엇인지 몰랐다. 이런 것이 부러운 거라면 백 번이고 천 번이고 양보하고 싶었다.

"똑바로 앉아라."

차에 타자마자 갑자기 아빠의 말투가 가라앉았다. 데리고 오면서 화를 삭이느라 힘들었다는 투였다. 정미는 안전벨트를 착용하면서 창밖으로 고개를 돌렸다. 창밖은 고요했다. 세상이 비현실적이게 평화로워 보였다. 차는 곧 출발했다. 정미는 각오했다. 집에 가면 어떤 형태로든 아빠한테 혼날 것이었다. 요즘에는 밤에 아빠가 들어와 팬티 속에 손을 넣고 더듬거릴 때 거부하면 엄마가 없는 날에 큼지막한 손바닥으로 등을 내리쳤다.

"어디 가세요?"

창밖을 보며 집에 가서 혼날 걱정을 하다가 낯선 길로 접어드는 걸 보고는 정미는 불안한 예감에 몸을 떨었다.

"잘못한 대가를 받아야지. 아빠하고 약속했잖니, 아빠 말 잘 듣겠다고."

아빠는 착 가라앉은 음성으로 말했다.

"말씀 잘 들을게요. 집으로 가세요."

정미는 울먹이며 말했다. 하지만 아빠는 계속 차를 몰았다. 마을이 드문드문 지나가더니 들판이 나왔다. 들에는 보리가 바람에 몸을 이리저리 뒤척였다. 이곳이 어딘지 생각해보았지만 아무래도 처음 와 보는 것 같았다. 한참동안 달리던 차는 냇가가 나타나자 둑에 차를 세웠다. 주위에는 마을도 도로도 없었다. 둑가에는 억새풀이 바람에 휘청거렸다.

"뒷좌석으로 가거라."

아빠는 시동을 끄며 정미에게 말했다. 정미는 포기한 채 안전벨트를 풀고 뒷자리로 갔다. 아빠도 뒷자리로 들어왔다.

"자, 가만히 있거라."

아빠는 정미의 치마를 올리고 팬티를 내렸다. 정미는 눈을 꼭 감았다. 온 몸이 떨렸다. 팬티를 벗긴 아빠는 정미를 자리에 눕혔다. 무슨 일이지? 이렇게 한 건 처음이었다. 잠시 후 옷 벗는 소리가 들리더니 아빠가 위로 올라왔다. 왜 이러지? 정미는 그때까지도 아빠의 행동을 몰랐다. 다만 자꾸 오한이 났다.

"앗!"

순간 정미는 비명을 질렀다. 무언가 커다란 게 몸속으로 쑥 들어왔다. 아랫도리가 찢어지는 것 같았다. 아빠의 손이 정미의 입을 막았다. 아.

정미는 자꾸만 멀어져가는 정신을 다잡았다. 엄마. 저 깊은 곳에서 누군가 엄마를 불렀다. 몸은 계속해서 암흑 속으로 곤두박질쳤다.

시간이 얼마나 흘렀을까. 정신이 없는 중에도 아빠가 몸에서 내려오는 기척을 느꼈다. 정미는 두려움에 얼른 치마를 내리자 아빠가 잠깐 기다리라고 했다. 그러더니 휴지로 정미의 아랫도리를 닦았다. 팬티를 입으라는 소리에 얼굴을 드니 아빠 손에 피가 묻은 휴지가 들려 있었다. 아빠는 손에 든 피 묻은 휴지를 보더니 미소를 띠며 말했다.

"괜찮아. 처음에는 다 그래. 많이 아팠지? 담에는 안 아플 거야."

정미는 팬티를 입고 나서 치마를 내리고 그대로 다시 누워 눈을 꼭 감았다. 세상이 검은 물감으로 가득 채워져 있는 것 같았다.

"아빠가 정미를 사랑해서 그런 거야, 사랑해서. 아빠가 우리 정미를 얼마나 사랑하는지 알지?"

아빠는 정미의 등을 두드렸다. 정미는 가만히 있었다. 이대로 영원히 사라지고 싶었다.

"앞으로 가거라."

아빠는 문을 열고 나가면서 말했다. 정미는 가만히 있었다. 맘대로 해라. 정미의 목구멍으로 분노가 치밀어 올랐다. 앞자리에 탄 아빠는 정미를 뒤돌아보더니 출발했다. 몸이 덜컹거리는 차를 따라 좌우로 흔들렸다. 멀미가 났다. 그래 멀미가 나서 죽든지. 정미는 흔들리는 몸을 그대로 두었다. 그러자 이상하게도 토할 것 같은 느낌이 어느새 사라지고 없었다. 머리도 더 이상 어지럽지 않았다. 죽자고 몸을 내버려 두었더니 오히려 몸이 살아나는 것이었다. 몸에 배신을 느꼈다.

얼마나 달렸을까. 차들의 소리가 나서 시내로 진입했는가 싶었는데 아빠는 차를 세웠다. 아빠는 뒤를 돌아보았다. 정미는 계속 그대로 있었다.

"내려. 오늘 정미가 말도 잘 듣고 해서 최신형 스마트폰 사 줄게. 너 스마트폰 새로 바꾸고 싶다고 했잖아. 어서 내려."

아빠는 자상한 미소를 띠며 말했다. 하지만 정미는 가만히 있었다. 스마트폰도 필요 없었다. 아빠 얼굴도 보기 싫었다.

"어서 내려야지. 정미는 착하잖아. 착한 애는 아빠 말을 잘 들어야 하는 거야."

아빠는 점점 음성이 낮아졌다. 기분이 나쁘다는 의미였다. 정미는 계속 그대로 있었다. 죽이려면 죽여라. 자포자기 심정이었다. 한동안 바라보던 아빠는 혼자 내렸다. 순간 정미는 도망칠까, 하는 생각이 머릿속에 퍼뜩 떠올랐다. 그래 도망가자. 영원히 아빠로부터 벗어나자. 지금이 기회다. 정미는 무거운 몸을 일으켰다. 도망가야지, 생각하는데 자꾸만 뭔가 뒤를 잡는 것 같았다. 도망가야 하는데, 도망가야지. 정미는 문을 열려고 하지만 손이 움직이지 않았다. 속에서 무엇인가가 손을 꼼짝 못하게 하는 것 같았다. 정미는 울음을 터뜨렸다.

엄마.

엄마였다. 엄마가 정미의 행동을 가로막고 있었다. 엄마가 도망가지 말라고 애원하고 있었다. 그래, 내가 없어지면 엄마가 얼마나 충격 받으실까. 정미는 쓰러지듯 드러누웠다. 눈에서 눈물이 주르륵 흘러내렸

다. 엄마가 보고 싶었다. 엄마 품에 안겨 실컷 울고 싶었다. 그때 문이
열렸다.

"여기 있다. 예쁜 걸로 고르느라 골랐는데 맘에 들지 모르겠다."

아빠는 스마트폰을 정미 옆에 놓았다. 정미는 눈을 뜨지 않았다. 마
음 같아서는 스마트폰을 창밖으로 던지고 싶었다. 아니, 아빠의 얼굴
에 집어던지고 싶었다. 하지만 아빠의 화난 얼굴이, 큼지막한 손바닥
이 무서웠다. 정미가 꼼짝도 하지 않자 아빠는 차에 오르더니 차를
출발시켰다. 또다시 몸이 이리저리 흔들렸다. 이제 집에 가는구나. 근
데 엄마 얼굴을 어떻게 보지? 집에 가면 엄마는 다 알 것 같았다. 안
되는데. 엄마가 알면 충격 받으실 텐데. 머릿속에는 모래가 가득 든
것 같았다. 순간 정미는 상체를 일으켰다. 그래 똑바로 가자. 엄마한테
만은 걱정 끼쳐드리지 말자. 정미는 쓰러질 것 같은 몸의 중심을 잡았
다. 그때 아빠가 룸미러로 정미를 보더니 미소를 지었다. 정미는 외면
하며 창밖으로 눈을 돌리는데 옆에 있는 스마트폰이 눈에 띄었다. 분
홍색 스마트폰이었다. 정미가 좋아하는 색깔이었다. 정미는 깊은 숨
을 들이마셨다.

"아휴, 정미는 좋겠다."

집에 오자 엄마는 스마트폰을 보고는 소리쳤다. 정미는 학교 잘 다
녀왔다고 인사하고는 얼른 방으로 향했다.

"당신은 딸한테 너무 잘하는 거 아니에요? 나한테는 반도 안 해주
면서."

엄마의 소리가 등에 달라붙었다.

"내가 당신한테 얼마나 잘해주는데. 내일 백화점에 가서 옷 하나

사 줄까?"

아빠의 다정한 목소리가 뒤통수를 때렸다. 정미는 후들거리는 다리에 힘을 주며 겨우 방에 들어왔다. 스마트폰을 바닥에 팽개치고 곧장 침대에 쓰러졌다.

정미는 주머니에서 칼과 호루라기를 꺼내들고 바라보았다. 이 작은 것이 자신의 몸을 지켜준다고 잠시나마 생각했던 게 가소롭다는 생각이 들었다. 그 누구도 자신의 몸을 보호하지 못한다는 것을 알았다. 자신의 몸은 자신이 지켜야 한다는 것을. 정미는 칼과 호루라기를 숲을 향해 멀리 던지곤 자리에서 일어났다. 큰 길로 갈까 하다가 들어왔던 작은 길로 가기로 마음먹었다. 큰 길로 갔다간 또다시 김부장을 만날까 겁이 났다. 호랑이나 사자가 나타날까 겁은 나지 않았다. 이 세상에 아빠만큼 무서운 게 있을까. 정미는 머리까지 자란 풀들을 헤치며 앞으로 나아갔다. 숲 속은 시원했다. 햇빛이 거의 들지 않는 숲은 아늑한 기분이 들었다. 이곳은 무엇이든지 컸다. 나무도 컸고 잎사귀도 컸다. 여기저기 자라는 식물들도 대부분 자신의 키와 맞먹는 것 같았다. 오히려 숲이 우거져 자신이 다른 사람 눈에 잘 띄지 않을 것에 안도감을 느꼈다.

얼마를 헤치고 갔을까. 딱, 딱, 거리는 소리가 어디서 들려오는 듯했다. 처음에는 새소리인가 생각했다. 하지만 규칙적으로 들려오는 소리는 나무나 돌이 부딪치는 소리 같았다. 정미는 소리가 나는 쪽으로 천천히 걸어갔다. 점점 걸어갈수록 나무보다는 풀 종류가 많아졌다. 너무 깊숙이 들어왔나 싶어 돌아가려는데 앞에서 시커먼 물체가 어른거리는 것이 보였다. 정미는 동물인가 싶어 얼른 몸을 낮추고 조용히 앞을 보았다. 물체는 계속 제자리에서 움직였다. 정미는 용기를 내어 몇 걸음 더 걸어갔다. 원주민이었다. 옷 하나 걸치지 않은 여자인데 허리를 굽혔다 폈다 하며 뭔가를 캐고 있었다. 무서운 생각보다는 반갑다는 느낌이 먼저 들었다. 사무실 앞에서 시위랍시고 항의하는 모습을 보았을 때부터 원주민들에 대한 두려움은 없었다. 초식동물 같은 큰 눈을 보아도 그랬다. 자세히 보니 모두 6명인데 여자 원주민이었다. 정미는 용기 있게 앞으로 나아갔다. 하지만 원주민들은 잠시 흘깃 쳐다보더니 하던 일을 계속하였다. 캐고 있는 것은 주먹만 한 게 꼭 감자 같았다. 좀 떨어진 곳에서 일하는 사람은 굵고 길쭉한 것을 캐고 있었다. 고구마인가. 그렇게 보여도 크기가 국내에서 보던 것보다 훨씬 컸다. 주위를 둘러보니 나무가 적고 풀이 많다고는 하나 일군 밭은 아닌 것 같았다. 아마도 야생 감자나 고구마를 캐는 것 같았다.

정미는 좀 떨어진 곳에 서서 물끄러미 바라보았다. 그들은 정미의 행동에 아랑곳 않고 일만 계속하였다. 이곳에서 캐다 저쪽으로 가서 캐는 식이었다. 캔 것은 풀줄기로 만든 바구니에 넣었다. 근데 자세히 보니 야생 감자를 다 캐는 것도 아니었다. 캐다가 조금 남았는데도 다른 곳으로 가서 캐고 또 덜 캤는데도 또 다른 곳으로 이동하는 것이었다. 국내에 있을 때 산에 가서 도토리를 줍거나 고사리를 꺾을 때는 눈에 보이는 것은 모조리 줍거나 꺾었는데 이곳은 달랐다. 항상 조금씩 남겨두는 것이었다. 일하는 사람들 모두가 여자인 것도 신기하였다. 정미가 계속 그들을 보고 있는데도 그들은 아무런 내색을 하지 않았다. 그렇다고 적대감을 드러내지도 않았다. 정미의 존재 자체를 무시하는 것 같았다.

정미는 일하는데 방해될까 소리 없이 바라보다 그만 자리를 뜰까하고 돌아서는데 원주민 한 사람이 다가왔다. 정미는 순간 긴장하며 그녀를 바라보았다. 손에는 주먹만 한 감자 하나가 쥐어져 있었다. 원주민이 가까이 다가오더니 감자를 불쑥 내밀었다.

"예?"

순간적인 행동에 정미는 당황하며 물었다. 원주민은 얼굴에 미소를 띠며 감자를 풀에 닦고 먹는 시늉을 했다.

"먹으라고요?"

정미는 코끝이 찡한 것을 느끼며 물었다. 원주민은 고개를 끄덕였다. 정미는 손을 내밀었고 감자를 건네준 원주민은 뒤돌아가서 언제 그랬느냐는 듯 일하기 시작했다. 정미는 그들을 보다가 마침 배가 고픈 참이라 감자를 풀에 닦아 흙만 제거한 채 한 입 물었다. 국내에서의 감자처럼 쌉쌀한 맛이 날까 싶었는데 의외로 단맛이 돌았다. 물기도 많았다. 감자를 주고 간 원주민이 고개를 들고 보더니 미소를 지었다.

"고맙습니다."

정미는 자신도 모르게 고개를 숙이며 인사를 했다. 배고픈 게 사라지자 숙소로 돌아가려던 마음이 없어지고 좀 더 섬 구경을 하고 싶어졌다.

"잘 먹고 갑니다."

정미의 인사에 원주민들은 고개를 들더니 미소만 지었다. 정미는 계속 있으면 일을 방해하는 거 같아 오솔길을 따라 걸어갔다. 가면서 둘러보니 각종 열매가 천지였다. 푸르스름한 것부터 엄지 손가락만 한 보라색의 열매. 검은 색의 둥근 열매. 나무에도 야자수를 비롯해 처음 보는 열매들이 많았다. 열매들이 먹을 수 있는 건지 아닌지 모르지만 먹을 수만 있다면 일하지 않고도 평생 살 것 같았다.

얼마나 갔을까. 좀 쉬었다 가야지 하며 구릉 같은 높은 곳으로 올라가 바위에 엉덩이를 걸쳤다. 그늘이라 그런지 시원한 공기가 이마를 부드럽게 간지럽혔다. 상쾌한 기분에 눈을 감고 공기에 얼굴을 맡겼다. 그러자 여러 종류의 향긋한 냄새와 맑은 공기가 피부에 스며들었다. 편안한 마음에 저절로 잠이 왔다. 그러다 자신도 모르게 바위에 드러누웠다. 나뭇가지 사이로 보이는 하늘은 깊은 바다처럼 짙푸르렀다.

얼마나 있었을까. 사박사박 하는 소리가 났다. 문득 두려운 마음이 들었다. 눈을 살며시 뜨고 두리번거렸다. 주위에 아무것도 보이지 않았다. 하지만 소리는 여전히 사박사박 났다. 상체를 일으켰다.

"어, 여기서 뭐 하십니까?"

굵직한 남자의 목소리였다. 손에는 총이 쥐어져 있었다. 순간 정미는 숨이 턱, 막히는 것 같았다. 낯선 곳에서는 호랑이보다 사람이 더 무섭다더니 그 꼴이었다.

"아, 놀라지 마세요. 저 모르시겠어요? 전 몇 번 뵈었는데."

정미는 여전히 경계를 감추지 못하고 남자를 주시했다. 회색 반팔티에 바지. 회사 유니폼이었다. 그러고 보니 처음 선착장에 마중 나온 사람이었다. 창고에 갇힌 원주민을 면회시켜줄 때도 곁에 있었다.

"여기에 있으면 위험합니다. 저 쪽으로 가시지요."

정미에게 자리를 옮길 것을 권했다.

"예."

정미는 자리에서 일어나 남자가 가리킨 쪽으로 걸어갔다. 남자가 뒤를 따라왔다. 자꾸만 뒤통수를 잡아당기는 것 같았다.

"혹시 미개인들 못 봤습니까?"

"미개인이요?"

정미는 돌아보지도 않고 물었다.

"하하하. 원주민들 말입니다. 이곳으로 오지 말라는데 자꾸 오거든요. 또 무슨 사고 칠지 모르니."

아마도 남자는 순찰을 도는 것 같았다. 이제 정미는 무서움보다는 남자에게 서서히 적개심이 끓어올랐다.

"못 봤는데요."

정미는 야생 감자 캐던 원주민들을 떠올리며 말했다.

"오늘은 안 왔나. 에이 미개인들."

남자는 혼자 중얼거렸다. 미개인이라는 말을 입에 달고 있었다. 걸어갈수록 차 소리가 가까웠다. 한 대도 아니고 여러 대가 다니는 것 같았다. 또한 윙~ 하는 소리가 계속 낮게 울리고 있었다. 도로가 가까워졌는가 싶었는데 청색 판넬로 지은 지붕 같은 것이 언뜻 나뭇가지 사이로 보이는 듯했다. 정미는 남자가 여러 말을 걸었지만 단답식으로 대답하곤 빠른 걸음을 뗐다. 역시 청색 판넬은 지붕이 맞았다. 얼마 가지 않아 2층 조립식 판넬로 지은 건물이 멀리 보였다. 길게 지어진 건물이었다. 커다랗게 들리는 윙~하는 소리와 차소리, 뭔가 물체끼리 부딪치는 소리가 점점 크게 들려왔다.

"저 집이 뭔지 아세요? 미개인들 집이에요."

남자는 혼자 묻고 대답하였다.

"원주민 집이요?"

정미는 이상하다는 듯 물었다. 정미가 생각한 원주민들의 집은 이런 형태의 현대식 건물이 아니었다.

"아, 여기 일하는 미개인들 집이요. 우리가 먹여주고 재워주고 다 하잖아요. 일거리도 주고요."

정미는 남자의 말을 듣자 아, 광산이라는 곳이구나 싶었다. 건물 주위를 둘러보니 과연 허연 속살을 드러낸 산이 여기저기 있었다. 가슴에서 뭔가 덜컥, 내려앉는 것 같았다. 흉측한 모습이었다. 또다시 뭔가 모를 적개심이 가슴 한 구석에서 끓어올랐다.

"왼쪽으로 가세요."

정미는 세 갈래 길에서 남자가 시키는 대로 왼쪽으로 길을 잡았다. 그러자 얼마 안 가 그리 멀지 않은 곳에 거대한 광산이 나타났다. 여러 개의 크고 작은 산들이 통째로 먹혀들어가는 것 같았다. 정미는 시멘트 길로 올라섰다.

"어떻습니까? 굉장하지 않습니까?"

남자는 자랑스럽게 말했다. 정미가 가만히 있자 남자가 말을 이었다.

"광산 구경하지 않을래요? 원래는 관계자 외는 안 되는데 제가 특별히 구경시켜드리겠습니다."

"아뇨. 여기서 보기만 할게요."

정미는 현기증을 느끼며 말했다. 앉고 싶었다. 다리에 힘이 빠져나가 서 있기가 힘들었다. 옆에 뒹굴고 있는 나무 위에 앉았다. 그러고 보니 커다란 나무들이 여기저기 베어져 뒹굴고 있었고 어떤 곳에는 베어진 나무들이 산처럼 쌓여 있기도 했다. 정미는 구토가 날 것 같아 심호흡을 했다. 그때 너덜너덜한 옷을 입은 한 무리의 흑인들이 지나갔다. 원주민들이라기에는 이상했다. 비록 너덜너덜하나마 옷을 입었고 얼굴 표정 또한 지치고 찡그린 얼굴이었다. 지금까지 본 원주민들이랑 달랐다.

"이 미개인들은 우리 광산에서 일하는 것들이에요."

남자의 말에 정미는 아, 하고 짧은 탄식을 했다.

"짐승처럼 살다가 우리가 집도 지어주고 밥도 제대로 먹을 수 있도록 일도 시켜주고 얼마나 좋습니까? 근데 우리 공도 모르고."

남자는 쯧쯧, 혀를 찼다. 그러고 보니 멀리서 햇빛을 고스란히 받으며 일하는 사람들은 대부분 원주민들 같았다. 회사 유니폼을 입은 사람들은 거의 보이지 않았다. 가끔 차를 몰고 가거나 무슨 중장비를 작동하는 사람들은 회사 유니폼을 입은 사람들이었다. 남자는 주위를 두리번거리더니 옆으로 몇 걸음 걸어가 돌 하나를 집어 들었다.

"이거 보세요. 색이 약간 이상하지요? 이게 사금석이거든요. 이건 작은 거예요. 어떤 돌은 그 자체가 금이라고 할 수 있을 정도로 많이 함유되어 있거든요. 이곳에 이런 게 너무 많은데 이 무식한 것들은 이런 것을 함부로 버리니 원."

남자는 침을 튀기면서 말을 했다. 그때 피부색이 검은 아이들이 큰 도로 쪽에서 재잘거리며 달려왔다. 모두들 노란 옷에 노란 가방을 등에 메고 있었다. 마치 국내에서 유치원에 다니는 아이들을 보는 것 같았다. 모두들 원주민 아이들 같은데 우리나라 말을 유창하게 했다.

"지금 학교 갔다 오는 거예요. 그 봐요. 교육까지 시켜줘, 뭐가 불만인지."

남자는 돌을 숲 속으로 던지며 말했다. 정미는 아이들을 둘러보았다. 피부가 까맣고 생김새가 달라도 아이들이라 귀여웠다.

"안녕하세요?"

아이들은 정미 곁을 지날 땐 손을 배에 대고 일제히 제비 새끼처럼 입을 열었다.

"안녕?"

정미는 미소를 지으며 손을 흔들다 어? 하고 자신도 모르게 말을 뱉었다. 10여 명 중에 두 명이 머리통 하나는 컸는데 피부 색깔이 이상했다. 다른 아이들처럼 피부가 심하게 검지 않았다. 자세히 보니 얼굴 생김새도 어딘지 달랐다. 머리카락만 다른 아이들과 같이 곱슬머리였다. 분명 혼혈아였다. 이런 곳에 혼혈아라니. 정미가 혼란스러워하고 있는데 남자가 아이들에게 소리쳤다.

"이 놈들아 빨리 가."

그러곤 피임도 제대로 못 할 거 같으면 떼기나 잘하든지, 중얼거렸다. 정미는 아찔 현기증을 느꼈다. 계속 있으면 안 될 것 같았다. 계속 속이 안 좋았다. 다리에 힘을 주고 일어섰다.

"가시게요?"

남자가 물었다. 예. 정미는 짧게 대답하고는 길로 들어섰다.

"회사 차로 태워드릴게요."

남자의 말에 정미는 완강하게 거절하고는 빠른 걸음으로 걸었다. 못

볼 것을 본 것 같았다. 아이들뿐만 아니라 산들이 통째로 잡아먹히는 장면들도 그렇고 허연 속살 속에서 개미처럼 뜨거운 햇빛을 받으며 일하는 원주민들의 모습에 정미는 숨이 턱, 막히는 것 같았다. 예상했던 것 하고는 너무 달랐다. 혼미한 정신으로 가고 있는데 불쑥 남자 원주민 한 사람이 나타났다. 고개를 숙이고 걷느라 미처 보지 못한 것 같았다. 다행히 옷을 걸치고 있었다. 옆을 지나치려는데 또 한 사람이 보였다. 그 사람은 길가에 주저앉아 있었다. 둘 다 옷이 너덜거렸다. 앞에는 빈 소주병이 뒹굴고 있었다.

"돈 좀 주세요."

어눌하지만 분명한 어조로 서 있는 원주민이 말했다. 술 냄새가 확 끼쳐왔다.

"술 사먹게 돈 좀 주세요."

앉아 있는 원주민도 정미를 보며 손을 내밀었다. 정미는 무서운 생각에 빠르게 그들을 지나쳤다. 다행히 따라오는 것 같지 않았지만 걸음의 속도를 늦추지 않았다. 술 취한 원주민도 있다니. 분명히 걸인의 형상이었다. 정미는 또다시 구토가 일었다. 분노가 속에서 치밀었다.

아빠는 강가에서 처음으로 정미를 범한 후 수시로 강가나 산 같은 곳으로 데리고 갔다. 엄마가 집에 없을 땐 집에서 그 짓을 했다. 그럴 때마다 아빠는 정미에게 선물을 많이 사주었고 친구들과 주위 사람들은 정미를 부러워하며 아빠를 칭송했다. 아빠는 지역의 유지이자 갑부였다. 건설업을 하는 아빠는 언제나 최고급을 썼고 엄마나 자식들에게도 최고의 옷을 사 주었다.

학교에도 아빠는 좋은 사람이라고 소문이 자자했다. 학교 운영위원장을 맡았는데 학교에 체육시설이나 교육기구를 기증하기도 해 정미는 교장한테 칭찬을 듣기도 했다.

"이 세상에 네 아빠만 한 사람 없다."

교장 선생님은 정미의 머리를 쓰다듬으며 말했다. 자연히 친구들도 정미를 잘 따랐다. 하지만 정미는 친구들과 어울리지 못했다. 학교를 마치자마자 아빠가 데리러 오기 때문에 친구들과 어울릴 시간도 없거니와 학교 내에서도 되도록 혼자 지내려고 했다. 아빠 또한 친구 사귀는 것에 대해 부정적이었다.

아빠는 가끔 선생님들을 고급 식당으로 초대해 대접하기도 했다. 그런 날은 전날 정미의 몸을 탐한 날이었다. 다음 날 아침이면 담임선생님으로부터 아빠의 자랑을 들었다. 그럴 때마다 구토가 났지만 어쩔 수 없는 일이었다. 선생님이나 엄마가 얼마나 멍청하게 보였는지. 지금도 그때를 생각하면 치가 떨렸다.

"이야, 너희 아빠 최고야."

아빠가 반 아이들 모두 초대해 피자도 사 주고 맛있는 음식을 사 줄 때마다 친구들은 정미를 부러워했다. 부자 아빠, 자상한 아빠, 그들이 정미처럼 되지 못한 것을 한탄스러워했다. 그럴 때마다 정미는 그런 아이들의 얼굴을 할퀴어주고 싶었다.

4

하루에 두 번 다니는 일성기업 전용 배로 재판이 연기 되었다는 통보를 받았을 때 변호사는 예감이 좋지 않았는데 다음 날 전무가 찾아왔다. 재판이고 뭐고 할 필요도 없는 사건이 연기 되었다는 것은 중대한 하자가 발생되었다거나 예상치 못한 일이 터졌다는 것을 의미했다. 전무가 재판이 연기 되었으니 어디 여행이라도 갔다 오라고 했지만 변호사는 의문을 풀기 전에는 여행을 할 마음이 아니었다. 그러자 전무는 변호사에게 술을 한잔 하자며 1층으로 안내했다. 검사와 동행하지 않고 혼자 대접받기는 섬에 오고 난 뒤 처음이었다.

술집은 국내만큼은 아니더라도 상당히 고급스럽게 꾸며져 있었다. 한복을 입고 시중드는 여자가 있는 것도 똑같았다. 검사와 함께 몇 번 진기한 음식에 여자까지 제공받았는데 이번에는 뭔가 긴장되는 기운이 있었다. 역시나 전무는 술이 몇 순배 돌자 시중드는 아이를 물리치고 술을 직접 따랐다.

"후배님 탁 터놓고 얘기하겠습니다."

전무는 변호사에게 술을 따르고 나서 말했다.

"예, 선배님."

변호사는 말을 아꼈다. 진위 파악이 우선이었다. 전무는 우선 한 잔 들자며 잔을 높이 들었다. 변호사는 잔을 들어 전무의 잔에 부딪치곤 입으로 털어넣었다. 부드러운 향이 입 안 가득 퍼졌다.

"본사로부터 연락이 왔는데 말이지요. 어떻게 하든 피고인을 설득하라고 합니다."

"설득이요? 자백을 받아내라는 말씀이신가요?"

그건 내 소관이 아니라 검사의 소관이라는 말이 목구멍에 걸렸다.

"자백이 아니라 이주 얘깁니다."

"이주요?"

변호사는 무슨 얘긴가 하며 전무를 바라보았다. 전무는 페루의 원주민 보호법과 그에 따라 예상되는 문제를 변호사에게 말했다. 그러면서 이번 일에 대해 절대 비밀을 지켜달라고 했다.

"그 법이 몇 년 안으로 시행된다는 말씀이군요."

변호사는 쉽지 않은 일을 해야 한다는 생각이 마음을 무겁게 짓눌렀다. 그러면서도 잘만 하면 일성기업에 확실하게 눈도장을 찍을 수 있는 기회이기도 하다는 생각 또한 들었다. 섬 개발의 명운이 달려 있는 큰일을 해결한다는 것은 일성기업에 고문변호사로 들어갈 수 있는 확실한 보증수표가 될 수 있었다. 지금까지 일성기업은 자신들에게 유리한 재판을 한 사람에게 그냥 있지 않았다. 자신들의 기업으로 끌어오든지 아니면 승진을 시켜주었다. 소위 장학금이라고 불리는 일성기업의 거액의 비자금으로 대법원과 대검찰청을 지금까지 무리 없이 잘 관리해오고 있었다.

"한 마디로 이 섬 자체가 광물이라는 것이지요. 국가를 위한 것입니다. 자원도 없는 나라에서 이런 광산을 개발해서 국가경제를 발전시킨다는 것은 애국하는 일이지요."

전무는 국가경제와 애국이라 말에 방점을 찍었다. 국가경제에 일성기업이 차지하는 비중이 상당하다는 데는 이견이 없었다. 그래서 일성기업 조일현 총수를 밤의 대통령이라 불렀다. 어쩌면 낮의 대통령인 현직 대통령보다 권력이 더 센지도 몰랐다. 이미 일성기업은 장학금이라는 거액의 돈으로 법조계뿐만 아니라 국회의원을 비롯해 정계

행정부까지 관리해오고 있다는 소문이 자자했다.

전무와 헤어지고 난 다음 날 아침에 변호사는 피고인을 찾아갔다. 피고인은 아침을 먹고 있었는데 야생 감자 몇 개뿐이었다. 회사 사람들처럼 음식을 제공했지만 원주민들이 먹는 음식 외에는 손도 대지 않는다고 했다. 또한 원주민들은 일체 고기를 먹지 않는다고 했다. 변호사가 들어오든 말든 풀 위에 눕다는 감자를 천천히 먹었다. 예의도 없군, 이 무식한 놈은. 변호사는 불쾌한 마음을 지그시 누르며 의자에 앉았다. 벌거벗은 몸에서 냄새가 났다. 생선 썩는 듯한 냄새에 변호사는 의자를 뒤로 몇 걸음 빼고 앉았다. 얼굴을 자세히 보니 많이 말랐다. 창고에 갇혀서 그런지 원래 그런지 변호사는 알 수 없었다. 몇 번 본 원주민들은 뚱뚱한 사람이 없었다. 하나같이 비쩍 마른 몸이었다.

"식사하면서 내 말 들어요. 난 변호사입니다. 당신을 변호하려 멀리서 이렇게 달려왔지요."

변호사는 풀 위에 눕다를 바라보며 말했다. 풀 위에 눕다는 변호사의 말에 아랑곳 않고 천천히 감자 먹는 데만 집중했다. 감자를 한 입 베어 물고는 한참동안 씹었다. 마치 명상하는 듯한 모습이었다.

"이해는 합니다. 조상 대대로 살아온 터에 느닷없이 다른 사람들이 들어와 개발을 하니 말입니다."

풀 위에 눕다의 표정은 여전히 변하지 않았다. 변호사는 이미 예상했던 터라 차분하게 말을 했다.

"하지만 사람이 죽었습니다. 사람을 죽였다는 것은 어떠한 경우라도 용서를 받기 힘들지요. 그것도 한두 명이 아니라 회사 사람 포함하여 11명이 죽었으니 말입니다. 하지만 제가 책임지고 정상참작을 받도록 하겠습니다. 극형만은 면해야지요."

변호사는 정중한 태도를 잃지 않았다. 미리 알아본 바에 따르면 풀 위에 눕다는 1년 동안 본국에 시찰을 다녀왔을 뿐만 아니라 원주민들 사이에서도 상당히 존경을 받고 있다는 것이었다. 그러니 함부로 대했다가는 오히려 부작용만 있을 것이었다.

"자, 밖으로 나가서 얘기합시다. 이곳에 있느라 답답했을 텐데."

변호사는 풀 위에 눕다가 감자를 다 먹고나자 창고 밖으로 끌었다. 풀 위에 눕다는 순순히 따라 나왔다. 회사 간부가 밖에 있다가 안 된다고 했지만 변호사는 무시하고 풀 위에 눕다와 함께 도로로 나왔다. 회사 간부가 조금 떨어져서 뒤를 따라왔다. 변호사는 눈치를 챘지만 모른 척 했다.

"밖으로 나오니까 좋지요?"

변호사는 주위를 두리번거리는 풀 위에 눕다를 바라보며 미소를 지었다. 풀 위에 눕다는 길 가에 쓰러져 있는 나무들을 한참동안 바라보았다.

"하고 싶은 말이 있으면 다 하세요. 저는 당신을 변호하는 사람입니다. 변호라는 게 무엇인지 알지요?"

변호사의 말에 풀 위에 눕다는 머뭇거리다 입을 열었다.

"난 도움을 바라지 않습니다."

변호사는 일단 풀 위에 눕다가 입을 열었다는데 희망을 품었다.

"아는지 모르지만 이번 재판은 보통 재판이 아닙니다. 10여 명의 사상자를 낸 대형 사고입니다. 살인죄가 적용됩니다. 그러니 변호를 어떻게 하느냐에 따라 재판 결과가 많이 달라집니다. 제가 당신을 돕겠습니다.”

변호사는 이 미개인에게 이렇게까지 정중하게 대하는 자신이 우습게 느껴졌다. 하지만 이번 재판은 절호의 기회였다. 일성기업의 눈도장을 찍는.

“난 당신들을 믿지 못합니다. 그동안 계속 우리를 속여 왔습니다.”

“속이다니요? 누가요? 회사에서 말입니까?”

변호사는 풀 위에 눕다의 말이 끝나자마자 곧장 물었다. 풀 위에 눕다는 여전히 쓰러진 나무를 바라보고 있었다. 표정이 어두웠다.

“당신들이 오고 나서 정령이 만든 이 땅이 죽어가고 있습니다. 자연을 파괴하지 않겠다고 했다가 산을 다 죽이고 있습니다. 우리와 약속한 것을 하나도 지키지 않습니다.”

책을 읽는 듯한 목소리는 차분했지만 풀 위에 눕다가 분노하고 있다는 느낌을 변호사는 받고나서 움찔거렸다.

“당신이 우리나라를 시찰했다는데, 보셨지 않습니까. 먹을 것도 풍부하고 문명이 발달해서 다들 편리하게 살고 있지 않습니까?”

변호사의 말에 풀 위의 눕다는 아무런 대꾸도 없이 하늘을 바라보았다.

“회사에서는 당신들이 개발에 협조하면 모두들 잘 살게 해 줄 것입니다.”

변호사는 풀 위의 눕다의 표정을 살폈지만 아무런 표정 변화가 없었다. 하늘을 보다 먼 산을 바라볼 뿐이었다.

"지금이라도 죄를 인정하고 개발에 반대하지 않는다면 제가 나서서 극형만은 면하게 해 드리겠습니다. 아니 당신이 풀려나게도 할 수 있습니다."

"저는 죄를 짓지 않았습니다. 당신들에게 잘못한 게 없습니다."

풀 위에 눕다는 여전히 고개를 돌리지 않은 채 먼 산을 바라보며 말했다.

"그건 이미 검사가 조사한 사항입니다. 지금 와서 죄가 없다고 하면 오히려 죗값을 무겁게 받게 됩니다."

변호사는 말을 마치곤 풀 위의 눕다가 바라보는 산 쪽으로 고개를 돌렸다. 지금은 울창한 나무로 되어 있지만 얼마 안 가 모두 파헤쳐질 산이었다.

어차피 개발은 됩니다.

전무의 말이 귀에서 웽웽거렸다. 일성기업이 한다면 하는 것이었다. 문제는 어떻게 하느냐, 그것이었다.

그만큼 재판이 중요하다는 의미이지요.

또다시 전무의 말이 귓속에서 윙윙거렸다. 재판의 결과에 따라 원주민에 대한 대응이 달라질 것이었다. 반대로 원주민들의 반응에 따라 재판의 결과가 달라질 수도 있다는 말이었다. 지금쯤 전무는 부족의 왕이라는 사람을 만나러 갔을 터였다. 어차피 원주민들은 이주를 해야 한다. 교활한 전무는 협박과 사정을 동시에 구사하겠지. 원주민은 전무가 맡고 풀 위에 눕다는 변호사가 맡기로 암묵적 합의를 본 것이었다.

만약에 이놈이 범인이 아니라면?

변호사는 고개를 돌리지 않은 채 풀 위에 눕다를 바라보았다. 일관되게 범행을 부인하는데 거짓말하는 것 같지는 않았다. 현장에 있었지만 갱이 무너질 때는 집에 가려는 참이었다. 개발을 반대하는 것은 맞지만 사람을 미워하는 것은 아니다. 풀 위에 눕다가 일관되게 주장하는 것이었다. 중요한 것은 이놈이 범인이냐 아니냐가 아니었다. 어차피 재판은 그가 범인이라는 전제하에서 진행될 것이었다. 또한 이주라는 것과 맞물려 돌아가는 것이다. 변호사는 심호흡을 했다.

"만약 이주를 한다면 말이지요. 회사에서는 모든 보상을 해 준다고 했소."

어차피 말을 빙빙 돌릴 게 아니라 핵심으로 들어가는 게 맞을 것 같았다. 전무 또한 왕을 만나 그렇게 할 것이었다.

"이 땅은 정령이 우리에게 준 것입니다."

낮지만 단호한 목소리였다.

"지금 겨우 먹고 살지 않소. 땅을 개간하고 농기계를 주어 양식을 많이 생산할 수 있도록 해 줄 것이요. 또한 병에 걸리지 않도록 의료 시설을 만들어주고 교육기관도 만들어 줄 것이요. 당신도 문명세계를 봤지만 모든 게 풍요롭지 않소."

변호사의 말에 풀 위에 눕다는 지그시 눈을 감았다.

"우리는 부족한 게 없습니다. 당신들이 오기 전에는 평화로웠습니다. 당신들만 떠나면 앞으로 계속 우리 부족들은 평화롭게 살 것입니다."

변호사는 치밀어오르는 화를 지그시 눌렀다. 이 미개인과 무슨 말을 하고 있는가. 도대체 말이 통해야지 설득을 하든 말든 할 것이 아닌가.

"어차피 개발은 됩니다."

변호사는 전무의 목소리를 떠올리며 말했다. 풀 위의 눕다는 아무 반응이 없었다. 예상했다는 것인지, 계속 개발 못하게 반대하겠다는 것인지. 변호사는 답답함을 느꼈다. 뭔가 요구를 한다면 회사와 원주민들 간에 협상을 할 여지가 있겠는데 이건 완전히 벽창호였다.

"만약 이주를 하지 않는다면 당신들은 피해가 클 것입니다. 피해를 입지 않고 순순히 따르는 게 이익이 아닐까요? 만약 이주에 동의를 한다면 당신 또한 재판에서 정상참작이 많이 되어 자유의 몸이 될 수도 있습니다. 일성기업은 대가를 분명히 줍니다."

변호사는 목이 말랐지만 꾹 참았다.

"우리는 이 땅에 계속 살아왔고, 계속 살아갈 것입니다."

풀 위에 눕다는 여전히 낮은 톤으로 말했다. 차라리 안 된다고 화를 내거나 행패를 부리면 더 낫겠는데 높낮이가 없는 말로 소곤거리듯 말하니 변호사는 더 답답함을 느꼈다.

"분명히 말하지만 부족들의 피해는 클 것이요. 피를 보게 될지도 모르고요."

"이미 우리는 피해를 많이 보았습니다. 살던 곳에서 쫓겨나 다른 마을로 갔습니다. 우리의 형제인 저 나무들도 많이 죽었습니다. 우리 가족인 동물도 많이 죽었습니다. 당신들이 말하는 지옥에 우리는 살고 있습니다."

허, 변호사는 대답을 잃었다. 차라리 몽둥이로 치는 것이 더 나을 것 같았다.

"잘 생각해보시오. 무조건 개발을 반대하지 말고 장차 부족들이 어떻게 사는 것이 더 나을지 현명하게 판단하시오."

이쯤에서 그만 얘기하는 게 더 나을 것 같았다. 설득은 되지 않았다. 변호사는 이제 그만 가자고 했다. 풀 위에 눕다는 쓰러진 나무들을 한 번 더 둘러보더니 창고 쪽으로 발걸음을 옮겼다.

"본국에 시찰을 했다니까 묻겠는데, 거기가 여기보다 더 풍요롭다고 생각하지 않으시오?"

변호사는 풀 위에 눕다와 나란히 걸으며 물었다.

"사람들이 필요한 것보다 너무 많이 가지고 있습니다. 필요한 만큼만 있으면 되는데요. 지하철에서 아픈 사람이 구걸을 하는데도 아무도 도움을 주지 않았습니다. 가진 것 주면 되는데요."

"그래요?"

변호사는 풀 위에 눕다를 보며 말을 이었다.

"사람은 노력한 만큼 가집니다. 많이 노력하면 많이 가지고 적게 노력하면 적게 가지지요. 그게 공평한 세상입니다. 노력하면 누구나 풍요롭게 살 수 있습니다."

"힘이 센 사람은 많이 일하고 힘이 없는 사람은 적게 일하면 됩니다. 많이 있는 사람은 없는 사람한테 나눠주면 됩니다. 필요한 것보다 더 많이 가지면 죄를 짓는 것입니다."

풀 위에 눕다의 말이 끝나자 변호사는 말을 하려다 입을 다물었다. 도대체 머리에 뭐가 들었기에 이렇게 고집이 셀까 싶었다. 시찰을 했으면 이곳보다 살기가 훨씬 더 좋다는 것을 알 텐데.

"혹, 말이오. 본국에 가서 살 생각은 없소? 갈 의향만 있으면 직업도 구해주고 살 집도 마련해드리리다."

풀 위에 눕다는 창고에 다다르자 변호사를 돌아보았다.

"정령이 우리에게 준 땅에서 어떻게 벗어납니까? 우리는 정령의 말에 귀를 기울여야 합니다. 그리고 정령이 시키는 대로 해야 합니다."

풀 위에 눕다는 말을 마치곤 마치 자신의 집에 가는 것처럼 창고 안으로 들어갔다. 회사 간부가 변호사를 보았다. 문을 잠가도 되느냐는 눈치였다. 정령은 무슨, 빌어먹을. 변호사는 몸을 획 돌려 창고를 벗어났다.

변호사와 검사는 여행을 떠났다. 재판이 한 달 후로 연기되었는데 무료하게 기다리니 남미 쪽으로 여행을 하면 어떠냐고 전무가 제의했다. 며칠 동안 전무는 원주민 마을에 매일 가다시피 했고 변호사 또한 매일 풀 위에 눕다를 접견했었다. 정미로서는 이해할 수 없었다. 갑자기 원주민들을 만나는 전무의 행동도 그렇고 피고인을 만날 생각을 안 하던 변호사가 갑자기 매일 만나는 것도 이상했다. 자신이 모르는 무엇이 있다는 걸 눈치챘지만 알려고 하지 않았다. 변호사가 일을 시키면 그것만 성실하게 하면 되는 것이었다.

변호사는 정미에게도 함께 가자고 했지만 정중히 사양했다. 조용히 쉬고 싶었다. 돈이 문제가 아니었다. 본국에서 여기 올 때도 일성기업에서 경비를 다 대었는데 여행 경비도 일성기업에서 다 주지 않겠는가.

정미가 그 동굴을 발견한 것은 우연이었다. 늦게 일어난 정미는 챙이 큰 모자를 쓰고 팔이 긴 옷과 바지를 입었다. 이번에도 섬을 구경할 계획이었다. 저번에는 아무 준비도 없이 갔다가 벌레들에게 물려 밤새도록 긁느냐 잠을 설쳤다. 또한 풀독이 올라 마치 지렁이 같은 빨간 줄이 팔과 다리 여러 곳에 나 고생을 많이 했다.

정미는 숙소를 나와 큰 길을 따라 걷다가 왼쪽으로 난 오솔길로 들어갔다. 며칠 전에 갔던 오른쪽 길이 아닌 곳으로 가보고 싶었다. 속살이 훤히 파헤쳐진 산들을 보기 싫었다. 아니 무서웠다. 숲 속으로 들어오니 시원했다. 커다란 나무들과 자신의 키보다 더 큰 풀들로 걷기가 힘들었지만 손수건을 두른 손으로 풀을 헤치며 걸었다. 저번에 갔던 숲보다 잡풀이 더 많은 것 같았다. 머리 위로 알록달록한 새들이 지저귀며 날아다녔다. 색깔이 화려한 새들이 많았다. 새소리도 청아하고 맑았다. 숲 속에 들어오니 마음이 편해졌다. 걷는 것에 자신이 없는데도 숲속에서 걸으니 힘든 줄을 몰랐다. 시계를 안 가져왔으니 몇 시간째 걷는 줄도 모르고 걷고 또 걸었다. 저번처럼 운이 좋아 원주민들을 만나면 야생감자라도 얻어먹을 수 있기를 내심 바랐다.

그때 졸졸졸 물소리가 들렸다. 정미는 반가운 마음에 물소리가 나는 곳으로 길을 꺾었다. 한 폭쯤 되는 도랑이 보였다. 물은 자신의 몸을 다 풀어헤치고 밑에 깔린 모래들을 흔들어 놓았다. 모래들이 흔들리지 않는다면 물이 흐르기나 한 걸까 싶을 정도로 맑았다. 정미는 두 손바닥을 펴서 물을 떠 입으로 가져갔다. 시원한 느낌으로 목구멍이 뻥 뚫리는 것 같았다. 올 때는 몰랐는데 막상 물을 한 모금 마시니 그동안 갈증을 많이 느꼈구나 생각했다. 물을 몇 모금 마시고는 또다시 길을 따라 걸었다.

얼마를 걸었을까. 커다란 바위가 있어 올라가 앉았다. 걸을 땐 시원하다고 생각했는데 막상 바위 위에 쉬니 몸에서 땀이 쏟아졌다. 기운도 달리는 느낌이었다. 정미는 국내에 있을 때 꼭 필요한 경우가 아니면 집 밖으로 나가지 않았기 때문에 몸이 많이 망가졌다고 생각했다. 새소리를 들으며 주위를 둘러보던 정미의 눈이 휘둥그레졌다. 그리 멀지 않은 곳에 분화구처럼 생긴 작은 산이 눈에 들어왔다. 제주도 한라산의 분화구와 비슷했다. 이런 곳에 저런 게 있나 갸우뚱하는데 몸은 벌써 일어서고 있었다. 그리곤 자석에라도 끌리 듯 분화구 쪽을 향해 무작정 걸어갔다. 이러다 해질녘까지 못 돌아가는 거 아닐까, 하는 생각이 스쳤지만 이내 그런 걱정은 사라지고 자신도 모르게 끌려가듯 걸어갔다. 좀 지쳤다 생각할 무렵 작은 산이 나타났다. 산 쪽에는 나무가 그리 크지 않고 풀들도 무성하지가 않았다. 정미는 잠시 쉬다가 다시 산을 오르는데 이상하게 마음이 편안했다. 마치 오래 전 떠나 있던 엄마에게로 돌아간 느낌이랄까. 지쳤던 몸도 다시 생기가 올랐다. 정상에 올랐을 때 정미는 자신도 모르게 감탄을 지었다. 3미터는 될 듯한 길쭉한 바위들이 여기저기 서 있었다. 족히 30여 개는 넘을 듯싶었다. 마치 딴 세상에 온 듯했다. 정미는 풀 위에 앉았다. 언뜻 바위들이 사람들이 서 있는 것 같은 착각이 들기도 했다. 산 정상인데도 불구하고 땅은 평지처럼 넓게 펼쳐져 있었다. 바위들은 주로 검은색을 띠었으나 오히려 짙은 청색 같은 느낌을 주었다. 정미는 땀이 마르는 걸 느끼며 주위를 살폈다. 사람들의 모습은 보이지 않았다. 나무들은 그리 크지 않고 풀들도 억새풀 같은 게 넓게 자리하고 있었다. 신비스럽다는 느낌을 받으며 한동안 앉아 있던 정미는 일어섰다. 아무래도 오래 있다간 해질 때까지 숙소로 돌아가지 못할 것 같았다. 해는 머리 위를 한참 지나 있었다. 정오가 지났을 것 같은데 이상하게 배는 고프지 않았다. 정미는 며칠 후 아침 일찍 출발해서 다시 와야겠다며 뒤를 돌아 산을 내려오기 시작했다.

얼마쯤 왔을까. 오른 쪽으로 자꾸 신경이 쓰였다. 마치 누군가 자신을 지켜보고 있다는 느낌이랄까, 아니면 누군가 있다는 느낌이랄까. 무섭다거나 하는 것은 아니었다. 잡아당기는 느낌이었다. 정미는 강한 호기심을 느끼며 오른 쪽으로 걸어갔다. 약간 비탈졌으나 크게 위험하지는 않았다. 조심스럽게 길을 따라 가다 정미는 자리에 우뚝 섰다. 동굴이었다. 높이는 2-3미터정도 되고 폭은 어른 둘이 들어갈 만했다. 이 동굴이었나. 정미는 주위를 둘러보았다. 아무도 없었다. 동물이나 그런 것을 의식한 것은 아니었다. 지금까지 겪어온 바로는 이 섬에 사나운 동물은 살지 않는 것, 하다못해 뱀조차도 구경하지 못했다는 사실이었다. 그러니 동물이 무서운 게 아니었다. 사람이 무서웠다. 망설이다 동굴로 접근했다. 동굴은 안쪽도 역시 비슷한 것 같았다. 어두워 끝이 보이지 않지만 비슷한 높이와 폭으로 이어져 있었다. 동굴은 태어나서 처음 보았다. 사진으로만 몇 번 본 적이 있는 것 같았다. 당연히 들어가 본 적도 없었다. 바위의 색깔은 정상에서 본 바위처럼 짙은 청색을 느끼게 하는 검은 빛이었다. 근데 이상하게도 두렵지가 않았다. 저 동굴 안에서 동물이나 낯선 사람이 불쑥 나타나면 어떡하지? 하는 생각보다도 편안한 느낌이었다. 마치 오랫동안 들락거린 동굴 같았다. 어제까지 여기 살다가 잠깐 볼일 보러 갔다 돌아온 느낌이랄까. 엄마의 품 속 같다고나 할까. 정미는 천천히 동굴 안으로 들어갔다. 고요하고 평온했다. 마음이 착 가라앉았다. 동굴은 안으로 길게 이어져 있는 것 같았지만 조금 들어간 후 벽에 기대어 앉았다. 저절로 스르르 눈이 감겼다. 잠시 후 먼데서 소리가 들리는 듯했다. 왜 이제 돌아왔느냐고. 왜 이제 왔느냐고. 이제 괜찮다고. 모든 짐 벗어놓으라고.

정미는 누웠다. 바닥은 고운 흙으로 되어 있어 등이 배기지 않았다. 역시나 편안했다. 팔과 다리를 쭉 뻗었다. 안온했다. 언제 이렇게 편안하게 누운 적이 있었던가. 아침에 일어나면 다리나, 팔에 쥐가 나도록 웅크리고 자지 않았던가. 누워 있자니 자신도 모르게 눈물이 주르륵 흘러내렸다. 이대로 영원히 시간이 흘러갔으면 좋겠다는 생각이 들었다. 스르륵 몸이 잠을 따라가게 마음을 놓았다. 언뜻 엄마의 얼굴이 스쳤다 사라졌다.

엄마.

정미는 속으로 중얼거렸다.

결국은 엄마에게 들키고 말았다. 초등학교 졸업할 무렵이었다. 토요일이었는데 엄마는 동생을 데리고 미용실에 간다며 나갔고 정미는 혼자 집에 있었다. 엄마가 같이 가자고 했지만 밖에 나가기 싫어 혼자 집에 있던 날이었다. 거실에서 텔레비전을 보고 있는데 아빠가 불쑥 들어왔다. 엄마가 나간 지 얼마 되지 않은 때였다. 들어오자마자 엄마가 없는 걸 알고는 어디 갔냐고 물었다. 미용실에 갔다고 하니까 언제 갔냐고 다시 물었다. 올 때 됐어요. 아빠의 눈빛이 이상하다 느끼며 순간적으로 거짓말을 해야 한다는 생각이 들었다. 올 때 됐다고? 아빠는 망설이는 듯하더니 정미의 팔을 끌었다.

방에 들어가자.

그거 하는데.

정미는 거짓말을 했다.

그거? 생리?

아빠의 조급한 얼굴에 실망의 빛이 역력했다. 잠시 망설이더니 정미의 팔을 끌었다.

괜찮아. 들어가자, 빨리.

아빠는 서둘렀다. 아빠는 항상 바쁜 사람인데도 이상하게 엄마가 없을 때 집에 잘 왔다. 정미는 아빠의 팔에 이끌려 방에 들어갔다. 아빠는 정미를 침대에 눕히고 서둘러 팬티를 내렸다. 그리곤 자신의 바지와 팬티를 벗었다. 서두르다보니 바지가 잘 벗겨지지 않아 휘청거리기도 했다. 정미는 늘 그랬듯 눈을 감고 가만히 있었다. 곧이어 아랫도리가 화끈거렸다. 거친 숨소리와 함께 아빠가 신음소리를 낼 때였다.

어머!

비명 소리가 들렸다. 엄마였다. 아빠는 순간 옆으로 떨어졌다. 곧이어 팬티를 찾다가 뒤로 엉덩방아를 찧었다. 엄마는 문밖에서 부들부들 떨면서 아빠와 정미를 번갈아 보았다.

세상에, 세상에.

엄마는 외마디 비명을 지르며 어쩔 줄 몰라했다. 아빠는 서둘러 옷을 입더니 엄마를 데리고 안방으로 건너갔다. 정미는 옷을 입고 나서 문을 닫으려다 거실을 돌아보았다. 동생은 보이지 않았다. 방으로 들어와 침대에 엎드렸다. 오히려 기분이 홀가분했다. 아빠한테 당할 때마다 엄마에게 들킬까봐 조마조마했는데 이제 아빠의 그 짓도 끝날 것 같았다. 안방에서 우쾅쾅, 물건이 부딪치는 소리가 나더니 문이 벌컥 열리는 소리가 났다. 여보, 잠깐만 내 말 들어보라니까. 거실에서 아빠의 떨리는 목소리가 들렸다. 엄마의 울부짖는 소리가 문을 뚫고 들어왔다. 정미는 이불을 뒤집어썼다. 한참동안 엄마의 울부짖는 소리가 나더니 현관문이 열리는 소리가 났다. 아빠도 뒤따라갔는지 거실에서 아무 소리도 나지 않았다. 정미는 이제는 아빠한테 당하지 않아도 된다는 안도감과 엄마가 받은 충격에 대해 생각했다. 엄마가 걱정 되었다. 엄마는 천성적으로 마음이 여리어 주위 사람들에게 모질게 대하는 법이 없었다. 또한 지금까지 아빠 말을 거역한 것을 한 번도 본 적이 없었다. 잠시 후 아빠가 돌아왔다. 정미의 방문을 벌컥 열었다.

엄마가 집을 나갔다. 큰일났다.

정미는 아빠의 말을 듣고도 가만히 있었다. 아빠의 저런 모습은 태어나서 처음 보았다. 항상 자신감에 차 있던 아빠가 아니었던가. 속으로 고소했다.

큰일이다. 빨리 찾아봐야겠다.

밖으로 나가려던 아빠는 고개를 돌려 다시 말을 했다.

정미야, 혹시 엄마가 언제부터 그랬느냐고 묻거든 오늘이 처음이라고 해라. 알았지? 꼭 그래야 한다. 안 그러면 큰일난다.

아빠의 목소리가 떨렸다. 정미는 여전히 가만히 있었다.

엄마는 동생과 함께 외가에 갔다. 동생은 미장원에서 데리고 갔다고 했다. 집에는 아빠와 정미 둘이 남았다. 밥은 시켜먹을 때도 있었고 아빠가 할 때도 있었다. 집에 엄마가 없어 정미는 걱정이 되었지만 다행히 아빠는 정미 몸에 손 대지 않았다. 정미는 학교에 갔다 오면 방안에 틀어박혀 밖으로 나오지 않았고 아빠는 주방에서 술을 마셨다. 어쩌다 정미가 화장실에라도 가려고 나오면 얼굴이 붉은 아빠는 정미야, 내 너를 얼마나 사랑하는지 알지? 횡설수설했다. 그럴 때마다 정미는 온 몸이 얼어붙는 것 같았다.

아빠는 매일 엄마에게 가서 빌었다. 장인 장모에게도 빌었다. 두 분은 사위가 바람난 것으로 알고 있었다. 엄마 또한 차마 아빠가 딸을 범했다는 말은 못했으리라.

아빠는 처가에서 인정받던 사람이었다. 처가는 가난했고 아빠는 부자였다. 처남을 취직시켜주고 장인 장모에게도 조그마한 가게를 내주었다. 두 분은 가게 덕분에 노후에 경제적으로 안정된 생활을 할 수 있었다. 그러니 두 분은 며칠 지나자 엄마를 설득했다. 살다보면 남자가 바람 한 번 피울 수 있는 건데 여자가 너무 해도 오히려 남자가 밖으로 나돈다는 것이었다. 잘못을 뉘우치고 있으니 못 이기는 척 집으로 들어가라고 성화였다. 엄마는 돌아올 수밖에 없었다. 두 분의 성화도 문제지만 그것보다 경제적인 이유가 제일 컸다. 엄마는 돈이 없었다. 아빠는 집에 살림하는 돈은 풍족하게 갖다 주었지만 큰돈의 관리는 직접 하였기 때문에 엄마에겐 푼돈밖에 없었다. 또한 부모님의 가게 또한 큰 문제였다. 이혼하면 당장 가게를 넘겨줘야할 판이었다.

엄마는 채 1주일도 안 되어 집으로 돌아왔다. 아빠는 다시는 그런 일이 없을 거라며 용서를 빌고 최고급 식당으로 가서 저녁을 먹었다.

동생은 영문도 모른 채 아빠한테 선물 받고 저녁도 맛있는 것을 먹으니 한껏 기분이 좋아 아빠의 품에 안기고 볼에 연신 뽀뽀를 했다. 그럴 때마다 아빠는 흐뭇한 미소를 지었다. 물론 엄마에게도 다이아몬드 목걸이랑 옷을 선물한 것은 당연했다. 하지만 정미는 이해 못하는 게 있었다. 엄마가 친정에 가 있는 동안 한 번도 정미를 찾지 않았다는 사실이었다. 정미를 불러 어떻게 된 일인지 물었어야 하는 게 아닌가. 집으로 들어온 거야 경제적 이유라지만 딸을 걱정하는 마음이 있었다면 전후사정을 알아보고 상황을 정확히 알았으면 후에는 그런 일이 벌어지지 않았을 것이 아닌가. 정미는 성인이 된 후에 언뜻언뜻 떠오르는 의문이었다. 엄마는 집으로 돌아와서도 그 일에 대해 일체 입에 올리지 않았다. 다만 정미에게 더 다정스럽게 대해 주었고 아빠가 또 정미 방에 들어가지 않나 경계를 늦추지 않았다. 아마도 엄마는 그 당시 아빠가 처음으로 정미를 범했으리라고 생각한 듯했다.

엄마에게 들키고 난 뒤 한동안 아빠는 정미 몸에 손대지 않았다. 전보다 엄마를 비롯해 가족들에게 더 다정하게 대했다. 엄마도 점점 평상심을 되찾고 아빠에게 헌신했다. 그러던 어느 날이었다.

"네 옷이 그게 뭐니?"

엄마는 정미가 방에서 나오는 것을 보더니 호통을 쳤다.

"옷? 어때서?"

정미는 무슨 뜻인지 몰라 자신의 옷을 훑어보았다.

"옷을 단정하게 입어야지, 여자가. 당장 반바지 갈아입어."

엄마의 목소리에는 화가 잔뜩 묻어났다.

"이 반바지 엄마가 사준 거야. 밖에 나갈 일이 없으니 집에서 입을 수밖에."

정미는 지지 않고 말했다.

"당장 갈아입으라니까. 그리고 그 옷 당장 버려. 앞으로 그렇게 짧은 바지 입지 마."

엄마는 단호하게 말했다.

"엄마!"

정미는 어이가 없어 소리쳤다.

"당장 벗으라니까. 꼴 보기 싫다잖아."

엄마 또한 고함을 질렀다. 그때 아빠가 집에 서류가 있다며 들어왔다. 상황을 눈치채고는 엄마 편을 들었다.

"그래 엄마 말이 맞아. 여자는 단정해야지. 당장 갈아입어라."

정미는 아빠와 엄마를 노려보다 방으로 들어왔다. 엄마한테 분노가 일었다. 엄마가 자신의 편인 줄 알았는데, 문제를 정미에게로 돌리고 있었다. 정미는 하늘이 무너지는 것 같았다.

정미는 눈을 떴다. 여기가 어디인가. 주위를 두리번거렸다. 처음엔 낯선 곳에 있다는 생각에 당황스러웠고 곧이어 자신이 동굴 속에서 밤을 새웠다는 것을 깨닫고는 안도했다. 죽음 같은 잠이었다. 자다가 엄마의 형상을 본 듯도 한데 더 이상 아무 기억도 없었다. 빨리 집에 가야겠다는 생각도 들지 않았다. 모든 게 편안했다. 사람이 이렇게 죽음과도 같은 잠을 잘 수 있다는 게 신기했다. 처음 이곳에 왔을 때도 숙소에서 깊은 잠을 잤지만 그때하곤 달랐다. 그때는 깊은 잠을 자기는 했지만 식은땀을 흘리며 잤는데 이번에 잘 때는 몸이 무겁거나 식은땀을 흘리지 않았다. 깨어났을 때도 새털처럼 몸이 가벼웠고 정신도 맑았다.

정미는 자리에 앉아 동굴 밖을 보았다. 숲은 옅은 보라색을 띠었고 하늘은 불그스름했다. 이제 곧 해가 뜰 것 같았다. 정미는 일어섰다. 아무래도 회사 사람들이 정미가 어젯밤 돌아오지 않은 사실을 알고는 찾으러 다닐지도 모른다는 생각이 들었다. 동굴 밖으로 나와 어제 걸어온 길로 접어드는데 허기가 느껴졌다. 어제부터 아무것도 먹지 않은 상태였다. 가다가 원주민들이라도 만나면 좋으련만. 정미는 그런 생각을 하며 산을 내려왔다. 오른 쪽 하늘이 점점 더 붉어졌다. 금방이라도 해가 솟아오를 것 같았다. 정미는 나뭇가지에 걸리지 않게 조심하면서도 연신 하늘을 쳐다보았다.

졸졸졸 물소리가 들렸다. 어제 오면서 물을 마시던 도랑 같았다. 반가운 마음에 빨리 걸었다. 물은 여전히 투명한 몸으로 모래들을 간질이며 흘러가고 있었다. 정미는 어제처럼 두 손바닥을 펴서 물을 떠 입으로 가져갔다. 시원한 느낌이 목구멍을 타고 내려갔다. 몇 모금이나 마셨을까 도랑 위쪽에서 뭔가 느껴졌다. 정미는 고개를 들어 두리번거리다 위쪽에서 물로 몸을 씻는 원주민들을 발견했다. 옷 하나 걸치지 않은 그들은 손바닥으로 물을 떠서 정성껏 몸을 씻고 있었다. 정미는 그들이 있는 곳으로 좀 더 걸어갔다. 그러자 40-50명쯤 되는 원주민들의 모습이 눈에 들어왔다. 나이 많은 남녀부터 아직 젖먹이까지 다양한 연령층의 원주민들이 열심히 자신의 몸을 씻고 있었다. 그곳은 도랑이 아니라 못이라고 할 정도로 넓었고 또한 수심도 가슴까지 오는 곳도 있었다. 그만 가자 싶어 몸을 돌리려는데 갑자기 그들은 씻는 것을 멈추고 한 쪽을 향해 섰다. 정미는 눈을 휘둥그레 뜨며 그들이 향해 있는 쪽을 바라보았다. 아. 정미는 자신도 모르게 감탄했다. 하늘에서 붉은 것이 조금씩 하늘로 솟구치고 있었다. 해가 뜨고 있는 것이었다. 원주민들은 약간 고개를 숙였다. 햇빛이 팔을 쭉 뻗어 나무와 풀과 사람들을 감싸 안았다. 정미도 얼떨결에 고개를 숙였다. 그러자 마치 자신이 아기가 된 듯했고 피부에 닿은 햇살이 포근하게 느껴졌다. 조금 지나자 원주민들은 조용히 물 밖으로 나가기 시작했다. 정미는 얼른 몸을 돌려 오던 길로 갔다. 무슨 의식일까. 간단하면서도 장엄한 기운이 도는 의식이었다.

정미는 가다가 어제 쉬었던 바위에서 앉았다. 좀 쉬다 갈 참이었다. 회사 사람들이 찾는다 해도 할 수 없었다. 여기까지 온 김에 오늘도 섬을 구경하고 가야겠다는 생각이 들었다. 바위에 등을 기대고 눈을 감았다. 또다시 잠이 멀리서 손짓하였다. 피곤한 것은 아니었다. 그냥 평온하다는 생각이 들었고 잠이 잡아당기는 것이었다. 손길이 퍽 다정하다고 느끼며 정미는 잠이 들었다.

얼마나 잤을까. 쨋쨋, 하는 소리에 잠을 깼다. 벌써 해가 많이 솟아 있었다. 최소 2-3시간은 잔 것 같았다. 무슨 소리지? 새소리였나 하면서 정미는 주위를 두리번거렸다. 하지만 아무 것도 보이지 않았다. 정미는 숙소로 가지 말고 어디로 걸어볼까 하다가 소리가 난 방향으로 길을 잡았다. 왠지 이쪽으로 가면 원주민들을 만날 수 있을 것 같은 예감이 들었다. 원주민들을 만나면 무얼 하겠다는 의도는 없었다. 막연히 그런 바람이 들었고 오솔길을 따라 걸어갔다. 예감은 맞았다. 조금 지나자 나무 사이로 시커먼 것이 움직였다. 한두 사람이 아니었다. 정미는 반가운 마음에 빨리 걸어갔다. 그러자 7-8명이 되는 여자 원주민들이 어제처럼 야생감자를 캐고 있었다. 남자 원주민들은 없었다. 정미는 나무를 잡고 그들을 바라보았다. 그들은 천천히 감자를 하나씩 캐어 풀과 나뭇가지로 만든 바구니에 넣었다. 어제 본 사람인지 아닌지 구분이 잘 되지 않았다. 도대체 그 사람이 그 사람 같았다. 다만 젖가슴이 많이 늘어진 사람과 적게 늘어진 사람으로 구분되었다. 나이가 많고 적은 것을 정미는 그렇게 구분했다. 오늘은 젖가슴이 배까지 처진 여자도 있었다. 다른 여자들은 이제 가슴이 솟아오른 여자부터 조금 처지기 시작한 여자들까지 다양했다. 같은 여자라도 젖가슴을 유심히 바라보는 건 예의가 아니라는 생각에 나이 많은 여자한테 눈길을 돌렸다. 그러고 보니 머리카락도 하얗게 세었다. 저렇게 나이 많은 사람이 어떻게 일을 하나 싶었는데 다른 사람들에 비해 전혀 일이 뒤처지지 않았다. 물론 일을 허겁지겁 하는 게 아니라 천천히 했다. 생각하기에 따라 답답할 정도였다. 정미는 어제처럼 바라보고 있는데 젊은 여자가 주먹만 한 감자를 들고 오더니 슬그머니 정미에게 내밀었다. 시골 아이 같은 수줍음이 느껴지는 모습이었다.

"고맙습니다."

정미는 반가운 마음에 두 손으로 받았다. 젊은 여자는 어제처럼 풀에 문지르고 입으로 가져가는 시늉을 했다. 정미는 고개를 끄덕였다. 이미 알고 있다는 듯 정미는 감자를 풀에 닦아 한 입 베어 물었다. 단맛이 입 안 가득 퍼졌다. 원주민 여자는 정미의 모습을 보더니 미소를 짓고는 일하던 곳으로 갔다. 정미는 배고픔으로 금방 하나를 다 먹었다. 어느 정도 허기와 갈증을 면한 것 같았다. 정미는 망설이다 아까 감자를 준 원주민 곁으로 갔다. 하지만 여자는 정미가 오는 것을 알았을 텐데도 아무런 내색을 하지 않았다. 정미는 용기를 내어 그들이 하는 것처럼 줄기를 뽑고 딸려 나온 감자를 여자의 바구니에 넣었다. 다음은 캔 자리에 손으로 흙을 헤집어 땅 속에 묻힌 감자를 캐는 것이었다. 쉽지가 않았다. 비록 흙이 부드럽고 감자가 깊게 심어져 있지 않다 하더라도 한 번도 흙일을 하지 않은 손으로 하니 손가락 끝이 아팠다. 하지만 그러거나 말거나 정미는 감자를 캐어 여자의 바구니에 넣었다. 자신도 뭔가 일을 한다는 생각에 기분이 우쭐했다. 정미는 주위에 있는 감자를 캐고 있는데 여자가 다가오더니 손을 흔들었다.

"왜요?"

정미는 일을 못하게 하나 싶어 걱정된 마음으로 물었다.

"이건 그냥 놔둬요."

비록 어눌하나마 분명 우리나라 말로 방금 캐려던 감자를 가리켰다. 역시나 혀로 잇몸을 치는 듯한 목소리는 여전히 높낮이가 없었다. 반가운 마음이 들었다.

"말 잘하시네요. 근데 왜요?"

정미는 안도의 미소를 띠며 물었다.

"다 캐면 안 돼요. 다 캐면 정령이 싫어한답니다."

정미는 여자의 말을 듣고 다른 원주민들을 보니 어제처럼 몇 개씩 놔두고 캐는 것이었다. 보이는 대로 모두 캐는 것이 아니었다.

"정령이 싫어한다고요?"

정미가 다시 묻자 여자는 망설이는 듯하더니 입을 열었다.

"그냥 둬야 다음에 또 우리에게 주지요."

여자는 미소를 띠고 정미를 보더니 자기 자리로 갔다. 정미는 그제야 고개를 끄덕였다. 보이는 대로 다 캐지 않는 것, 그것은 다음을 위해서였다. 정미는 이제야 알겠다는 듯 그들이 하는 것처럼 몇 포기씩 그냥 두고 감자를 캤다.

정미는 감자를 캐면서 언젠가 자신이 감자를 캤던 것 같은 착각에 빠졌다. 처음이 아닌 것 같았다. 그만큼 마음이 익숙한 느낌이었다. 오랫동안 그들과 함께 일한 것 같았다. 신이 났던 것일까 정미는 손가락으로 땅을 파헤치다 돌부리에 걸려 껍질이 벗겨졌다. 무리해서 땅을 판 것 같았다. 나도 저들처럼 천천히 놀면서 할 걸. 후회가 들었지만 어쩔 수 없었다. 손가락에서는 계속 피가 났다. 나이 많은 여자가 다가오더니 상처를 보았다. 그러더니 숲으로 들어가 보라색 풀을 꺾어왔다. 풀끝에는 작은 가시가 달려 있었다. 여자는 풀을 바위 위에 놓고 돌로 찧더니 정미에게 손짓했다. 정미가 다가가자 빨간 즙이 나는 풀잎을 손가락에 붙이고 풀줄기로 감싸주었다. 순간 정미는 코끝이 찡했다. 정미는 미간에 힘을 주고 고개를 숙이며 말했다.

"고맙습니다."

하지만 여자는 언제 그랬느냐는 듯 자신이 일하던 곳으로 걸어가 아무 일도 없었던 것처럼 감자를 캤다. 머쓱한 정미는 감자를 캐기 시작했다. 아리던 손가락이 이제는 아무런 통증도 없었다. 한참동안 캐던 정미는 왔을 때 감자를 주었던 여자에게 물었다.

"저 쪽 산에 보니까 무슨 동굴이 있던데요?"

정미는 감자 캐는 것을 멈추지 않고 물었다. 근데 뭔가 느낌이 이상해서 허리를 펴고 둘러보니 원주민들 모두 일을 멈추고 정미를 바라보는 것이었다. 이상한 느낌에 정미는 뭘 잘못했나 싶어 움찔했다.

"그러니까, 저기 산에 동굴이 있더라고요. 갔다가 나도 모르게 잠이 깜박 들었는데 아침이더라고요. 참 신기해서."

정미는 쑥스러운 마음에 말이 길어졌다.

"동굴에 들어갔다고요?"

여자가 놀란 얼굴로 물었다.

"예. 아무것도 없던데요? 하여튼 편안하고 좋았어요."

정미의 말에 나이 많은 여자가 다가왔다.

"안 돼요, 거기 가면."

여자는 단호하게 말했다. 정미는 그제야 자신이 뭔가 잘못했다는 것을 깨달았다.

"왜요?"

정미는 호기심으로 물었다.

"거긴 정령을 맞이하는 곳입니다."

"예? 정령을 맞이하다니요?"

정미는 놀란 표정으로 물었다. 감자를 준 여자가 여전히 책 읽는 듯한 어투로 말했다.

"사람은 누구나 나이가 들면 정령에게 갑니다. 정령이 반갑게 맞이해주지요."

"그럼, 죽은 사람이 가는 곳?"

정미는 놀란 얼굴로 나이 많은 여자를 보며 말했다.

"살아있는 사람이 갑니다. 정령에게 스스로 갑니다."

정미의 이해 못하겠다는 표정에 감자를 준 여자가 말했다.

"사람이 정령에게 갈 때가 되면 스스로 먹는 것을 끊고 동굴로 갑니다. 거기서 정령을 맞이하는 것이지요."

정미는 그제야 대충 알겠다는 듯 고개를 끄덕였다. 그러니까 사람이 죽을 때가 되면 스스로 곡기를 끊고 동굴로 가서 죽음을 맞이한다는 뜻이었다.

"어쩜, 그럴 수 있죠? 굶어죽는 거예요?"

"죽는 게 아닙니다. 정령에게 갔다가 다시 태어납니다."

나이 많은 사람은 말하곤 숲으로 가서 보라색 나뭇가지를 꺾어왔다. 매끈하게 생긴 나뭇가지에서 무슨 쓴 냄새가 났다. 정미는 여자를 지켜보았다. 설마 저걸로 때리면? 이런 걱정을 하고 있는데 여자가 무슨 주문을 외우며 나뭇가지로 정미의 머리부터 어깨 허리 다리 발 순서로 쓸어내렸다.

"이렇게 해야 액운이 떨어집니다."

감자를 준 여자가 말했다. 정령에게 갈 사람이 아닌 사람이 가서 그렇다고 덧붙였다. 한참동안 주문을 외우며 나뭇가지로 쓸던 여자는 나뭇가지를 숲으로 던지곤 정미를 향해 미소를 지으며 고개를 흔들었다. 다시는 가지 말라는 뜻 같았다.

"예. 알겠습니다."

정미는 송구스런 마음으로 말했다. 다시 원주민들은 감자를 캐기 시작했다. 아무 일도 없었던 것처럼 또다시 천천히 일했다. 보아하니 일상이 느릿느릿했다. 서두르지도 않고 힘들면 남이 일하든 말든 쉬었다. 정미는 머쓱해하다 문득 자신이 그럼 시체 옆에서 잤단 말인가,

하는 무서운 생각이 번뜩 들었다. 그러면 썩는 냄새가 났을 텐데, 하는 의문이 들었다. 감자를 준 여자에게 다가갔다.

"그럼 말이지요. 정령에게 가고 난 뒤, 그러니까 죽은 몸은 어떻게 돼요? 계속 거기에 그냥 두는가요?"

어젯밤 자던 곳에 사람의 뼈가 있었다고 생각하니 께름칙한 건 사실이었다.

"계절이 두 번 바뀌는 날에 영혼이 빠져나간 몸을 땅에 묻어줍니다. 그래야 다시 사람으로 잘 태어납니다."

여자는 마치 마음씨 좋은 유치원 선생처럼 말했다. 정미는 휴, 했다. 그렇다고 2년 동안 죽은 사람이 있었느냐고 묻기도 어색했다. 정미는 또다시 물었다.

"근데 왜 여자들만 감자를 캐요? 남자들은 뭐하고요?"

정미의 말에 여자는 눈을 동그랗게 떴다.

"남자들이 어떻게 감자를 캐요?"

말도 안 된다는 소리를 한다는 투였다. 말도 안 되다니. 정미는 다시 에둘러 물었다.

"남자들은 낮에 뭐 해요?"

"집 짓거나 애기들 돌봅니다."

여자는 뭘 그런 걸 다 물어보냐는 듯한 표정을 짓더니 계속 감자를 캤다. 정미는 또다시 머쓱한 기분이 들었고 이만 돌아가야겠다는 생각이 들었다. 아무래도 늦으면 회사 사람들이 걱정하기 때문에 더 있으면 안 될 것 같았다.

"이만 갈게요. 좀 더 도와주면 좋을 텐데."

정미가 아쉬운 듯 말하자 감자를 주었던 여자가 가지고 있던 바구니를 내밀었다. 감자를 몇 개 가져가라는 줄 알고 몇 개를 집었더니 바구니를 흔들었다.

"다 가져가라고요? 드세요. 제가 얼마나 캤다고요."

정미가 고개를 흔들자 여자는 정미의 손에 바구니를 직접 쥐어주었다.

"이것은 당신 것입니다. 정령의 뜻입니다. 가져가서 나누어드십시오."

여자는 미소를 띠며 말했다. 정미는 또다시 코끝이 찡함을 느끼며 바구니를 받았다. 그리고 물었다.

"참, 이름이 뭐예요?"

"바람소리."

여자는 말해 놓고 미소를 지었다. 원주민들은 소리내어 크게 웃는 것을 본 적이 없었다. 항상 부드러운 미소를 지었다.

"제, 이름은요……."

그때 나이 많은 여자가 말했다.

"얼굴 찡그린 자."

여자의 말이 끝나자 모두들 미소를 지었다. 당황한 정미는 다시 자기 이름을 말하려다 그만두고 같이 미소를 지었다.

"고맙습니다."

정미는 고개를 깊숙이 숙여 인사를 하고는 돌아섰다. 아쉬운 마음이 들었다. 숙소로 돌아가지 않고 원주민들과 지내고 싶었다.

"이거 가져가요."

그때 나이 많은 여자가 손크기만 한 나무통을 내밀었다. 정미가 뚜껑을 열어 안을 바라보니 보라색의 끈적끈적한 즙이 들어 있었다. 바람소리가 말했다.

"몸에 바르면 벌레들이 몸에 달려들지 않습니다."

정미는 또다시 허리를 굽혀 정중히 인사를 했다. 원주민들이 미소로 답했다. 정미는 서운한 마음을 안고 숙소로 향했다.

막상 숙소로 오니 또다시 아빠가 떠올랐다. 아빠는 엄마에게 들키고 난 뒤 한 달쯤 지나자 다시 정미의 몸에 손을 댔다. 이번에는 집에서는 안 하고 주로 학교에서 집으로 태워올 때 강가나 들판에서 범했다. 엄마한테 이르겠다고 하자 그러면 너 죽고 나 죽는다, 그랬다. 정미는 아빠와 자신이 죽는 것은 괜찮으나 엄마와 동생이 걱정되었다. 아빠는 정미를 범할수록 보육원에 큰 금액을 기부하거나 불우이웃돕기를 했고 지역신문 1면에 크게 나기도 했다. 학교에서는 어김없이 교장이 정미를 칭찬했다. 특히 다문화 가정이나 저소득층 아이들에게 많이 후원해서 보건복지부 장관상을 타기도 했다. 그럴 때마다 주위에서는 좋은 아빠 두었다고 부러워했다. 그게 아빠가 주위에 베푸는 방식이었다.

5

황태섭 판사는 페루의 수도 리마의 공항에 도착해 페루의 일성기업 총책임자인 조사장의 영접을 받았다. 공항의 경비는 국빈급에 준해 일성기업 경호팀에서 담당하였다. 현지 경찰들은 지시받은 대로 일성기업 경호팀에 협조를 하였다. 조사장은 공항에서 황태섭 판사를 리무진에 태우고 페루의 대법원으로 갔다. 형식상 페루의 법원에서 재판을 하기 때문에 황태섭 판사는 한 달 전 페루의 대법원으로부터 특임판사로 임명되었다.

"어서 오십시오."

대법원장은 능숙하게 본국 말로 인사를 했고 조사장과 반갑게 안고 안부를 물었다. 황판사는 한 번 더 둘의 모습을 보고 놀랐다. 아무리 국제적인 기업이라 해도 현지 책임자가 한 나라의 대법원장과 허물없이 지낸다는 것은 그만큼 외국에 대해서도 관리를 잘하고 있다는 뜻이었다. 조사장은 황판사를 대법원장에게 인사를 시켰다.

"유능하시다는 말씀 많이 들었습니다. 이렇게 멀리 오시다니 좋은 결과 있으시길 빕니다."

대법원장은 역시 황판사에게도 본국 말로 유창하게 인사를 했다.

"모두 귀국의 협조 때문이지요. 잘 부탁드립니다."

황판사의 말에 대법원장은 껄껄껄, 웃었다.

"여기 일성기업이 하는데 잘 협조해야지요. 혹 부탁하실 일 있으면 언제든 말씀하세요. 성심성의껏 돕겠습니다."

대법원장은 조사장을 돌아보며 말했다.

"아이고 이거 감사합니다."

조사장은 대법원장에게 고개를 숙여 예를 표했다.

"하여튼 개발이 잘 되어야 우리 페루도 발전하지 않겠습니까. 근데 무슨 국제 환경단체란 것들이 자꾸 아마존 강의 보호를 내세우니."

대법원장은 국회에 상정될 원주민 보호법을 말했다.

"그렇게 말입니다. 경제가 살아나야 국가가 발전하고 국민들도 다 잘 살게 되는 것인데, 무슨 환경이 밥 먹여준답니까?"

조사장은 유감의 뜻을 표했다.

"어차피 50년간 일성기업이 개발하기로 국가 간 협정을 맺었기 때문에 이제 일성기업에서 알아서 하시면 됩니다. 우리로서는 그냥 지켜볼 따름이지요."

"하여간 이번 재판에 협조해주셔서 감사드립니다."

조사장은 한 번 더 고마움을 표했다. 아마도 페루 판사가 재판을 하지 않고 국내 판사가 하도록 로비를 많이 한 것 같았다. 현지 총괄 사장이 대법원장과 허물없는 사이라면 현지 기업을 위해 이미 국내처럼 장학금으로 관리를 잘해오고 있다는 의미였다. 국내뿐만 아니라 외국에서도 무노조 방침을 고수하다보니 현지 노동자들과 마찰이 심했고 그럴 때는 그 나라 정부나 법의 힘을 이용할 수밖에 없었다. 가끔 신문에 무노조에 대한 비판적 기사가 나오긴 했지만 가뭄에 콩 나듯이 나왔다가 금방 잊히곤 했다. 그 기사 역시 자기의 나라나 신문사의 광고를 수주하기 위한 기사일 뿐 진정 노동자들을 위한 기사는 아니었다. 세계적으로도 일성기업은 큰 광고주였다. 광고로 신문사가 먹고 산다면 일성기업을 무시할 수 없었다. 일성기업이 국내 뿐 아니라 외국에서도 제일 먼저 관리에 들어가는 곳이 정관계보다도 먼저 법조계와 언론이라는 사실을 알 만한 사람들은 다 알고 있었다.

"이번 기회에 법이 얼마나 준엄한지 확실히 보여주십시오. 미개인들이란 아직 질서가 잡히지 않아 법도 없고 제도도 없습니다. 따라서 이번 재판에 드러내지는 않지만 외국 기업들도 상당히 관심을 갖고 있답니다. 그들도 똑같이 미개인들 때문에 상당히 골치아파하고 있거든요."

대법원장은 황판사를 바라보며 말했다.

"그럼요. 법은 국가를 지탱하는 가장 중요한 제도이지요. 인간이 만든 것 중에 가장 훌륭한 것이 법이 아닙니까. 법이 어떤 것인지 확실히 보여드리겠습니다."

황판사는 진지한 표정으로 말했다.

"그럼 저녁에 뵙겠습니다." 조사장은 대법원장에게 인사를 했고 대법원장은 시간에 맞춰 가겠노라고 했다. 이미 두 사람 사이에 저녁 약속이 되어 있는 것 같았다. 황판사는 조사장과 함께 호텔로 와서 짐을 풀었다. 연구위원과 비서는 공항에서 호텔로 바로 와 머물고 있었다. 조사장은 호텔 지하에서 저녁 7시에 만찬이 있다며 그때 모시러 오겠다고 황판사에게 말하곤 호텔을 나갔다. 황판사 또한 긴 비행시간으로 피곤을 느꼈고 비서에게 6시에 깨우라고 하곤 객실로 들어갔다.

만찬장은 지하에 있는데 전용 엘리베이터를 타고 가야 했다. 엘리베이터는 보안을 위해 미리 입력된 지문으로 버튼을 누르지 않으면 작동을 하지 않았다. 황판사는 조사장이 시키는 대로 엘리베이터 입구에 설치된 버튼을 눌렀고 문이 스르르 열렸다. 나라에서도 귀한 외국 손님이 올 때 사용하는 장소라고 조사장이 귀뜸했다. 만찬장에 들어가니 대법원장이 미리 와 있었다. 대법원장 외에는 아무도 없었다. 철저하게 비밀이 지켜져야 한다더니 만찬도 황판사와 조사장 셋이 하는 것 같았다.

　50여 평의 만찬장은 우윳빛 벽으로 되어있고 천장에 화려한 샹글리에가 달려 있었다. 바닥에는 붉은 카펫이 깔려 있어 우아하면서도 화려했다. 대법원장은 자리에서 일어나 두 사람과 반갑게 인사를 했고 자리를 권했다. 인사를 마치자마자 흰색 상의에 보라색과 분홍색이 섞인 긴 치마를 입은 앳된 여자들이 음식을 나르기 시작했다. 페루의 전통 의상이라고 했는데 꽤나 화려했다.

　"자, 우선 목부터 축입시다."

　조사장이 건배를 청했고 대법원장과 황판사는 술잔을 높이 들었다.

　"국가와 법과 일성을 위하여!"

　대법원장은 소리쳤고 두 사람은 위하여를 합창했다. 옆에서 시중들던 아가씨들이 박수를 쳤고 셋은 술잔을 단숨에 비웠다. 향긋하고 깊은 맛이 입안에 퍼졌다.

　"이거 한 번 드셔보셔요."

　조사장이 갈색의 음식을 가리켰고 아가씨가 재빨리 접시에 음식을 담아 황판사 앞으로 내밀었다. 황판사는 아가씨가 먹여주는 음식을 입에 넣었다. 느끼하면서도 담백한 느낌을 주는 음식이었다.

　"코브라 생식기입니다. 이거 먹으면 하룻밤에 열 명의 여자도 거뜬히 상대할 수 있지요."

　조사장의 말에 황판사는 술을 한 모금 마셨다. 향긋한 술과 담백한 안주가 궁합이 잘 맞았다. 대법원장 옆에 있던 아가씨도 코브라 생식기를 대법원장의 입에 넣어주었다. 대법원장은 허허, 웃으며 날름 받아먹었다. 흰 머리카락으로 보아 70세가 넘어 보이는데 무슨, 하며 황판사는 대법원장을 바라보았다. 하지만 피부나 형형한 눈빛으로 보아 정력은 자신보다 더 나을 것 같았다. 황판사는 한 점 남은 코브라 생식기를 수저로 얼른 집어 입에 넣었다. 아가씨가 술잔을 들어 권했고 또다시 술잔을 한 번에 비웠다.

"잘 드십시다. 오늘은 마음껏 드십시오. 아마도 국내에서는 맛보기 힘든 음식일 겁니다."

조사장은 이 음식은 살모사 생식기라거나 이것은 아나콘다 생식기라든가, 하며 일일이 음식을 소개시켰다. 모두가 동물들의 생식기로 만든 음식이었다. 대법원장은 이미 알고 있는 듯 조사장의 말은 듣지 않고 아가씨가 먹여주는 음식을 받아먹기에 바빴다.

"어떤 음식이든 간에 생식기가 몸에 가장 좋지요. 특히 남자한테는요."

조사장은 자신도 연신 입에 넣으며 각종 동물들의 이름을 댔다. 익숙한 이름도 있지만 열대지방에서 사는 동물들인지라 황판사로서는 모르는 동물이 많았다. 어쨌든 아가씨가 먹여주는 안주와 술을 사양하지 않고 먹다 보니 취기가 오르기 시작했다. 그때 조사장이 곁에서 시중들던 아가씨에게 페루말로 무어라고 했고 아가씨는 대법원장과 황판사 곁에서 시중들던 아가씨들에게 눈짓을 했다. 아가씨 셋은 한 쪽에 흰 천이 드리운 곳으로 갔다. 한 줄로 서더니 허리를 숙여 깊숙이 인사를 하고는 앞가슴에 있는 끈을 풀었다. 그러자 하얀 달덩이 같은 유방이 드러났고 황판사는 마른 침을 꿀꺽 삼켰다. 또다시 끈 하나를 풀자 치마가 스스륵 내려졌다. 하얀 피부에 새카만 음모가 빛을 받아 반짝거렸다.

"자, 자. 한 잔씩 드시면서 구경하십시오."

조사장이 황판사와 대법원장의 잔에 술을 따랐다. 황판사는 잔을 받자마자 단숨에 비웠다. 그리곤 안주를 한 줌 집어 입에 넣었다. 아랫도리가 뻐근해왔다. 동물의 생식기 안주를 먹어서인지 기별이 빨리 오는 것 같았다. 마음 같아서는 당장이라도 시중드는 아가씨를 데리고 숙소로 올라가고 싶었다.

"잘 드십니다. 안주도 좋고 오늘은 마음 푹 놓으시고 마음껏 드십시오."

조사장은 연신 술을 따랐고 황판사는 사양하지 않고 받아먹으며 아가씨들을 보았다. 코브라가 아가씨들의 몸을 기어오르고 있었다. 다리를 감더니 음모를 거쳐 커다란 유방 사이로 기어올랐다. 황판사는 아가씨들의 몸이 흔들리게 보인다 싶더니 속이 부글부글 끓어올랐다. 아무래도 처음으로 동물 생식기를 먹어서인지 속이 불편했다. 하지만 황판사는 정력에 좋다는 이런 음식을 언제 먹어보냐며 술과 안주를 계속 먹었다.

황판사의 몸은 흔들흔들거렸다. 곧 옆으로 쓰러질 것 같았다. 접시가 빌 때마다 조사장은 벨을 눌러 음식을 더 가져오라고 했다.

뱀이 몸을 감고 유방을 기어오를 때마다 움찔거리는 육체를 보며 황판사는 연신 술을 마셨다. 대법원장은 술은 마시지 않은 채 아예 몸을 뒤로 빼고 구경하고 있었다. 그렇지. 내가 저 영감탱이보다 술이 더 세지. 황판사는 흔들리는 몸을 바로 잡으며 속으로 중얼거렸다. 속이 안 좋았다. 토할 것 같았다. 하지만 그럴 수는 없었다. 이 정력에 좋은 안주를 게워낼 수는 없었다. 참아야지. 황판사는 심호흡을 하며 아가씨들의 뱀공연을 바라보았다. 아가씨들은 다리를 벌려 뱀이 자신의 생식기 안으로 들어가는 시늉을 했다. 조사장이 박수를 쳤다. 황판사 또한 박수를 치다 일어섰다. 몸이 비틀거렸다.

황판사는 나쁜 예감이 들었다. 다리에 힘을 주고 몸의 중심을 잡는데 고개가 앞으로 꺾였다. 순간 입에서 폭폭수처럼 누런 음식이 쏟아져 나왔다. 아, 이 아까운 것을. 황판사는 멈추려고 했지만 계속해서 음식은 바닥에 쏟아졌다.

아가씨들은 어마, 하며 공연을 멈췄고 조사장은 벨을 눌러 아가씨를 불렀다. 아가씨 둘이 걸레를 가져왔다. 조사장과 대법원장은 재빨리 피해 재해로부터 피해를 입지 않았다.

"이 보게. 약 좀 가져오게."

조사장은 시중들던 아가씨에게 말했다. 아가씨는 재빨리 방을 나갔고 아가씨 둘은 황판사의 얼굴을 닦았다. 누런 얼굴은 정신을 잃은 모습이었다. 입에서는 저 안주를, 저 안주를, 하는 중얼거림이 새어나왔다. 아가씨가 손에 종이 봉지를 들고 들어왔다.

"먹여라. 금방 술 깰 게야."

조사장이 다시 명령했다. 아가씨는 황판사의 입을 벌렸고 한 아가씨가 약을 입에 털어넣고 물을 들어부었다. 캑캑, 황판사는 사례가 들러 한동안 기침을 하더니 몸의 중심을 잡았다.

"이제 좀 괜찮으십니까?"

조사장은 황판사를 바라보고 물었다.

"괜찮소."

황판사의 말에 조사장은 껄껄껄, 웃었다.

"원래 생식기를 처음 먹는 사람한테는 그럴 수 있습니다. 약을 드셨으니 술도 깨고 속도 편안해질 겁니다."

황판사는 조사장의 말을 들으며 흔들리는 몸을 다잡으려고 애썼다.

다시 상이 차려지고 술이 몇 순배 돌자 조사장이 아가씨에게 소곤거렸다. 아가씨가 밖으로 나갔다.

"이제 이 집의 백미가 나올 겁니다. 기대하셔도 좋습니다."

조사장의 말에 대법원장은 눈을 동그랗게 떴고 황판사는 옆에 앉은 아가씨가 독사의 생식기를 입에 넣어주자 황급하게 입으로 씹었다. 밖에 나갔던 아가씨가 1미터는 넘을 것 같은 큰 쟁반을 가져왔다. 쟁반 위에서 뚜껑이 달려있었다.

"자, 한번 맞춰보시지요, 무슨 안주인지."

조사장이 대법원장과 황판사를 돌아보며 물었다. 대법원장은 도저히 모르겠다는 표정을 지었고 황판사는 빨리 뚜껑을 열라고 성화였다.

"좋습니다. 자, 엽니다."

조사장이 뚜껑을 열자 김이 위로 솟구치며 향긋한 냄새가 퍼졌다. 대법원장의 입에서 허, 하는 소리가 황판사의 입에서 오, 하는 소리가 동시에 나왔다. 그건 여자의 생식기였다. 아직 어린 여자인지 주름이 잡히지 않은 매끄러운 피부를 가진 생식기였다. 풍성하고 시커먼 음모는 반짝거렸다.

"놀라지 마십시오. 얼마나 근사합니까. 생식기 중에서도 최고의 생식기지요."

조사장은 대법원장과 황판사에게 어서 먹어보라는 듯 돌아보았다. 하지만 누구도 수저를 들 생각을 안 했다. 음모까지 있는 것으로 보아 진짜인 것 같았다.

"설마 진짜이겠습니까. 남미 최고의 요리사가 만들었으니 꼼짝없이 속을 수밖에요. 이 살은 원숭이 허벅지살로 만들었고 이 음모는 옥수수수염으로 만든 것입니다. 자, 맛보시라니까요."

조사장은 생식기의 한 쪽을 떼어 대법원장의 접시에 놓았고 나머지 한 쪽은 황판사의 접시에 놓았다. 황판사는 접시에 놓인 생식기를 바라보았다. 풍성한 음모 밑에 클리토리스까지 보였다. 발기가 되었는지 뾰족하게 솟아 있었다. 조사장의 강권에 황판사는 외음순을 찍어 입으로 가져갔다. 졸깃한 고기는 씹히는 맛이 있었고 향긋한 향기가 입 안을 가득 메웠다. 황판사의 모습을 본 대법원장도 포크로 찍어 입으로 가져갔다.

"역시 원숭이 고기라서 그런지 쫄깃쫄깃합니다."

대법원장의 말에 조사장이 얼른 말을 받았다.

"그러게요. 역시 원숭이 고기가 최곱니다."

황판사도 거들었다.

"그럼요. 원숭이 허벅지살입니다. 하지만 이게 정력에는 으뜸입니다."

조사장은 생식기를 포크를 찍더니 통째로 입으로 가져가 와작와작 씹었다. 황판사도 그 모습을 보더니 생식기를 통째로 가져와 먹었고 대법원장도 뒤질세라 통째로 먹기 시작했다. 한동안 술을 마시고 여자 생식기를 먹더니 셋 다 포크를 놓았다. 접시에는 생식기가 더 이상

없었다.

"하하하. 이제 오늘 밤 스무 명의 여자도 너끈히 해치울 겁니다."

조사장은 비틀거리며 곁에서 시중들던 아가씨의 어깨에 팔을 두르고 방을 나갔다. 대법원장 또한 시중들던 아가씨의 부축을 받으며 방을 나갔다. 황판사는 아가씨의 부축을 받으며 일어서려다 그 자리에 꼬꾸라졌다. 놀란 아가씨가 흔들어 깨워도 꿈쩍도 하지 않았다. 아가씨가 머뭇거리더니 밖으로 나갔다. 곧이어 건장한 남자들을 데리고 들어왔다. 공항에서 줄곧 경호를 하던 일성기업 직원들이었다. 남자들은 황판사를 똑바로 눕히더니 두 사람이 팔 하나씩 또 두 사람은 다리 하나씩을 들고 밖으로 나갔다. 등이 바닥에 끌리는 것에는 상관하지 않았다. 마치 옛날 시골의 잔치 집에 쓸 돼지를 들고 가는 모습이었다.

그들은 등이 계단 모서리에 쿵, 쿵, 끌리는 것에도 신경 쓰지 않고 끌다시피 숙소로 데리고 갔다.

"아, 이 새끼 되게 무겁네. 꼴에 판사라고 그동안 되게 잘 처먹었는가봐."

"그러게. 판사하면서 얼마나 처먹었는지 배에 똥밖에 없는 거 같아."

"뭐 냄새 안 나나? 똥을 지렸나, 오줌을 쌌나, 퀴퀴한 냄새가 나는데?"

그들은 히죽거리며 황판사를 끌고 갔다. 객실로 들어가더니 던지듯 침대에 눕혔다. 침대가 출렁거렸다.

"에이, 그 새끼. 판사라고 거들먹거리더니."

한 남자가 바닥에 침을 뱉었다.

"하여튼 꼴좋다."

다른 남자가 마치 양 손에 더러운 것이라도 묻은 양 마구 털어댔다.

"가자."

한 남자의 말에 다른 남자들도 손을 털며 밖으로 나갔다. 곧이어 아가씨 두 명이 들어왔다. 황판사와 조사장을 모시던 여자들이었다. 여자들은 황판사의 널브러진 모습을 보더니 신발을 벗겼다. 다른 여자가 황판사의 상체를 일으켜 세우자 다른 여자가 양복 윗도리를 벗겼다.

"아이, 이 냄새. 욱, 토하겠네."

"무슨 썩는 냄새가 안 나니?"

여자들은 얼굴을 찡그리며 옷을 모두 벗겼다. 그러자 허연 몸뚱이가 불빛에 드러났다. 통통하게 살이 오른 게 꼭 털을 벗겨 놓은 돼지 같았다. 여자들이 황판사의 성기를 보더니 킥킥, 웃었다.

"이걸로 사내 구실하겠다고 그렇게 안주를 먹었나?"

"그러게, 정력에 좋다고 생식기 안주를 그렇게 처먹더니."

한 여자가 황판사의 성기를 손가락으로 툭툭, 치며 말했다. 여자들은 양동이에 물을 떠서 수건으로 황판사의 몸을 닦았다. 앞에서 닦고 뒤집어서 닦는 모습이 잔칫날 돼지의 털을 벗기고 나서 깨끗한 물로 씻는 광경 같았다.

"어마, 여기 봐. 똥을 지렸어. 아이 더러워."

"대충 닦아. 에이."

여자들은 인상을 찡그리며 엉덩이와 항문을 닦았다. 대충 닦고 난

한 여자가 다른 여자에게 물었다.

"여기서 잘 거야?"

"자기는. 나갔다가 새벽에 들어오지 뭐. 아마 그때까지도 정신없이 자고 있을 걸."

"가자."

여자들은 황판사의 몸에 이불도 덮어주지 않은 채 밖으로 나갔다. 허연 몸뚱이가 중얼거렸다.

"안주를 더 가져오너라, 생식기 안주를."

일은 거의 없었다. 변호사의 일을 도와주러 왔으나 변호사가 변론 준비를 하지 않으니 할 일이 없었다. 여행을 다녀온 변호사는 전무와 검사를 수시로 만나는 듯했으나 자세한 내막은 정미에게 알려주지 않았다. 아침에 사무실로 갔다가 그냥 숙소로 오는 생활이었다. 며칠 동안 그렇게 하니 정미는 갑갑해서 죽을 지경이었다. 또한 자꾸만 원주민들의 감자 캐는 모습이 눈에 어른거렸다. 해 뜰 무렵 다 같이 목욕을 하고 해를 향해 기도하는 엄숙한 모습에 정미는 애가 달았다.

그러던 어느 날 정미는 아침에 사무실로 가는 대신 원주민들을 만났던 곳으로 갔다. 오늘은 꼭 가야지, 하고 간 게 아니라 발이 저절로 알아서 데려다준 느낌이었다. 정신을 차리고 보니 원주민들이 있는 곳에 와 있었다는 식이었다.

원주민들은 목욕을 하고 있었다. 나이가 많고 어리고, 남자 여자 구분 없이 물에 들어가 물장구치며 놀고 있었다. 정미는 부러움으로 강가에 앉아 그들을 바라보기만 했다. 자신도 당장 옷을 훌훌 벗어버리고 물속에 뛰어들고 싶으나 남자들이 있어 군침만 삼켜야 했다. 목욕하는 걸 보니 신기했다. 일할 땐 여자들만 일했는데 놀 때는 남녀가 같이 놀았다. 먹을 것을 하는데 어떻게 남자가 하느냐는 원주민의 말이 떠올랐다. 남자들은 그럼 전쟁 준비를 하거나 사냥을 하나, 싶었지만 이 섬에는 원주민들의 성품으로 보아 전쟁도 일어날 것 같지 않고 동물들을 가족처럼 대하는 것으로 보아 사냥도 할 것 같지 않았다. 실제로 동물이나 하다못해 개미 한 마리라도 죽이는 것을 본 적이 없었다.

원주민들이 노는 것을 보니 나이가 많고 적음에 따른 위계질서가 전혀 없는 것 같았다. 아이나 어른이나 서로 대하는 것이 똑같았다. 머리가 허옇고 젖가슴이 배까지 내려온 할머니도 어린 아이와 똑같이 물장구쳤다. 행동으로만 보면 나이 구분이 되지 않았다. 만약 천국이 있다면 여기가 천국이구나, 천국. 정미는 부러운 얼굴로 그들을 바라보며 중얼거렸다.

정미는 중학교 2학년에 올라가자 죽으라, 공부했다. 평생 아빠에게 못 벗어날 것 같았는데 아는 선배가 특목고를 가면서 서울로 떠난 것을 보았기 때문이었다. 그래 공부하자. 나도 특목고로 가서 여기를 떠나자. 여기에 있는 고등학교에 갈 수 없다. 정미는 이를 악물고 공부했다. 엄마에게 얘기해서 과외 선생도 집으로 불렀다.

"우리 정미 이제 철들었구나."

아빠는 의심스런 눈초리로 말했지만 성적이 오르고 고분고분 집으로 잘 오니 다른 트집은 잡지 않았다. 학교 선생님들도 정미를 부러워했다. 공부 잘하지, 집이 부자지, 뒤에서 팍팍 밀어주는 아빠 있지, 정미는 세상에 부러울 게 없는 아이라고 했다. 정미는 이미 학교 선생님들에 대해 실망을 많이 했기에 그런 말에도 이제 화도 나지 않았다. 3학년이 되자 전교에서 상위권을 맴돌았고 진학 희망 란에도 당당히 서울의 s외고라고 적었다.

"조금만 더 하면 되겠다. 힘내라."

담임선생님은 등을 두드리며 용기를 주었다. 정미의 의도는 모르지만 어쨌든 처음으로 선생님이 정미에게 용기를 주었다. 정미는 선생님의 말대로 용기를 잃지 않았다. 하다못해 아빠가 그 짓을 할 때도 영어 단어를 외웠다.

"넌 무슨 말을 중얼거리는 게야?"

아빠는 정미 위에서 물었지만 정미는 계속 낮에 공부했던 영어 단어를 외웠다.

드디어 성적은 바라던 대로 나왔고 정미는 처음으로 환희의 눈물을 흘렸다. 이제 집을 떠날 수 있다. 지긋지긋한 아빠를 벗어날 수 있다. 정미는 몸이 하늘로 날아오를 듯했다.

원서 쓸 때가 되자 담임선생님은 학부모를 학교에 모시고 오라고 했다.

"뭐라고?"

아빠는 어이없어하는 표정을 지었다.

"s외고 원서 쓰는데 학부모 동의가 필요하대요."

정미의 말에 아빠는 허허, 웃었다.

"네 나이 몇 살인데 벌써 객지생활하겠다는 게야. 너 정신이 있는 거냐 없는 거냐?"

아빠는 말도 안 되는 소리 그만하라고 했다. 1년 선배 누구누구 갔고 동기 누구누구도 원서를 쓴다고 해도 막무가내였다. 엄마가 옆에서 보내주자고 해도 어림도 없었다.

"당신은 하나밖에 없는 딸을 객지에 보냈다가 혹 잘못되면 어떡할 건데? 도대체 생각을 하고 말하는 거야?"

아빠는 엄마에게 버럭 화를 냈다.

"거기 가면 대학도 좋은데 간다는데, 하숙시키면 되지요."

엄마의 말에 아빠는 기가 찬다는 듯 엄마를 노려보았다.

"하숙하면 부모처럼 돌보아준대? 아이고 이 여자야."

아빠의 강력한 반대에 엄마는 입도 벙긋하지 못했다. 하지만 내심 엄마는 정미를 객지로 보내려고 생각하고 있었던 것 같았다. 의도야 어떻든 간에 엄마와 상의를 했지만 아빠가 반대하는 한 갈 수가 없었다.

담임선생님도 집까지 찾아와 정미를 s외고에 보내자고 설득했지만 아빠는 어림도 없었다. 오히려 아직 어린 여자애가 객지에 갔다가 나쁜 놈들한테 무슨 일이 생기면 선생님이 책임지겠냐고 큰소리쳤다. 아빠가 학교 선생님에게 화를 내는 건 처음이었다. 담임선생님은 당황했고 설득을 포기한 채 학교로 돌아갔다. 교장한테도 전화가 왔지만 여전히 아빠는 화를 냈다.

"모두들 자기 딸이 아니니까 멋대로 해."

아빠는 학교에 대해 욕을 퍼부었다. 지금껏 학교에 잘해 온 것을 생각하면 아빠의 행동을 아무도 이해하지 못했다. 기껏 나오는 것은 역시 딸을 생각하는 건 아빠밖에 없어, 라는 말이었다. 결국 원서 내는 것을 포기해야 했고 정미는 하늘이 무너지는 소리를 들었다. 그 날로 정미는 음식을 끊었다. 이대로 사느니 굶어죽을 작정이었다. 엄마가 없을 때 아빠가 그 짓을 하러 들어오면 손에 잡히는 대로 물건을 집어 던졌다.

"나가! 나가란 말이야."

정미는 책상 위의 스마트폰이든 볼펜이든 책이든 아빠에게 던졌다. 아빠는 당황하는 눈치였다.

"왜 그러니 정미야. 너 같이 착한 애가 아빠 맘을 몰라주고, 왜 그러니?"

아빠는 정미에게 애원하듯 말했다. 하지만 정미는 조금도 물러서지 않았다. 희망을 가졌다가 절망을 맛본 자의 행동은 두려움이 없었다. 학교도 가지 않았고 화장실 가는 것 외에는 방 밖으로 나오지 않았다.

"보내줍시다, 애가 저렇게 가고 싶어하는데."

엄마는 아빠를 설득하려고 했다.

"이 여편네가 이러니 딸이 저러지."

아빠는 손바닥으로 엄마의 얼굴을 후려쳤다. 엄마는 바닥에 픽, 쓰러졌다.

"너 혹시 나를 의심하는 거지? 그래서 정미를 멀리 보내려고 모녀 간에 작당한 거지?"

아빠는 술에 취해 엄마의 머리채를 휘어잡았다. 엄마는 부들부들 떨기만 했다. 감히 달려들 생각조차 못했다. 또다시 아빠의 커다란 손이 엄마의 얼굴을 강타했다. 엄마의 코에서 피가 흘렀다.

"솔직히 말해! 정미를 멀리 보내려고 작당한 거지? 나를 의심하는 거지? 응? 이 년 오늘 죽어봐라."

아빠의 폭행은 멈추지 않았다. 방안에서 정미는 이불을 뒤집어쓴 채 어쩔 줄을 몰라했다. 엄마가 아빠한테 맞는 것은 처음이었기에 어떻게 대응해야 하는지 몰랐다. 다만 자신 때문에 맞는다는 것은 알고 있었다. 처음부터 엄마는 정미가 객지로 나가기를 바랐던 것은 사실이었다. 아빠의 말처럼 정미 또한 엄마에게서 그 기미를 읽었다. 집 밖보다도 오히려 집 안에서의 옷차림에 민감했다. 짧은 바지나 치마를 입는다든지 문을 잠그지 않고 샤워를 한다든지 하면 엄마는 예민하게 반응했다. 그래서 정미 또한 엄마도 자신을 아빠로부터 떨어지게 하려는구나 생각했다. 하지만 그렇다고 그게 맞을 일이 아니었다. 속마음이야 어쨌든 엄마는 정미가 하려는 것을 도우려 했다. 나 때문에 엄마가 맞는 것이다. 정미는 그렇게 생각하며 이불을 빠져나와 방문을 열었다.

"그만해! 한 번만 더 엄마 손에 손대면 다 말해버릴 거야."

정미의 말에 아빠는 치켜들었던 손을 멈추고 정미를 놀란 표정으로 바라보았다. 엄마는 바닥에 쓰러진 채 꼼짝도 하지 않았다. 정미는 아빠를 노려보았다.

"정미야, 왜 그래?"

아빠는 손을 내리며 정미를 보고 말했다.

"그만 하시라고요, 제발. 엄마가 무슨 잘못이 있어요. 씨발."

정미는 말을 툭 던지곤 방으로 들어가 문을 쾅 닫고 잠갔다. 아빠가 문을 두드렸다.

"정미야, 말 좀 하자. 응?"

아빠는 애원했다. 그때 안방 문이 닫히는 소리가 들렸다. 엄마는 안방으로 들어간 것 같았다. 정미는 다시 이불을 뒤집어쓰고 누웠다. 한창 두드리던 아빠는 어디로 갔는지 더 이상 문을 두드리지 않았다. 정미는 엄마가 걱정이 되었으나 차마 엄마에게 갈 용기가 나지 않았다. 정미는 대신 칼로 손목을 그었다. 더 이상 살 자신이 없었다. 엄마에게 미안했지만 어쩔 수 없었다. 뜨거운 것이 손을 적셨다. 똑바로 누웠다. 마음이 편안했다.

정미를 발견한 것은 동생이었다. 동생은 가족이 싸울 땐 자기 방에서 꼼짝도 안 하더니 진정이 되자 밖으로 나왔다. 아빠에게 꾸중을 듣고 방으로 들어가려고 할 때였는데 동생은 뭔가 이상하다는 예감을 느꼈다고 했다. 그래서 다시 밖으로 나와 아빠에게 얘기했고 아빠는 다시 정미의 방문을 두드리며 문을 열라고 했다가 아무런 기척이 없자 열쇠로 방문을 따고 들어간 것이었다. 다행히 일찍 발견되어 목숨은 건질 수 있었다. 지금도 이상한 것은 어째서 동생이 이상한 예감을 받았을까, 하는 것이었다. 그동안 정미에 대해 어렴풋이나마 알고 있었을까.

"정미야 대체 왜 그러니? 제발 그러지 마라."

아빠는 병원에서 정미에게 애원했다.

"고등학교만 다니면 대학은 당연히 객지로 갈 거 아냐? 3년이면 금방인데 그걸 못 참아. 대신 일류 강사 붙여줄게, 응?"

아빠는 정미의 마음을 돌려놓으려고 안간힘을 썼다. 3년. 정미는 속으로 말을 해보았다. 너무 길었다. 3년을 어떻게 기다리란 말인가.

정미가 퇴원하고 나서 아빠는 며칠 동안 정미를 범하지 않았다. 정미가 워낙 강경하게 대해서 그런 것도 있지만 우선 정미의 마음을 돌려놓자는 심산이었다.

정미는 물가에 앉아 왼쪽 손목을 바라보았다. 지렁이 같은 흉터가 꾸물거리는 것 같았다. 그때 죽었으면 어떻게 되었을까. 아빠는 지금쯤 나를 찾고 있을까. 주위에는 아무한테도 안 알렸는데. 사무실에서도 변호사와 사무장만 알고 있는데. 아빠가 여기저기 수소문하고 다닐 거라고 생각하자 통쾌한 마음보다는 가슴 한 켠에 쓸쓸한 바람이 훑고 지나갔다.

정미는 원주민들을 바라보았다. 나이가 많고 적음이 없고 남자 여자가 따로 없는 세상이었다. 즐겁게 물장구치며 멱 감고 있는 원주민들을 보다가 정미는 신발을 벗어 옆에 놓았다. 그리곤 한 발을 물속으로 내밀었다. 용기. 용기가 필요했다. 새로운 세상에 들어가려면 용기가 필요하지. 정미는 원주민들처럼 차마 옷을 벗지는 못하고 입은 채 물속으로 들어갔다. 물은 미지근했다. 햇빛을 받아도 숲속에서 흘러와서 그런 것 같았다. 한 발 두 발 물속으로 들어가면서도 망설였다. 들어가지 말자는 생각과 들어가자는 생각. 정미는 허벅지까지 물이 오는 곳까지 가서는 멈추었다. 원주민들은 여전히 정미에게 관심을 두지 않고 자기들끼리 놀기에 바빴다. 찬찬히 살펴보니 며칠 전에 만났던 바람소리도 보였다. 또한 약을 발라주던 할머니 원주민도 눈에 띄었다. 하지만 아무도 아는 체를 하지 않았다. 정미는 참 신기한 부족이라는 생각이 들었다. 이방인에 대해 적대감을 갖지 않지만 그렇다고 친절하게 대하지도 않았다. 왔으면 왔구나, 가면 가는구나, 할 따름이었다.

정미는 원주민들에게 가까이 갈 엄두는 못 내고 그 자리에 주저앉았다. 물이 가슴께까지 왔다. 두 손으로 물을 어깨에 번갈아 끼얹었다. 물이 옷 속으로 스며들자 시원한 느낌이 달려들었다. 기분이 상쾌했다. 비록 혼자지만 이렇게 자유롭게 멱을 감는 것도 처음인 것 같았다. 아빠의 권유로 수영을 배우기는 했지만 가고 올 땐 아빠가 항상 동행했었다. 하지만 이곳엔 아빠가 없다는 자체가 자유로웠다.

정미는 좀 더 깊은 곳으로 가서 두 손을 쭉 뻗고 물속으로 들어갔다. 옷을 입어서 그런지 앞으로 잘 나가지 않았지만 기분은 날아갈 듯 좋았다. 옆에 누가 없어도 좋았다. 이 쪽에서 저 쪽으로 물속으로 들어갔다 나오고 저 쪽에서 이 쪽으로 헤엄쳐 왔다. 처음엔 어색하던 수영이 몇 번 만에 익숙해지는 느낌이었다. 배영도 해보며 여유롭게 수영을 했다. 살아 있는 것에 처음으로 감사한 마음이 들었다. 살다보니 이런 때도 있구나, 속으로 웃었다. 좀 쉬었다가 이 쪽으로 가고 저쪽으로 가고 마음대로 왔다 갔다 했다. 그러다 물속으로 좀 오래 헤엄쳐간다 싶었는데 일어서고 보니 원주민들 옆이었다. 정미는 당황하여 그들을 바라보았고 그들은 정미를 보고는 일제히 미소를 지었다. 정미는 안도의 한숨을 쉬었다.

"바람소리!"

정미는 반가움에 소리쳤다.

"인상 찡그린 자."

바람소리가 답했다. 곁에 있는 원주민들이 또다시 미소를 지었다.

그때 아이가 정미에게 물을 끼얹었고 정미 또한 아이에게 물을 뿌렸다. 그러자 원주민들이 정미에게 일제히 물을 끼얹었다. 정미는 뒤로 밀리다 물속으로 들어가 헤엄쳤고 다른 원주민들도 정미를 따라 헤엄을 쳤다. 정미는 원주민들과 금방 친숙해졌다. 두 번의 만남이 있었다 지만 외부인을 내치지도 않는 그들의 습성 때문이었다. 물장구도 치고 이 쪽으로 저 쪽으로 헤엄도 치던 정미는 원주민들의 수영 실력이 신통찮다는 것을 알았다. 자신은 전문가한테 배운 터였다. 정미는 원주민들에게 게임을 하자고 했다.

"게임?"

원주민들이 눈을 동그랗게 뜨고 바라보았다.

"그러니까요. 그냥 놀이에요. 누가 저 쪽까지 먼저 가느냐. 시합하는 것이지요."

정미는 게임에 대해 장황하게 설명했다. 어떤 이는 이해하는 것 같았지만 다른 사람들은 이해를 못하는 것 같았다.

"일단 저기 한 사람이 있죠? 거기까지 먼저 가기입니다."

정미는 수영할 자세를 취하며 말했다.

"아닙니다. 우린 안 할 겁니다."

바람소리가 나섰다. 얼굴엔 미소를 띤 채였다.

"왜요? 재미있는데? 지는 사람한테는 벌칙을 정하고요."

정미는 이해를 못하겠다는 듯 말했다.

"지는 사람이 슬프잖아요."

나이 많은 원주민이 말했다. 정미는 한동안 어리둥절해 있다가 바람소리가 물을 끼얹는 바람에 뒤로 물러서다 물속으로 꽈당 넘어졌다. 그때야 정미는 아하, 하고 원주민들의 생활 방식을 이해했다. 누구도 슬프게 하지 않는 생활방식이었다.

정미는 원주민들과 물놀이를 하며 몇 번이나 옷을 벗고 싶었다. 혼자만 옷을 입고 있으니 뭔가 따돌림을 당하는 느낌이었다. 원주민들이야 차별 없이 대해주었으나 정미 자신이 외톨이가 된 느낌은 어쩔 수 없었다. 그렇다고 옷을 벗기에는 용기가 없었다. 옆에 있는 남자 원주민들이 부담스러웠다. 여자 원주민들만 있으면 벗을 수 있을 텐데, 정미는 아쉬움을 삼켜야 했다. 그때 정미는 한 쪽에서 둘이 껴안고 있는 남녀 원주민을 발견했다. 다른 사람들을 전혀 의식하지 않고 웃으며 장난치는 모습이나 키스를 하는 것이 아무래도 부부 같았다. 그렇다고 주위에 사람들이 많은데 저럴 수 있나 싶었다. 놀면서 틈틈이 그들을 지켜보다 바람소리에게 저 사람들 부부냐고 슬쩍 물어보았다.

"아닙니다."

오히려 바람소리가 질문을 이해 못하겠다는 표정을 지었다.

"부부가 아닌데 이 많은 사람들이 있는데서 애정을 표현합니까?"

정미는 어떻게 저럴 수 있느냐는 투로 말했다. 바람소리는 미소를 지으며 말했다.

"아마도 사랑하는 것 같습니다."

"그럼 곧 결혼할 사이겠네요?"

그러자 바람소리가 무슨 얘기냐는 표정으로 정미를 바라보았다.

"사랑하면 결혼할 거 아니에요?"

정미가 다시 묻자 그제야 이해하겠다는 듯 입을 열었다.

"여기는 결혼 같은 거 없습니다."

"그럼 가정이 없다는 말이에요?"

정미는 이해할 수 없다는 듯 물었다.

"우리 마을 전부가 한 가족입니다."

정미는 점점 더 이해할 수 없다는 표정을 지었다. 바람소리는 여전히 미소를 띤 채 말했다.

"남자 여자가 서로 마음에 맞으면 사랑합니다. 하지만 남자가 마음에 든다고 다 사랑하는 것은 아닙니다. 사랑은 전적으로 여자에게 달려 있습니다."

그제야 정미는 사랑을 이 사람들은 성관계로 이해하는구나 싶었다.

"그럼 마음에 맞는 사람끼리 한 집에 안 살아요?"

"같이 삽니다."

바람소리는 정미의 표정을 보더니 그제야 정미의 마음을 이해하겠다는 듯 말했다. 당신네들처럼 남자 여자 둘이만 사는 게 아니다. 각자의 집이 없고 커다란 집에서 공동생활을 한다. 사랑을 해서 아이를 낳으면 그 아이는 우리 마을 전체의 아이이다. 아이의 아빠는 누구인지 아무도 모른다. 여자가 한 남자만 마음에 두어 사랑하는 것이 아니기 때문이다. 그래서 아이는 당신네 나라처럼 한 개인의 소유가 아니다. 그래서 마을사람 모두가 키운다.

바람소리는 풀 위에 눕다에게 당신네들 나라에 시찰 갔다 온 얘기를 들었다며 어떻게 부모 자식 구분해서 따로 사느냐고 물었다. 정미는 어떻게 설명할 수가 없었다. 다만 부끄럽다는 생각이 들었다.

정미는 아이들이 노는 것을 돌아보았다. 어른들이나 아이들이나 섞여 놀고 있었다. 특히 누구를 더 좋아하거나 하는 편애는 없었다. 정미는 그런 모습들이 서로 친하기 때문에 그런 줄 알았다. 바람소리의 말을 듣고 보니 아이는 모든 남자 어른을 아버지라 여기고 여자 어른을 어머니라고 불렀다. 공동 육아를 하는 것이었다. 정미는 놀란 눈으로 원주민들을 보며 부럽다는 생각이 들었다. 한 가족이 있고 그 가족의 가장인 아빠는 절대적 권력을 휘두르는 자신의 가정을 생각해보았다. 자신의 가정 일이 아니면 다른 가정에 무슨 일이 일어나든 상관하지 않는 제도. 자식에게 모든 권한을 행사하는 부모. 그런 가정에서 지금껏 당해 온 자신을 생각하니 몸이 부들부들 떨렸다. 이런 공동체 생활을 한다면 가정의 어떠한 폭력도 일어나지 않을 것 같았다. 또한 어떤 가정은 풍족하고 행복하게 사는데 다른 가정은 힘들고 불행하게 살 것 같지도 않았다. 나는 왜 이런 공동체 사회에서 태어나지 않았나, 하는 부러움이 가슴에서 불쑥 솟아올랐다.

"인상 찡그린 자, 괜찮아요?"

바람소리가 정미를 보며 걱정스레 물었다. 옆에 선 다른 원주민들도 다들 걱정스런 표정으로 정미를 바라보았다. 정미는 고개를 저었다.

"당신네들이 너무 부러워서요."

정미는 눈물을 글썽거렸다. 그러자 원주민들은 미소를 지었다.

"그런 말 처음 듣습니다. 다들 우리가 못 산다고, 개발해야 한다고 그랬습니다."

바람소리의 말에 정미는 아무 말고 못하고 고개를 젓기만 하였다.

또다시 정미는 원주민들과 물장구치며 함께 놀았다. 정미는 나이 많은 원주민 누구에게나 아빠, 혹은 엄마라고 부르고 싶었다. 그러면 자신도 원주민이 될 것 같았다. 한창 놀고 있는데 일부 원주민들이 밖으로 나가더니 몸에 붉은 것을 칠하기 시작했다. 자신의 몸에 바르기도 하고 남의 몸에 칠하기도 했다. 어떤 사람은 숲에서 풀잎을 가져와 허리나 머리에 두르기도 했다. 정미는 무슨 놀이를 하는가 싶어 그들을 바라보았다. 그러자 바람소리가 정미를 보고 밖으로 나가서 한번 해 보겠냐고 물었다.

"나도 해도 돼요?"

자신을 원주민들처럼 똑같이 대해주는 바람소리에게 고마운 마음이 들었다.

"나가서 한번 해 보세요."

다른 원주민이 말했다. 정미는 원주민들과 밖으로 나왔다. 바람소리가 나무바구니에서 무언가 들고 왔다. 나무껍질에 빨간 크림 같은 게 보였다.

"뭐예요?"

정미가 호기심을 드러내며 물었다.

"자큐아에요."

바람소리는 미소를 띠며 손가락으로 찍어 정미의 팔에 칠했다. 그러자 강렬한 붉은 선이 그어졌다. 다른 사람들도 자신의 몸에 자큐아를 발랐다. 바람소리는 정미의 얼굴에도 여기 저기 발랐다. 그러더니 미소를 지었다.

"예뻐요?"

정미는 물었지만 바람소리는 미소만 지었다. 정미는 물로 뛰어갔다. 그러자 어른거리는 물속에 붉은 칠을 한 얼굴이 나타났다. 아, 이게 나구나. 정미는 기분이 날아갈 것 같았다. 팔뚝을 보니 길게 여러 줄이 나 있었다. 자신도 원주민이 된 것 같았다. 원주민들처럼 옷을 다 벗고 몸에 곳곳에 칠을 하면 좋겠다는 생각이 들었다. 하지만 아직은 용기가 없었다.

정미는 비람소리에게 왔다. 바람소리는 자신의 팔과 다리에 바르고 있었다. 정미는 손가락으로 자큐아를 찍어 바람소리의 등에 발랐다. 바람소리가 뒤를 돌아보더니 미소를 지었다. 어깨로부터 엉덩이까지 길게 줄을 그었다. 색을 칠하고 보니 몸이 야생적으로 느껴졌다. 엉덩이에서 허벅지를 거쳐 발뒤꿈치까지 죽 그었다. 다른 원주민들이 바라보며 미소를 지었다. 자신이 바람소리를 위해 뭔가를 한다는 사실이 기분이 좋았다.

"근데요. 회사 숙소에 매일 가는 사람들은 어떤 사람들이에요? 당신들 마을과는 상관없어요?"

정미는 용기를 내어 물어보았다. 누구는 땡볕에 고생하고 누구는 노는 게 원주민들의 의식으로 보아 이상했기 때문이었다.

"가고 싶은 사람만 갑니다. 대신 안 가는 사람은 그 사람들 몫의 감자나 고구마를 더 캐야 합니다."

바람소리는 아무렇지도 않게 말했다.

"그럼 갇혀 있는 사람도 당신네 마을 사람입니까?"

정미는 조심스럽게 물었다.

"옆 마을 사람인데 이 섬 전체에서 존경받는 사람입니다."

바람소리는 여전히 몸에 아큐아를 바르며 말했다. 정미는 바람소리의 등 뒤에 다 바르고 나서 앞으로 왔다.

"눈을 감아 봐요. 얼굴에 바를게요."

정미는 아큐아를 찍으며 말했다. 바람소리는 눈을 감았다. 정미는 아큐아를 눈 밑에서 볼을 거쳐 턱으로 바르며 다시 물었다.

"풀 위에 눕다는 자신이 범행을 저지르지 않았다고 하던데요."

"맞습니다. 우리는 거짓말을 하지 않습니다."

바람소리는 눈을 감은 채 말했다. 그렇다고 큰소리로 자신의 주장을 펼치는 것이 아니었다.

"그래도 재판하면 벌을 받게 될 텐데요."

"죄를 지었다면 우리 왕에게 판단을 내리게 해야지요. 여기는 우리가 살고 있는 땅입니다."

"예, 그렇지요."

정미는 고개를 끄덕이며 말했다. 와, 이쁘다. 정미의 말에 바람소리는 눈을 뜨고 미소를 지었다. 좋아라, 이렇게 큰소리로 말해보세요. 정미가 권했으나 바람소리는 여전히 미소만 지었다. 그때 뒤에서 딱딱, 하는 소리가 들려. 정미는 뒤를 돌아보았다. 원주민 10여 명이 나뭇가지를 양 손에 쥐고 부딪치며 원을 만들며 돌고 있었다. 입으로 무슨 노랫소리인지 중얼거리는 소리가 났다. 아마도 신이 난 원주민 몇몇이 춤을 추는 것 같았다.

"감자 캐러 안 가요?"

정미가 묻자 바람소리는 지금 간다고 했다. 따라가도 돼요? 정미가 되묻자 바람소리는 미소만 지었다. 정미는 괜찮다는 의미로 해석하고 바람소리의 뒤를 따를 작정을 하였다. 옷이 물에 젖어 불편하겠지만 감자를 캐다보면 다 마를 것 같았다.

함께 떡을 감던 원주민들 대부분이 나무 바구니를 들고 숲으로 들어갔다. 근데 몇몇 사람들은 반대쪽으로 가고 있었다. 정미는 이상해서 바람소리에게 물었다.

"저 사람들은 몸이 안 좋거나 다른 할 일이 있는 사람입니다."

"그래도 일할 땐 같이 해야지요. 다 같이 나눠먹는다면서요?"

정미의 말에 바람소리는 뒤를 돌아보며 미소를 지었다.

"몸이 건강한 사람만 일해도 충분히 먹을 수 있습니다. 구태여 몸이 아픈 사람까지 할 필요는 없습니다. 나중에 내가 아프면 저 사람들이 내 몫까지 캐줍니다."

바람소리의 말에 정미는 고개를 끄덕였다. 공동체란 게 이렇구나. 원주민들의 생활방식을 하나하나 알아가는 게 좋았다.

"저기요."

정미는 조심스럽게 말을 꺼냈다. 바람소리는 발걸음을 멈추지 않은 채 뒤를 돌아보며 미소를 지었다. 정미가 물으려는데 앞에서 가는 사람들이 멈춰 섰다. 나무가 적고 풀이 많은 곳이었다. 정미는 물으려는 것을 포기하고 감자를 캘 준비를 하였다. 원주민들은 감자가 있는 곳으로 흩어지더니 일제히 감자를 향해 손을 모으고 고개를 숙였다. 정미는 얼떨결에 그들과 같이 손을 모으고 고개를 숙였다. 나이 많은 원주민이 무어라 중얼거렸다. 잠시 후 원주민들은 감자를 캐기 시작했다. 바구니가 없는 정미는 바람소리 옆으로 갔다.

"왜 기도하는 거예요?"

정미가 묻자 바람소리는 미소를 지었다.

"감자도 가족이 있고 왕이 있는 거예요. 그러니 왕에게 허락을 얻고 감사드리는 겁니다."

정미는 그제야 원주민들이 동물이나 식물들을 함부로 죽이지 않는다는 것을 이해했다. 정미는 조심스럽게 손가락으로 땅을 파서 감자를 캤다. 땅이 딱딱하지는 않지만 일하지 않던 손이라 손가락이 아파왔다.

"저기요. 광산 개발하기 전에는 좋았겠네요. 아무 문제도 없고."

정미는 오다가 묻고 싶은 걸 참고 있다가 조심스럽게 물었다. 이렇게 서로 배려하고 이해하는 공동체 생활을 한다면 평생 불행한 일이 일어날 것 같지가 않았다.

"좋았지요."

바람소리 대신 나이 많은 원주민이 말했다. 정미는 할머니를 바라보았다. 손을 땅에 넣어 힘들이지 않고 감자를 능숙하게 캐냈다. 젊은이 못지않게 일을 잘했다. 할머니는 손을 쉬지 않고 말했다.

"악몽 같은 일이 벌어진 것은 그들이 오면서 그랬지요. 그들이 갑자기 나타났을 때 처음에 우리는 하늘에서 온 줄 알았지요. 지금껏 외부 사람들은 여기에 온 적이 없었으니까요. 그래서 먹을 거 주고 잠잘 곳 만들어주고 했지요. 나중에 알고보니 그들은 악어 사냥꾼이었어요."

정미는 감자를 캐면서도 할머니의 말에 귀를 기울였다. 할머니는 악어사냥꾼이 배가 난파당하여 죽을 고비를 넘기고 이곳에 오게 되었다고 했다.

"곧 죽을 것 같은 사람들을 약초로 목숨을 구해주었지요. 며칠 지나 기력을 회복하고 나더니 산을 뻔질나게 돌아다니는 거예요. 무슨 일인가 했더니 돌을 구해 와서 이런 게 여기 천지인데 이걸 모르느냐고요. 우린 노란색 돌덩이에는 관심이 없었어요. 그들은 돌을 모으며 좋아서 어쩔 줄 몰라 했지요. 우리는 이해를 못했어요. 돌덩이를 모시는 부족들도 있나, 했지요. 그들은 집으로 돌아갔다가 다시 오겠다며 나무를 자르려고 했어요. 배를 만들겠다고요. 우리는 절대 반대했지요. 어떻게 살아있는 나무를 자르느냐고요. 그들은 할 수 없이 영혼이 빠져나간 죽은 나무로 겨우 배를 만들어 떠났지요."

할머니 원주민은 허리를 펴더니 가볍게 기침을 했다. 아무래도 허리를 구부렸다 폈다 일하면서 말하는 게 쉽지는 않으리라. 계속 말을 이었다.

"그들이 자루에 돌덩이를 가득 담아 떠난 뒤 계절이 몇 번 바뀔 즈음 많은 사람들이 왔어요. 엄청나게 큰 기계도 가져오고요. 그러더니 산마다 쇠파이프를 박더라고요. 무슨 조사를 한다면서요. 그러면서 땅 속에는 엄청난 광물이 있다며 흥분을 감추지 못하더라고요. 처음으로 그 사람들이 무서워졌어요. 정령이 깃든 산마다 엄청난 소리를 내는 기계로 쇠를 박아 돌리는 것을 보고는 우리 모두 기겁을 했지요. 그렇게 불행은 시작되었지요."

할머니 원주민은 마치 책을 읽는 것처럼 말을 했지만 말 속에 분노와 아쉬움이 들어 있는 게 느껴졌다. 정미는 현기증을 느꼈다. 가슴이 벌렁벌렁거렸다. 정미는 그늘로 와서 주저앉았다. 아빠가 머릿속을 헤집고 다녔다.

정미는 자살이 실패로 끝나자 퇴원 다음 날 가출을 했다. 이대로는 도저히 살 수 없을 것 같았다. 하지만 집과 학교만 왔다갔다 했던 정미는 어디로 어떻게 가야 할지 몰랐고 다음 날 찜질방에서 경찰에게 잡혔다. 첫 날에 잤던 찜질방인데 갈 데가 없어 고민하던 중이었다. 경찰은 집으로 연락했고 아빠는 밤 12시가 넘었는데도 곧장 차를 몰고 4시간을 달려왔다.

"너 같이 착한 애가 왜 그러니?"

아빠는 경찰서에서 자상하게 대해주었다. 눈물까지 흘렸다.

"요즘 애들은 너무 잘 대해줘도 안 된다니까요? 다 오냐오냐 키우니 부모의 덕도 모르고. 쯧쯧."

경찰은 정미를 보고는 혀를 찼다.

"감사합니다. 정말, 감사합니다."

아빠는 경찰에게 몇 번이나 고개를 조아렸다.

"뭘요. 이렇게 훌륭한 아빠를 두었는데 딴 생각하지 말고 공부 열심히 해서 좋은 대학 가거라."

경찰은 정미에게 말하고는 아빠한테 데리고 가라고 했다. 아빠는 경찰에게 돈 봉투를 전해주고는 정미를 데리고 모텔로 갔다.

"너 죽으려고 환장을 했구나."

아빠는 모텔에 들어가자마자 문을 잠그고 정미를 내동댕이쳤다. 정미는 눈을 감고 바닥에 가만히 엎드려 있었다.

"내가 너 때문에 얼마나 걱정한 줄 알아? 너에게 무슨 일이 일어났는지 걱정되어 죽는 줄 알았다."

아빠는 정미를 일으켜 세우더니 손바닥으로 얼굴을 후려쳤다. 정미는 바닥에 꼬꾸라졌다. 아빠는 또다시 일으켜 세우더니 손바닥으로 얼굴을 강타했다. 정미는 또다시 픽, 쓰러졌다. 정미는 반항하지 않고 때리는 대로 맞았다. 죽여라. 죽여라. 속으로 이 말만 되뇌었다. 한창 때리던 아빠는 숨을 거칠게 내쉬더니 정미의 옷을 몽땅 벗겼다. 그러더니 침대로 데려가 거칠게 덮쳤다. 정미는 구타로 인해 정신이 혼미하여 반항도 못하고 죽은 것처럼 있었다.

일을 끝낸 아빠는 침대에 걸쳐 앉아 담배를 한 대 피우더니 정미를 바라보았다. 정미는 옷을 입을 힘도 없어 그대로 있었다. 아빠가 정미의 옷을 입혔다.

"그러게 누가 집을 나가라고 했나. 정미야, 미안하다."

아빠는 낮은 음성으로 말했다.

"내가 얼마나 너를 사랑했으면 이러겠니."

아빠는 정미를 향해 무릎을 꿇었다. 정미는 아무 생각이 나지 않았다. 머릿속에 모래가 가득 든 것 같았다.

"정미야, 사랑한다. 용서해 다오."

아빠는 무릎을 꿇은 채 눈물을 흘렸다.

"얼마나 아팠니. 다시는 안 그러마. 내가 너를 얼마나 사랑하는지 너도 잘 알잖니."

아빠는 무릎을 꿇은 채 한동안 고개를 숙이고 있었다.

"미안하다. 다시는 안 때릴 테니 용서해다오. 그리고 너도 다시는 가출을 하지 않겠다고 약속해다오."

6

판사는 2일 동안 페루를 여행하고 섬에 도착했다. 여행할 때는 조사장이 직접 동행했고 대학생 여자 가이드가 안내했다. 먼저 파라카스라는 도시에 있는 작은 갈라파고스라고 불리는 섬인 바예스타섬에서 배를 타고 물개 펭귄 페리카나 등 많은 해양 동물들을 구경했고 와까치나로 가서 부기카를 타고 사막을 횡단하기도 했다. 밤에는 가이드가 직접 시중을 들었고 몸도 허락했다. 조사장이 팁을 넉넉히 주었고 가이드는 황제 모시듯 황판사의 시중을 들었다. 여행의 모든 경비는 일성기업에서 대었기에 황판사는 부담 없이 즐겼다. 다음 날에도 나스카라인과 맞추픽추를 구경하고 일성기업의 전용배로 섬에 왔다.

저녁이 되자 만찬이 열렸다. 판사는 흰색 연회복으로 갈아입고 만찬장에 가니 검사와 변호사는 물론 선교활동을 하는 목사 신부 승려들도 참석했다. 회사 쪽에서는 현지 책임자인 전무를 비롯하여 부장 이상 간부들이 모두 참석했다. 시중은 원주민 여자들이 들었는데 모두 옷을 입지 않았다. 판사가 왜 옷을 안 입느냐고 물었더니 전무는 이게 이곳의 전통의상이라고 말해서 참석자 모두가 웃음을 터뜨렸다.

상석에는 판사와 검사 변호사 전무를 비롯하여 목사 신부 승려가 자리를 잡았다. 음식은 주로 섬에서 나는 각종 동물들과 식물이었는데 이 또한 판사는 처음 먹어보는 것이었다.

"자, 술 한 잔 드십시오."

전무가 판사에게 술을 따랐다.

"고맙소. 이런 오지에 있느라고 얼마나 고생이 많소. 나라를 위하는 마음 대단하오이다."

판사의 칭찬에 검사가 나섰다.

"아주 훌륭하게 잘하십니다. 이런 곳에서 자원을 개발할 생각을 누가 했겠습니까. 국가경제를 위해서 애쓰시는 우리 일성기업을 위해 건배합시다."

검사의 말이 끝나자 판사가 술잔을 높이 들었다.

"일성기업의 무궁한 발전을 위해!"

"위하여!"

"위하여!"

"위하여!"

소리가 쩌렁쩌렁 울렸다. 시중들던 원주민 여자들이 놀란 눈으로 그들을 바라보았다.

"이 음식 한번 드십시오. 피라니아라는 물고기인데 상어와 같아서 피 냄새를 맡으면 몇 분 안에 달려가 뼈만 남기고 다 먹어치운다고 합니다. 맛이 일품입니다."

"그래요?"

판사는 수저로 집어 입에 넣었다.

"살이 씹히는 맛이 깊네요."

판사의 흐뭇한 표정에 전무는 다른 음식을 가리켰다.

"이것은 15센티 정도 되는 원숭이 고기입니다. 굉장히 작지요? 하지만 맛이 졸깃한 게 정력에도 아주 좋답니다. 이것은 우리나라의 두더지와 비슷한데 카피바라라고 하지요."

"자, 자. 여러분들도 많이 드세요."

판사는 주위에 있는 검사와 변호사를 비롯해 목사 신부 승려 들에게도 권했다.

"우리는 많이 먹었습니다. 판사님은 처음이시니 많이 드십시오."

변호사가 말했다.

"머무시는 동안 구경도 많이 하시고 진귀한 것도 많이 드세요."

승려가 판사에게 술을 따르며 말했다. 판사는 시중드는 여자 원주민을 흘깃 쳐다보더니 승려에게 물었다.

"스님께서는 이 먼 곳까지 와서 고생하십니다, 그려. 근데 이 미개인들한테도 불성이 있습니까?"

"하하하. 개도 불성이 있는데 미개인들이야 없겠습니까? 비록 사는 것은 미개하나 불성을 깨우쳐야지요."

"맞소. 깨우쳐야 합니다. 깨우치지 못하면 어찌 인간이라 할 수 있겠습니까."

판사의 말에 목사와 신부가 고개를 끄덕였다.

"이곳 미개인들은 도대체 하느님을 믿지 않으니 나중에 지옥에 떨어질까 걱정입니다. 아무리 성경을 가르쳐도 배우려들지 않으니."

"그러게요. 어떤 미개인은 하느님이 어디 있느냐고 묻는답니다. 그래서 네 눈에는 비록 보이지 않으나 항상 이곳에 있다고 해도 눈에 안 보인다고 믿지 않으려 하니, 원."

"하하하."

목사와 신부의 말에 판사는 박장대소를 하였다.

"그러니 선교가 필요한 거 아닙니까. 선교를 잘해야 미개인들이 잘 따를 것이고 그래야 일성기업이 개발하는데 아무런 어려움이 없지 않겠습니까. 일성기업이 이곳까지 선교할 수 있도록 힘써준 깊은 뜻을 알아야지요.”

“그럼요. 그래서 학교까지 세워서 공부시키고 있답니다.”

목사와 신부 승려가 똑같이 대답하였다. 일성기업이 종교계까지 관리하고 있구나, 하는 생각이 판사의 머릿속에 떠올랐다 사라졌다.

“얘기는 들었지만 미개인들이 막무가내로 나간다면서요?”

판사는 전무와 변호사를 바라보며 작은 목소리로 물었다.

“도통 말뜻을 못 알아듣습니다. 어디 다른 곳으로 가면 다 죽는 줄로 압니다. 여기보다 더 잘 살게 해준다는데 말입니다.”

전무가 말했고 변호사가 이었다.

“법이 얼마나 준엄한지 보여줘야지요.”

음. 판사는 술을 입에 넣으며 고개를 끄덕였다. 결국은 재판으로 모든 걸 보여줘야 한다. 차후에 일어날 수 있는 불미스런 일까지 염두에 두고. 판사는 원숭이 고기를 입에 넣고 씹으며 생각했다. 그때 승려가 비틀거리며 일어서서 화장실에 갔다. 목사와 신부 셋이서 술을 주거니 받거니 하더니 승려가 제일 먼저 취한 것 같았다. 신부가 제일 말짱했다. 전무가 일어서더니 여자 원주민들 10여 명을 중앙에 모았다. 그리고 뭐라고 말을 했다. 그러자 원주민들은 원을 그리더니 춤을 추기 시작했다. 춤이야 화려하지 않지만 벌거벗은 여자들이 몸을 흔드는 것 자체가 보기 좋아 사람들은 손뼉을 치며 웃었다.

“어제 이곳에서 왕 추대식이 있었는데요.”

전무가 판사를 보며 말을 꺼내자 검사와 변호사가 쿡, 하고 웃음을 토해냈다.

“왕 추대요?”

판사는 원주민들의 춤추는 모습을 보며 말했다.

"왕 추대라고 해서 뭐 큰 행사가 아니고요. 저들이 말하는 신전에 가서 왕이 됐다고 정령이라나 뭐라나 한테 제사를 지내는 행사입니다."

"근데 그것보다도 왕이 누가 된 것이냐가 중요하지요. 하하하."

검사가 말하며 큰소리로 웃었다.

"왕이 누가 되다니요? 왕자가 아니고요?"

판사는 그제야 눈길을 돌려 전무를 보며 말했다.

"아닙니다. 옆 마을의 젊은이가 되었습니다. 그것도 밤에 보쌈을 당해 와서 말이지요."

"보쌈을요? 아니 왕을 보쌈해서 시킨다고요?"

판사는 궁금증을 이기지 못하고 빨리 말하는 듯 전무를 보았다. 제가 말하지요, 하며 변호사가 나섰다.

"여기는 왕을 서로 안 하려고 한답니다. 왜냐하면 왕이 되면 꼼짝을 못합니다. 하루 종일 집에 있어야 하지요. 매일 신전에 가서 제사를 지내는 것 빼고는 말이지요. 또한 사람들을 똑바로 쳐다보지도 못합니다. 눈이 마주치면 그 사람은 죽거나 병에 걸린다고 합니다. 매월 보름달 뜰 때 외에는 목욕도 못합니다. 그것보다 더 그런 것은……."

변호사가 킥킥거리자 이번엔 검사가 나섰다.

"여자와 그 짓도 못한답니다."

다른 사람들은 이미 알고 있는 듯 웃음을 터뜨렸으나 판사는 웃지 않고 전무에게 물었다.

"그래도 왕이라면 권력이 막강할 텐데 왜 서로 안 하려고 한답니까? 그래도 왕인데."

"물론 모든 권력이 왕에게 있지만 이 미개인들 사이에 권력을 부릴 게 뭐 있습니까. 똑같이 일하고 똑같이 나눠먹는데요."

전무의 말에 판사는 여전히 이해 못하겠다는 표정을 지었다.

"그래도 그렇지. 돈과 권력이 있을 텐데 그걸 싫어하다니. 역시 미개인이구만."

판사는 취한 몸을 흔들며 말했다. 판사의 말이 끝나자 목사와 신부 승려가 중앙으로 나아가 여자 원주민들과 춤을 추기 시작했다. 모두들 취해서 몸도 제대로 못 가누면서도 목사는 여자 원주민을 안고 부루스를 쳤고 신부는 탱고를 추다 뒤로 벌러덩 넘어졌다. 승려는 여자 원주민을 안고 몸을 흔들었다. 판사는 자신도 나가서 춤을 추고 싶었지만 참기로 했다. 명색이 판사인데 많은 사람들이 보는데서 추태를 보일 수 없다는 생각을 했다. 전무의 귀뜸으로 오늘밤 원주민 여자 맛을 보여준다니 빨리 숙소로 가고 싶었다.

"난 피곤해서 이만 일어서겠소. 다들 재미있게 놀다 오시오."

판사가 일어서자 검사와 변호사도 가겠다며 일어섰다. 전무가 앞장서서 출입문을 열었다. 밖으로 나오니 뜨거운 열기가 훅 얼굴을 덮쳤다. 밖은 안과 딴 세상 같았다.

"역시 덥긴 덥구만."

판사는 휘청거리는 몸을 바로 잡으며 말했다. 그때 숲 속에서 어떤 동물이 걸어 나왔다. 판사가 게슴츠름한 눈을 뜨고 바라보았다.

"새입니다. 우리로 말하자면 거위와 비슷한데 날지는 못하지요. 여기 동물들은 하나같이 사람을 안 무서워해서."

전무는 새를 무시하고 판사를 숙소로 안내하다 문득 멈춰 서서 주머니에서 총을 꺼냈다. 판사가 눈을 휘둥그레 떴다.

"하하. 회사 간부들에게 한 자루씩 보급합니다. 혹 원주민들의 공격이 있을까봐요. 하지만 미개인들은 순진해서 공격할 줄 모릅니다. 걱정 안 하셔도 됩니다. 그건 그렇고."

전무는 새를 향해 총을 겨누었다. 판사가 전무를 바라보자 전무는 총을 내리고 판사에게 말했다.

"한번 쏴 보시렵니까? 별 거 아닙니다. 당기면 나가니까요. 요것만 당기면."

전무는 판사에게 총을 내밀었고 판사는 머뭇거리다 총을 받았다. 새는 여전히 주위를 맴돌다 밝은 곳으로 오려는지 건물 쪽으로 어슬렁거리며 걸어왔다. 판사는 총을 들어 새를 겨누었다. 술에 취해 팔이 떨렸지만 방아쇠를 당겼다.

탕!

새는 깜짝 놀라 몇 걸음 뒷걸음질치더니 다시 걸어왔다.

"원래 처음에는 잘 맞지 않습니다. 몇 번 더 쏴 보세요."

전무가 권했고 판사는 다시 총을 겨누었다. 여전히 팔이 떨렸으나 개의치 않고 방아쇠를 당겼다. 또다시 새를 맞추지 못했다. 화가 난 판사는 몇 발 연속으로 쏘았고 새는 무슨 소린가 하고 주위를 두리번거렸다. 총알이 떨어지자 판사는 전무에게 총을 주었다. 전무는 총을 받아 총알을 넣었다. 그러더니 새를 향해 겨누었다.

탕!

순간 새는 높이 튀어 올랐다가 바닥에 푹, 쓰러졌다.

"대단하십니다."

판사가 놀랍다는 얼굴로 말했다.

"모레부터 공판하니 내일 저하고 사냥 가시지요. 자꾸 쏘면 금방 늘 겁니다."

전무의 말에 판사는 그렇게 하자고 답했다.

숙소로 판사를 안내한 전무는 여자 원주민 두 명을 방으로 보냈다. 옷 하나 걸치지 않은, 이제 가슴이 솟아오르기 시작한 아이들이었다.

정미는 밤새 잠을 자지 못했다. 어제 저녁에 판사가 왔다며 만찬을 한다고 초대를 받았다. 검사와 며칠 전에 도착한 검찰수사관 그리고 변호사와 정미가 초대 받았다. 회사 측에서는 간부들이 초대를 받았다. 모두들 술과 음식을 들면서 즐겁게 보냈지만 정미는 오래 있을 수가 없었다. 음식은 입에 맞지 않았고 술도 넘어가지 않았다. 술은 조금 마시는데 안주가 입에 맞지 않으니 넘어가지 않았다. 검찰수사관이 자꾸 권했지만 정미는 정중하게 거절하였다. 검찰수사관은 본국에 가서도 이 맛을 잊지 못했다며 마구 먹었다. 정미는 원주민 여자들이 옷을 하나도 걸치지 않은 채 시중드는 것이 자꾸만 신경이 쓰여 일찍 나왔다. 그들로서는 옷을 안 입는 게 당연하다지만 보는 입장은 달랐다. 정미로서는 마치 자신이 옷을 벗고 있는 느낌이었다. 그러면서 회사 측에서 왜 원주민 여자들에게 시중들게 하는지 이해할 수가 없었다. 정미는 몸이 안 좋다는 핑계를 대고 일찍 숙소로 왔다. 하지만 할 일이 없어 가방에서 책을 꺼냈다. 가벼운 책을 읽자 싶어 에세이 종류를 골랐는데 만찬에서의 불쾌감이 남아 있어서 그런지 글자가 눈에 들어오지 않았다. 그만 일찍 잘까 싶어 누워도 잠이 오지 않았다. 이리 뒹굴고 저리 뒹구는데 밖에서 탕! 총소리가 났다. 가슴이 덜컥 내려앉았다. 정미는 일어나 창가로 갔다. 창밖에서는 판사가 총을 겨누고 있었다. 눈을 돌리니 저 쪽에서 거위 같은 새 한 마리가 주위를 두리번거리며 이쪽으로 오고 있었다. 탕! 또다시 총소리가 들렸고 정미는 자신이 총을 맞은 양 정신이 아찔하였다. 새를 보니 다행히 맞지 않았다.

빨리 도망쳐!

정미는 속으로 소리쳤으나 새는 아랑곳 않고 계속 주위를 맴돌았다. 이곳의 새나 동물은 사람을 겁내지 않았다. 사람이 곁에 가도 도망가기는커녕 오히려 사람에게 다가왔다. 원주민들이 동물들을 가족처럼 여겨서 그런 것 같았다. 총소리가 들려올 때마다 정미는 마치 자신이 총을 맞는 양 부들부들 떨렸다. 더 이상 지켜보지 못하고 침대로 와 이불을 뒤집어썼다. 하지만 총소리는 몇 번 더 났고 정미는 손가락으로 귀를 막았다. 좀 지나자 총소리가 나지 않았다. 정미는 부리나케 일어나 창 쪽으로 걸어가 새가 있던 곳을 바라보았다. 새는 쓰러져 있었다. 정미는 일어나는 분노를 참지 못하고 밖으로 나오는데 어린 여자 원주민 둘이 판사 방으로 들어가는 게 보였다. 정미는 무서움에 다시 방으로 들어왔다.

정미는 밤새 비몽사몽으로 지냈다. 아빠가 총을 쏘는 모습이 보였다가 이번에는 엄마가 정미를 향해 총을 겨누었다. 엄마! 정미가 소리쳤으나 엄마는 무척이나 화난 얼굴로 자신을 향해 총을 쏘았다. 총에 맞은 것 같은데 자신은 쓰러지지 않았고 엄마가 총을 쏜 사실에 분개

했다. 그러다 이번엔 동생이 총을 겨누는 게 아닌가. 어, 왜 그래. 정미가 소리쳤으나 동생은 비웃음을 띠며 총을 탕, 쏘았다. 온 몸에서 피가 다 빠져나가는 느낌이었다. 꿈이야, 꿈. 생각했지만 꿈은 깨어지지 않고 몸을 움직일 수가 없었다. 한참동안 신음하다 몸을 움직이며 겨우 눈을 뜨니 창밖이 뿌옇게 밝았다. 온 몸은 땀으로 축축했다. 일어나려고 했지만 정신이 멍하고 몸에 힘이 없어 한동안 엎드려 있었다.

정미는 오전에 계속 누워 있다가 밖으로 나왔다. 며칠 전 수영하던 곳에 가고 싶었다. 물에 들어가면 정신이 돌아올 것 같았다. 기운을 차리고 숲속으로 들어갔다.

못에는 원주민들이 아무도 없었다. 혹시라도 바람소리를 만날 수 있나 싶었는데 서운한 마음이 들었다. 바람소리와 함께 있으면 이상하게 마음이 편했다. 정미는 주위를 둘러보고는 옷을 벗었다. 원주민들처럼 옷을 다 벗고 수영할 참이었다. 옷을 벗어 신발 위에 놓고 물에 들어갔다. 물은 시원했다. 물을 몇 번 몸에 끼얹은 다음에 두 팔을 쭉 뻗고 물속으로 들어갔다. 몸이 굉장히 자유롭고 가벼웠다. 또다시 물속으로 들어가서 헤엄치다 물 위로 나왔다. 기분이 날아갈 것 같았다. 마치 몸이 물고기가 된 것 같은 착각마저 들었다. 아무도 없는 공간. 내 맘대로 할 수 있는 곳. 세상을 다 가진 기분이었다. 국내에서 수영할 때는 수영 강사가 지켜보았다. 수영을 가르치기도 했지만 아빠의 부탁으로 감시역할도 했다. 그러니 수영을 해도 그렇게 신나지 않았다. 자유다. 정미는 헤엄치며 반대쪽까지 갔다가 되돌아오고 또다시 반대쪽으로 가곤 했다. 고등학교를 졸업하고는 수영을 안 했는데도 수영 실력이 부쩍 는 느낌이었다. 소리라도 마구 지르고 싶었다. 여기는 천국이라고. 나는 자유인이라고. 정미는 한참동안 수영하다 그 대로 서서 휴식을 취하였다. 반대 방향으로 왔다 갔다 하는데 힘이 들었다. 길이만 해도 100m은 넘을 듯했다. 정미는 쉬다가 문득 바람 소리를 찾아갈까 생각했다. 그러자 원주민들의 집 구경을 한 번도 하지 않았다는 생각이 들었다. 가자. 정미는 물 밖으로 나왔다. 만약 감자 캐러 갔거나 숙소 앞에 항의하러 가서 못 만나면 집이라도 구경하고 오리라. 정미는 티로 몸을 닦고 속옷을 입었다. 물에 젖은 티를 입으니 피부가 시원한 느낌이 들었다.

원주민들 집으로 찾아가는데 한낮이라 그런지 햇빛이 따가웠다. 다행히 젖은 티가 금방 마를 것 같았다. 원주민들의 집은 못에서 그리 멀지 않은 곳에 있었다. 며칠 전 감자를 캐러가지 않는 사람들이 간 방향을 대충 짐작해서 걸었는데 다리가 아플 즈음해서 마치 원두막 같은 커다란 집들이 거짓말같이 나타났다. 집도 못 찾고 길을 잃으면 어떡하나 싶었는데 너무 쉽게 찾고 보니 입에서 피식, 웃음이 나왔다.

기다란 나무로 기둥을 세우고 지붕은 야자나무와 풀로 덮었다. 벽은 나뭇가지와 억센 풀로 엮어놓았는데 허술하기 짝이 없었다. 마치 시골의 원두막 같았는데 다만 20-30명이 들어갈 정도로 컸다. 그런 집이 빈 공터를 중심으로 6채가 되었다. 공동생활을 한다더니. 정미는 멀리서 집들을 구경하였다. 집에는 아무도 없는지 조용하였다. 집 가까이 가 보았다. 집들은 문도 없이 입구가 넓게 뚫려 있었다. 맹수 같은 게 없으니 햇빛이나 비만 피하면 되는 것 같았다.

제일 가까이에 있는 집을 들여다보니 해먹이 20여개 달려 있고 사람들이 해먹에서 자고 있었다. 모두들 편안해 보였다. 시원하게 보여

해먹에 누우면 금방 잠이 들 것 같아 보였다. 어두워지면 자고 해가 뜨면 일어나는 이곳. 낮이라도 잠이 오면 자는 이곳. 참 자유롭게 사는구나 싶었다. 대충 봐도 바람소리는 없는 것 같았다. 다음 집도 들여다보았지만 다들 해먹에서 잠을 잘 뿐 바람소리는 보이지 않았다. 잠을 깨울까 싶어 조용히 다른 집으로 갔다. 네 번째 집에서 바람소리를 만났다. 그곳에도 없는 것 같아 다른 집으로 옮기려는데 해먹 하나가 흔들리더니 한 여자가 부스스 일어났다. 단번에 알아보았다. 하마터면 큰소리로 바람소리! 하고 부를 뻔했다. 바람소리는 들어오라는 손짓을 했다.

"앉으세요."

바람소리는 왜 왔는지 묻지 않았다. 사람이 앉을 수 있도록 나무토막이 여러 개 세워져 있었는데 그 위에 앉자 바람소리는 하얀 과자 같은 걸 가져왔다.

"뭐예요?"

정미가 낮은 소리로 묻자 바람소리는 감자 가루에 옥수수를 섞었다고 했다. 한 입 베어 무니 바삭거리는 게 단 맛이 느껴졌다.

"간식으로 먹는 거예요?"

정미가 웃자 바람소리는 미소를 띠며 말했다.

"여기는 간식이란 개념이 없어요. 배고프면 먹고 배부르면 안 먹고."

정미는 고개를 끄덕이며 주위를 둘러보았다. 채반이나 그릇 등 주로 나무와 억센 풀줄기로 만든 가구들이었다. 단출한 느낌을 주었다.

"여기에 몇 명이 살아요?"

그러자 바람소리는 손을 펴서 세 번 내 밀더니 두 손가락을 세웠다.

"열일곱 명?"

정미의 말에 바람소리는 미소를 띠었다. 정미는 여기 오기 전 멱 감으러 갔다가 아무도 없어서 혼자 수영했다는 말을 하자 지금은 햇빛이 따가워서 다들 잠잔다고 했다. 그러면서 좀 있으면 감자 캐러 갈 거라고 했다.

"같이 가도 돼요?"

정미가 묻자 바람소리는 미소를 지었다. 정미도 미소를 지었다.

"언제부터 여기 살았어요? 자주 이사를 다니나요?"

정미는 집들이 오래된 느낌을 주지 않아 물었다. 화전민처럼 여기저기 이동하는 모습을 떠올렸다. 바람소리는 손가락 세 개를 세웠다.

"삼 년? 그럼 몇 년 있으면 이사 가요?"

정미가 묻자 바람소리는 고개를 저었다. 표정에서 단호함이 느껴졌다. 정미는 당황하여 몇 년마다 이동하지 않느냐고 물었다.

"한 곳에 계속 삽니다. 밭을 일구어 감자나 고구마를 심기 때문에 천재지변이 일어나지 않는 한 이곳에서 계속 삽니다."

천재지변이라는 말에 정미는 정신이 퍼떡 들었다.

"그럼 혹시…… 광산 주변에 살았어요?"

정미는 조심스럽게 물었다. 바람소리는 미소를 띠지 않은 채 고개를 끄덕였다.

"쫓겨…… 났구나. 맞죠?"

정미는 가슴 한 쪽에 서늘한 느낌을 받으며 물었다. 역시 바람소리는 고개를 끄덕였다. 정미는 말문이 막혀 손에 쥐고 있던 하얀 것을 조금 떼어 입에 넣었다. 위로하려고 했지만 말이 나오지 않았다. 순간 광산 주변에 원주민들의 집이라고 판넬로 지은 것이 떠올랐다. 또한 재잘거리며 노란 유치원복을 입은 아이들도 눈앞을 스치고 지나갔다. 정미는 며칠 전에 광산 주위에서 본 것을 얘기하자 바람소리는 슬픈 표정을 지었다.

"그 사람들은 개발에 찬성하는 사람들입니다."

"그럼 여기에 이사 온 사람들은 개발에 반대한 사람들인가요?"

정미가 묻자 바람소리는 고개를 끄덕였다.

"그럼, 그 사람들은 광산에서 일하고 그들이 지어준 집에서 자고 먹고 하겠네요? 아이들은 학교도 다니고요?"

"그렇습니다."

바람소리는 짧게 대답했다. 너덜한 옷을 입고 술에 취해 구걸하던 원주민 두 명이 떠올라 그 사람들은 왜 그러느냐고 물었다.

"회사에서 우리들을 설득하려고 처음에 술과 담배를 공짜로 주었습니다. 밥도 주었습니다. 처음 먹어보는 사람들은 좋아했습니다. 하지만 계절이 한 번 바뀌자 그들은 돈을 주고 사먹으라고 했습니다. 우리가 돈이 어디 있습니까. 그래서 광산에서 일하면 돈을 주겠다고 하더군요. 집도 지어주고 먹을 것도 주겠다고 했습니다."

"그래서 회사에서 준 음식과 술 담배에 길들여진 사람들은 개발에 찬성하고 그곳에서 일하게 되었군요."

정미의 말에 바람소리는 슬픈 표정을 지었다. 광산 지역에 먹을 것이 풍족했다고 했다. 야생 감자나 고구마도 풍부했고 각종 열매나 나물도 많았는데 회사에서 광산을 개발하면서 거의 강제로 쫓겨날 수밖에 없었다고 했다.

"아니, 버티지 그랬어요? 설마 죽이기야 했겠어요?"

정미의 말에 바람소리는 밖을 바라보았다.

"그들과 함께 살기 힘들어요."

바람소리는 말했다. 원주민들은 나무 하나 돌멩이 하나까지도 함부로 대하지 않는데 회사 사람들은 산을 파헤치고 나무을 마구 베어냈다고 했다. 정령이 준 건데 왜 함부로 산을 그러느냐고, 그러지 말라고 했지만 그들은 커다란 기계를 들여와 막무가내로 산을 파헤쳤다고 했다. 또한 회사 사람들은 동물들을 죽였다고 했다. 원주민들은 육식을 하지 않기 때문에 동물들을 한 가족처럼 대했고 동물들도 사람들을 겁내지 않아 사람 주위에 많이 살았는데 그들이 재미로 총이나 나무 같은 걸로 동물들을 죽였다고 했다. 그러자 원주민들은 그 모습을 보고는 구토를 하거나 기절하기도 했다고 했다.

"어떻게 그럴 수가 있어요?"

정미는 몸이 부들부들 떨리는 것을 느끼며 겨우 말했다.

"우리는 도저히 그들과 같이 못 있겠어요. 파헤쳐진 산을 보는 것도 두렵고요. 정령에게 분명 벌을 받을 텐데. 그래서 우리는 이곳으로 이사를 했습니다. 이곳은 먹을 게 별로 없습니다. 야생 감자나 고구마를 캐려면 멀리 가야 합니다. 그곳은 집 주위에 많았는데 말입니다."

"오다 보니까 과일도 별로 안 보이던데요."

정미의 말에 바람소리는 아무 표정도 없이 고개를 끄덕였다. 그래서 이곳으로 이사한 후에는 사람들이 곱절은 일을 많이 해야 한다고 했다.

정미는 회사 사람들의 행태를 떠올리다 순간 아빠의 얼굴과 회사사람들과 겹쳐 보이기도 해 당황하였다. 아빠는 정미가 가출한 후 모텔에서 폭행을 가하더니 그 후 자주 폭행을 행사했다. 학교를 마치고 집에 가다 들판이나 강가에서 아빠가 요구할 때 정미가 거절하면 어김없이 커다란 손바닥이 날아왔다. 정미는 고스란히 폭행을 당해야 했다.

가출 이후 주위의 시선도 따가웠다. 엄마나 동생도 정미를 곱지 않은 눈으로 볼 뿐만 아니라 동네 사람들도 어찌 유복한 집에서 가출할 수 있느냐고, 아직 고생을 안 해봐서 그렇다는 둥, 버릇이 없다는 둥, 말들이 많았다. 친구들 또한 정미가 가출한 것에 대해 이해를 할수 없다는 입장이었다. 학교 선생님들은 정미를 볼 때마다 이제 마음잡고 아빠 말 잘 듣고 공부 열심히 해서 좋은 대학 가라는 말을 했다. 누구 하나 정미의 입장을 헤아려보는 사람이 없었다. 더구나 아빠는 정미의 가출로 인해 죄송하다며 학교에 테니스장을 새로 지어주기도 했다. 학교에서도 정미를 무단결석에 대한 징계 없이 그냥 지나갔다.

정미는 고등학교에 올라가자 또다시 기를 쓰고 공부했다. 이번엔 대학이 목표였다. 설마 대학은 못 가게 하지 못할 테니 꼭 가야 했다. 그것이 아빠로부터 벗어나는 길이었다. 하지만 아빠는 겉으로는 열심히 공부해서 좋은 대학가라고 말했지만 과외를 시키지 않았다. 정미가 직접 요구했지만 다른 것은 들어주어도 과외는 시키지 않았다.

"수학 성적이 좀 떨어졌는데 과외를 시켜줘요. 누구한테 들으니까 s대 출신이 가르치는 데가 있다던데."

엄마가 아빠에게 말해도 아빠는 허튼소리하지 말라고 오히려 윽박

질렀다. 그 즈음 엄마도 아빠한테 구타를 당하고 있었다. 구타도 처음이 어렵지 한 번 두 번 하다보면 습관이 되게 마련이었다. 단지 동생만이 구타를 안 당했는데 워낙 말이 없기도 했지만 집안일에 일체 나서지 않기 때문이었다. 그러니 아빠와 부딪칠 일이 없었다. 정미가 고등학교 2학년이 되었을 때 동생은 타 지역에 있는 예고를 가면서 집을 떠나게 되었다. 동생 또한 집을 나가기 위해 일부러 예고를 선택했을 것이라고 정미는 생각했다. 그러면서 정미는 어렴풋이 동생 또한 자신이 아빠에게 당하고 있는 것을 알고 있지 않을까 생각했다. 물론 확증은 없지만 뭐든지 아빠의 의견에 일체 토를 달지 않고 따르면서도 집을 벗어나려고 기를 쓴 것을 보면서 그런 생각이 들었다. 하지만 동생 또한 경제력이 없기에 아빠한테 의지할 수밖에 없었다. 아빠가 운영하는 회사나 가지고 있는 돈 또한 무시할 수 없었다. 아빠한테 밉보여 좋을 게 없었다.

또 하나 의심스런 것은 엄마의 태도였다. 동생이 예고를 간다며 음악 학원에 다닐 때부터 적극적이었다. 초등학교 다닐 때만 해도 과외를 시키며 공부에 관심이 많았다. 그러니까 예능 쪽보다는 공부 쪽으로 키우고 싶어 하셨는데 중학교 때 아빠와 정미의 일을 목격한 후 엄마가 돌변했다는 사실이었다. 물론 엄마 자신도 아빠에게 수시로 구타를 당하니까 아들에게 그런 꼴을 보이지 않기 위해 그럴 수도 있었다. 하지만 정미는 언뜻언뜻 떠오르는 것은 엄마는 아빠가 수시로 정미를 겁탈하고 있다는 것을 알고 있으며 또한 동생도 어렴풋이 알고 있어서 아들을 객지로 보낸 것이 아닐까 하는 것이었다. 그렇게 생각하니 정미는 더욱 더 자신을 보호해줄 사람이 없다는 사실에 절망하였다. 그래서 죽어라 공부에 매달렸다. 엄마는 적극적으로 정미를 도와주었고 용기를 잃지 않게 해주었다. 엄마의 속마음이야 어떻든 엄마의 적극적 지원 아래 정미는 공부에 전념하였다.

하지만 알게 모르게 엄마와는 서먹서먹하였다. 여전히 엄마는 정미가 옷을 입는 것에 대해, 특히 집에서는 짧은 반바지나 치마는 절대 못 입게 하였고 잘 때도 꼭 문을 잠그고 자라고 했다. 특히 엄마는 외출을 거의 하지 않았다. 설사 외출을 하더라도 정미가 학교에 있을 시간에만 외출을 했고 밤에는 부득이한 약속 외에는 잡지 않았다. 언젠가 드라마를 보다가 엄마가 한 마디 툭 던졌다.

"남자가 바람을 피우는 것은 여자가 꼬리를 쳐서 그렇대. 미친년이지. 임자가 있는 남자를 왜 탐내는 거야."

정미는 그 말을 들으며 엄마에 대한 적대감이 끓어오르는 것을 느꼈다. 하지만 엄마도 그렇고 정미도 더 이상의 선을 넘지 않았다.

동생은 거의 집에 오지 않았다. 정미가 궁금해서 엄마에게 물어보면 집에 자주 올 필요 뭐 있어, 하나라도 더 공부해서 좋은 대학 갈 생각을 해야지, 하였다. 다시 말해 동생이 집에 오는 것을 반기지 않았다. 동생 또한 집에 오고 싶은 마음이 없는 것 같았다. 어쩌다 집에 오면 쓰던 방에서 하루 종일 게임만 하다 기숙사로 돌아갔다. 아버지하고도 꼭 필요한 말 외에는 하지 않았다. 지금 와서 생각해보면 어쩌면 엄마보다 아빠가 더 보내고 싶어했는지 모른다는 생각이 들곤 했다. 뚜렷한 물증이 있다기보다 아빠나 동생의 분위기로 봐서 그랬다.

그즈음 집에 또 한 가지 변화가 있었다면 아빠가 검찰 조사를 받았다는 것이었다. s시장에게 뇌물을 주었다는 투서가 들어갔다는데 아빠의 회사가 s시에서 발주하는 공사를 상당수 수주하였기 때문에 그렇게 믿는 사람이 많다고 했다. 아빠는 집에 오면 항상 초조해했고 화를 자주 냈다. 정미는 아빠의 그런 모습이 고소했고 차라리 구속이라도 되었으면 좋겠다는 바람까지 있었지만 구속은 되지 않고 기소가 되어 재판을 받게 되었다. 만약 죄가 밝혀지면 아빠의 건설회사는 부도가 날지 모른다는 소문이 자자했다. 엄마 또한 아빠가 혹 잘못될까봐 초조한 건 마찬가지였다. 아빠의 추락은 엄마의 추락이기도 했다. 그런 와중에서도 아빠는 정미가 다니는 학교의 도서관 건립에 오천만원이라는 거금을 기부하였고 시민들의 호감을 샀다. s시 교육청 산하의 교사 학생들은 탄원서를 재판부에 제출했다. 담임선생님의 강제로 정미의 반 아이들도 모두 탄원서에 서명을 하였는데 정미 또한 하지 않을 수 없었다.

아빠는 재판을 앞두고 정미에게 더욱 더 집착하였다. 바쁜 와중에도 하교시간이 되면 꼭 아빠가 데리려 왔고 냇가나 들판으로 가서 정미를 범했다. 아빠는 초조할수록 정미를 난폭하게 다뤘다. 정미 또한 가만히 있는 게 그나마 덜 당했다. 아빠는 여전히 정미를 범하고 나면 꼭 명품 선물을 사주는 것을 잊지 않았다. 하지만 선물은 엄마에게 안 들키게 잘 간수해야 했는데 가방 속에 넣어두었다가 다음날 학교 가서 친구에게 주는 것으로 엄마를 속여야 했다.

그 즈음 정미는 경찰에 아빠를 고소하는 걸 심각하게 고민하기도 했다. 하지만 아빠가 잘못 되면 당장 큰 피해를 입을 사람은 엄마였고 동생 또한 타격을 크게 입을 것이었다. 동생은 대학을 가지 않고 곧장 유학가려고 생각하고 있었다. 자신의 고소로 엄마와 동생이 피해를 입는다는 생각에 정미는 고소하는 걸 포기해야만 했다. 결국은 대학을 가서 집을 벗어나는 수밖에 없다는 사실을 인정해야 했다. 아빠가 남학생들과 어울린다고 반대하는 학원은 어림도 없고 과외도 하지 않아 EBS를 통해 공부를 했는데 다행히 성적은 꾸준히 상위권을 유지하고 있었다.

아빠는 2심에서 집행유예로 풀려났고 부도는 나지 않았다. 정미 또한 타지에 있는 대학에 당당히 붙었다.

정미가 바람소리와 얘기하고 있는데 낮잠을 자던 원주민들이 부스럭거리며 해먹에서 상체를 일으켰다. 정미는 혹 자신 때문에 잠이 깼는가 싶어 미안한 마음이 들었다.

"이제 감자 캐러 갈 겁니다."

나이 많은 여자 원주민이 정미를 보고 말했다.

"저도 가도 되죠?"

정미의 말에 여자는 미소를 지었다. 밖을 보니 여전히 햇빛이 강렬하게 내리쬐고 있었다. 젖었던 티는 벌써 다 마른 상태였다. 주위를 둘러보니 감자나 고구마 같은 게 하나도 없었다. 자루 같은 곳에 많이 캐서 쌓아놓으면 좋지 않을까 싶었다.

"미리 감자를 많이 캐놓으면 안 되나요? 이렇게 더울 때 쉴 수 있잖아요."

정미의 말에 바람소리는 미소를 지었다.

"필요한 만큼만 가져와야 합니다. 그러지 않으면 정령이 노합니다."

"아니, 쌓아두고 필요할 때 먹겠다는데요?"

정미가 다시 물었다.

"낭비입니다. 조금만 일하면 먹을 거 캘 수 있는데 뭐 하러 많이 캐서 남아돌게 합니까. 남으면 썩어서 못 먹게 될 수도 있고요."

정미는 이해 못하겠다는 듯 고개를 돌려 밖을 내다보았다.

"웅덩이의 물도 필요 이상으로 가져오면 안 되지요. 꼭 필요한 만큼만 가져와야 합니다."

"그래서 당신네들은 뚱뚱한 사람이 없나요? 모두 날씬하던데."

정미의 말에 바람소리는 미소만 지었다.

"그럼 각종 병에도 안 걸릴 텐데요."

"회사 사람들이 오기 전에는 병에 걸린 사람은 거의 없었습니다. 걸렸다 해도 약초를 먹으면 금방 나았습니다. 근데 회사 사람들이 오고 난 후에는 병에 자주 걸립니다. 어떤 병에는 약초도 효능이 없어 오랫동안 고생하기도 하고요. 저 광산 너머에 있는 마을은 사람들이 반 이상이 죽었다고 합니다."

"왜요? 무슨 병인데요?"

정미는 화들짝 놀라며 물었다.

"회사 사람들은 독감이라고 하는데, 잘 모르겠습니다. 지금은 워낙 여러 병이 생겨 낫게 하는 자도 어쩔 수가 없습니다."

"회사 사람들 있는 곳에 가 보면 되잖아요. 의사와 약사들이 있던데요. 낫게 하는 자만 믿지 말고."

"가면 주사 맞고 약 먹으면 낫지요. 근데 회사 사람들이 오기 전에는 그런 병이 없었어요."

정미는 마치 자신이 잘못을 한 것 같아 미안한 마음에 가슴이 답답하였다. 원주민들은 나무 바구니를 하나씩 들고 집밖으로 나갔다. 바람소리에게 가자는 말도 없었다. 바람소리는 사람들을 보다가 일어서서 구석으로 가더니 바구니를 들었다. 정미는 혹 자신도 가지고 갈까 싶어 주위를 둘러보았지만 바구니는 없었다. 할 수 없이 맨손으로 바람소리의 뒤를 따랐다.

각각 집에서 나온 원주민들은 숲으로 난 여러 갈래의 길로 갈라졌다. 한 곳으로 모두 가지 않고 7-8명씩 무리지어 따로 갔다. 바람소리가 있는 무리는 정미가 마을로 들어선 반대쪽으로 갔다. 오늘은 감자 안 캐느냐고 물었더니 고구마를 캔다고 했다. 정미는 바람소리의 뒤를 바짝 따라 붙으며 물었다.

"내일 재판하는데 갈 거예요?"

바람소리는 미소만 지었다. 가겠다는 건지 안 가겠다는 건지 알 수가 없었다.

"꼭 가 봐요. 결과야 뻔하겠지만."

바람소리는 여전히 말이 없었고 무안해진 정미는 말머리를 돌렸다.

"회사 사람들이요. 처음부터 그렇게 난폭했어요?"

회사 사람들이 동물들을 죽였다는 얘기를 생각하며 물었다. 바람소리는 걸어가며 예의 책 읽는 말투로 입을 열었다.

"처음에는 우리와 사이가 좋았습니다. 우리가 준 감자 같은 것을 잘 먹었고 우리에게 술과 담배도 주었지요. 설탕이나 빵 같은 것도 주고요. 하지만 오래가지 못했습니다. 큰 기계가 들어와 산을 마구 파혜쳤고 우리가 그러지 말라고 했지만 그들은 막무가내였지요. 그때부터 항의를 하면 우리를 무시하기 시작했습니다."

"그러니까 개발을 하기 전까지는 좋았는데 본격적으로 개발을 하면서 사이가 안 좋아졌군요."

"그렇습니다. 우리 보고 미개인이라고 하더군요. 그러면서 개발을 해야 다들 잘 먹고 살 텐데 왜 그걸 모르느냐고요. 우리한테 지금 사는 그 모습이 짐승과 다를 바 없다고 했습니다. 그래서 우리는 짐승과 똑같이 산다, 그래도 불편한 게 없다, 정령이 깃든 산을 파헤치지 말라고 하니까 그들은 총으로 위협하며 우리를 쫓아냈습니다. 거기다 새도 총으로 쏘더군요."

"아, 그 커다랗고 날지 못하는 새요?"

"맞습니다. 그 새는 어떨 땐 우리와 잠도 같이 자기 때문에 사람을 무서워하지 않습니다. 근데 그런 새를 재미로, 사격 연습한다면서 총을 쏘다니요. 그러다가 그 새를 불에 구워먹더군요. 그 새가 타면서 나는 냄새로 우리들은 구토하기도 했습니다. 또한 자기네들 나라에서 가져온 고기는 냉동시켜서 맛이 없다며 새나 염소 토끼들을 보이는 대로 잡아먹더군요. 그런 사람은 처음 보았습니다. 동물들도 우리와 같이 영혼이 있는데 잡아먹다니요. 가족을 먹는 것과 같습니다."

"근데 광산에서 일하는 사람들은 왜 그래요?"

"그 사람들은 회사 사람들이 준 담배와 술에 넘어가서 그렇습니다. 하루 종일 일하면 술과 담배를 줍니다. 음식도 주고요."

"돈은 안 주고요?"

"돈도 주는 것 같은데 밤에 술집에서 모두 사 먹는다고 합니다."

정미는 또다시 너덜한 옷을 입고 술에 취해 구걸하는 원주민을 떠올렸다. 정미는 고개를 숙인 채 바람소리의 뒤만 따라가는데 갑자기 내 말 안 들으면 돈을 안 줄 테다, 라는 말이 귀에서 윙윙거렸다. 아빠가 여기까지 따라왔구나, 정미는 아찔, 현기증을 느꼈다.

정미는 여자대학교에 입학한 후 하숙을 하였는데 아빠는 수시로 찾아왔고 토요일이면 어김없이 집으로 내려가야 했다. 언젠가 토요일에 집에 가지 않은 적이 있었다. 학과 동기들과 인천으로 지하철 타고 가서 바닷가에 갔었다. 그러자 아빠는 월요일에 학교로 찾아왔다. 강의 시간을 어떻게 알았는지 강의가 끝나고 밖으로 나오는데 아빠가 강의실 앞에 서 있는 것이었다. 저승사자를 만난 줄 알았다. 아빠는 부드러운 말로 물었다.

"아무 일 없는 게야?"

동기들은 흘끔거리며 지나갔고 정미는 아무 말 없이 아빠를 지나쳤다. 손이라도 대면 소리를 지를 작정이었다. 하지만 아빠는 화를 내지 않았다. 잘 생긴 얼굴에 고급 양복을 입은 아빠는 누가 봐도 호감 가는 모습이었다. 정미가 인문대학 계단을 내려오자 아빠의 검은 색 차가 보였다.

"정말로 아무 일 없는 거지?"

아빠는 뒤에서 걱정스런 표정으로 물었다. 정미는 여전히 입을 열지 않았다. 그러자 아빠는 차에 타라고 했다. 정미는 망설였다. 어차피 차에 타지 않더라도 하숙집으로 따라올 것이었다. 정미는 할 수 없이 차에 올랐다. 차는 곧장 출발했다.

"밥은 제 때 먹은 거니? 걱정했잖아."

아빠는 룸미러로 정미를 보며 말했다.

"이제 집에 가지 않을래요."

정미의 말에 차가 비틀거렸다. 아빠가 룸미러로 정미를 보다가 핸들을 꺾은 것 같았다.

"그게 무슨 소리냐. 집에 오지 않겠다니. 걱정하는 아빠와 엄마 생각은 안 한다는 거니?"

"이제 걱정 말아요."

"너 나쁜 아이 만나는구나. 남자니? 남자 맞지?"

아빠는 낮은 톤으로 말했다. 화가 많이 났다는 표시였다. 정미는 아무 말도 하지 않은 채 창밖만 바라보았다. 어느새 학교에서 멀리 벗어나 있었다. 하숙집은 학교 코앞에 있었다.

"옛날에는 착했는데 왜 그러니? 아빠 맘을 몰라서 그런 거야?"

차가 시내를 벗어나 호숫가에 닿았다. 친구들과 몇 번 와 본 곳이었다. 둑으로 벚꽃이 눈송이처럼 핀 곳이었다. 많은 사람들이 둑길을 걷고 있었다. 아빠는 호수 끝으로 차를 몰았다. 그곳은 논이 있어 사람들의 발길이 뜸한 곳이었다.

"너 어떻게 그럴 수 있어? 응?"

아빠는 차를 세우자마자 정미를 돌아보며 말했다. 정미는 계속해서 입을 다물고 대꾸하지 않았다. 이미 각오하고 차에 탄 것이었다.

"너 그럼 등록금 안 줄 테다. 용돈도 안 주고. 일체 끊을 테다."

정미는 심호흡을 하고 나서 입을 열었다.

"알바하겠어요. 알바해서 학교 다니는 친구들 많아요."

아빠는 어이가 없다는 듯 정미를 노려보더니 어깨를 잡았다.

"이제 보니 너 나쁜 애들이랑 어울리는구나. 내가 너를 얼마나 사랑하는데."

아빠는 정미 좌석의 등받이를 뒤로 눕히더니 정미를 덮쳤다. 정미는 반항했지만 아빠의 완력을 당할 수 없었다.

"내 말 안 들으면 안 된다고 했지? 감히 내 말을 안 들어?"

아빠는 난폭하게 정미를 다루었다.

정미는 아빠가 가고 난 후 알바를 했다. 아빠 말대로 아빠한테 돈을 받아 대학 다니고 먹고 사는 것보다 경제적으로 독립하는 게 우선일 것 같았다. 알바 자리를 구하는 것은 어렵지 않으나 하숙집 주인의 눈을 속이는 게 더 어려웠다. 하숙집 주인은 아빠의 요청으로 정미의 일거수일투족을 아빠에게 통보했기 때문이었다. 일단 정미는 학교 도서관에서 공부한다며 알바하러 가면서도 책을 들고 갔다. 주유소 알바였는데 태어나서 처음으로 자신이 돈을 번다고 생각하니 뿌듯하였다. 첫 발을 뗐으니 무슨 수가 생기리라 여기며 열심히 일했다. 하지만 알바는 오래 가지 못했다. 어느 날 낯익은 차가 주유소 안으로 들어오는데 아빠 차였다.

"왜 놀라니? 너는 여기가 도서관인가 보지?"

놀라서 떨고 있는 정미에게 아빠는 마음씨 좋은 미소를 지었다. 뒤를 조사한 게 틀림없었다. 차를 한 곳으로 세우고 난 뒤 아빠는 정미에게 왔다. 무슨 일인가 싶어 주유소 사장이 오자 아빠는 악수를 청하며 내 딸이라며 데려가겠다고 했다.

"가자. 필요한 게 있으면 말을 하면 되지. 자, 아빠와 가자."

마치 집 나간 탕자를 너그럽게 받아주겠다는 태도였다. 아빠의 말에 사장은 믿지 못하는 눈치였다. 외제차에다 고급 양복을 입은 아빠의 모습과 주유소 알바 여학생의 모습은 어울리지 않았다. 정미는 오늘만 일하겠다고 했다. 자신이 갑자기 그만두면 주유소가 손해를 입을까 걱정이 되었고 또한 알바비도 못 받는 게 아닐까 생각되었다. 돈이 그만큼 절박하게 느껴졌다.

"됐다, 가자. 알바비는 안 받는 걸로 피해를 보상하겠소."

아빠는 사장에게 당당하게 말했고 사장은 자꾸 정미의 눈치를 보았다. 정미는 사장에게 죄송하다고 말했다. 아빠의 태도로 보아 수긍할 것 같지가 않았다. 아빠는 정미에게 옷을 갈아입고 오라고 하곤 차로 걸어갔다.

하숙집으로 온 아빠는 커다란 손으로 정미의 얼굴을 후려쳤다.

"며칠 전에도 속을 썩이더니. 너 어떤 놈한테 사주를 받은 게야?"

정미는 아무 말도 하지 않았고 아빠의 구타는 이어졌다.

"빨리 말해라. 너, 남학생 사귀지? 아빠 외에 남자들을 거들떠보지도 말랬잖아. 모두 나쁜 놈들이라고. 응?"

아빠의 큼지막한 손이 정미의 몸을 후려칠 때마다 정미는 썩은 나무처럼 바닥에 픽, 쓰러졌다. 아빠는 정미의 옷을 몽땅 벗기고 자신도 옷을 벗었다. 정미는 눈을 꼭 감고 짐승 같은 시간이 빨리 지나가기만을 기다렸다. 하지만 시간은 자꾸만 자신 곁에 머물고 멀리 가지 않았다.

아빠는 정미에게서 내려오더니 은단을 입에 털어넣었다. 줄담배를 피우더니 담배를 끊은 모양이었다.

"정미야, 미안하다. 다시는 안 때릴게. 그러니 너도 제발 아빠 말 좀 들어라. 내가 널 얼마나 사랑하는지 너도 잘 알잖니."

아빠는 말을 하며 울먹였다. 정미는 죽은 것처럼 꼼짝도 하지 않았다.

"정미야, 제발 내 마음 좀 알아줘라. 내가 너를 얼마나 사랑하는데. 너 자꾸 이러면 너 죽고 나 죽는 거야. 알았지? 그러니 제발 아빠 시키는 대로 해라, 응?"

아빠는 옷을 주섬주섬 입었다.

"분명히 얘기하는데 남학생은 절대 사귀지 마라. 다 나쁜 놈들이야. 그리고 학교 마치면 바로바로 하숙집으로 오고. 알았지?"

아빠는 너그럽게 말하며 정미의 등을 토닥토닥 두드렸다.

7

원주민들은 옷을 입지 않으면 재판정에 입장하지 못한다고 했다. 그러자 원주민들이 재판정 입구에 모여앉아 있자 황태섭 판사는 고민 끝에 원주민들을 입장시키라고 했다. 준엄한 법 심판의 현장을 미개인들이 봐야 한다고 생각했다. 피고인인 풀 위에 눕다 또한 옷을 입지 않겠다고 하여 소란이 일었다. 판사는 피고인은 방청객과 달리 신성한 법정에 서려면 옷을 입어야 한다고 주장했기 때문이었다. 회사 사람들과 수사관이 강제로 양복을 입혔지만 법정에 오자마자 바지를 홀라당 벗었다. 상의는 포승줄 때문에 벗지는 못하고 양 어깨를 드러내는 것으로 풀 위에 눕다는 자신의 뜻을 드러냈다. 판사는 여러 번

경고했지만 풀 위에 눕다는 일체 대답 없이 강제로 옷을 입히려는 수사관들에게 거세게 몸부림쳤다. 법정이 혼란에 빠지자 판사는 할 수 없이 그냥 두라고 했다. 판사는 자신의 권위가 떨어진 것에 대해 분노가 일었으나 체통을 지키기 위해 미소를 지었다.

판사는 검사에게 피고인 신문을 하라고 했다. 검사는 풀 위에 눕다에게 다가갔다.

검사: 이름은?

피고인: ⋯⋯

검사: 음. 사건 당일 사고 현장에 있었다는데 사실입니까?

피고인: ⋯⋯

검사: 사고로 일성기업 직원 여섯 명 사망 여덟 명 중상, 원주민 다섯 명 사망 여섯 명 중상을 입었는데 왜 사고가 났는지 피고인은 알고 있지요?

피고인: ⋯⋯

검사: 피고인은 삼 년 전 본국 시찰을 다녀온 후 부족민을 상대로 개발을 반대해 왔는데 사실입니까?

피고인: ⋯⋯

검사: 사고 현장에는 피고인 외에는 아무도 없었으며 증인이 사고 현장에 있었다는 증인도 있는데 범행 일체를 자백하고 용서를 구할 의향은 없습니까?

피고인: ⋯⋯

검사: 묵비권을 행사하겠다는 것입니까?

피고인: ⋯⋯

검사: 재판장님. 피고인의 묵비권 행사로 더 이상 심문이 이뤄질 수 없으므로 피고인에 대한 심문은 여기서 마치겠습니다.

판사는 경멸스러운 눈빛으로 피고인을 바라보며 흉악한 범죄를 저지르고도 어떻게 눈 하나 깜짝 안 하는지 개탄스럽다고 속으로 생각했다. 증인 심문을 하라는 판사의 말에 검사는 증인을 증인대에 세웠다. 증인은 원주민인데 갈색 양복을 입고 선서를 하였다.

검사: 이름이 무엇입니까?

증인: 푸른 천둥입니다.

검사: 피고인과 어떤 사이입니까?

증인: 친구사이입니다.

검사: 3년 전 피고인과 함께 본국에 시찰을 다녀왔다는데 사실입니까?

증인: 사실입니다. 부족 회의에서 피고인과 함께 대표로 뽑혀서 다녀왔습니다.

검사: 사고 현장에서 피고인을 봤습니까? 피고인의 행동을 말씀해 주십시오.

증인: 쾅, 하는 소리와 함께 갱이 무너졌고 저는 사무실에 있다가 현장에 달려갔습니다. 그때 피고인이 현장을 허겁지겁 빠져나가고 있었습니다.

검사: 현장에 다른 사람은 없었습니까?

증인: 없었습니다.

검사: 그럼 현장에 피고인밖에 없었다면 피고인이 갱도를 폭파시켰겠네요. 그렇습니까?

증인: 저도 그렇게 생각했습니다.

검사: 피고인이 평소에 섬 개발에 대해 어떻게 얘기했습니까?

증인: 개발하면 안 된다고 했습니다.

검사: 개발을 하면 안 된다고 원주민들을 선동했다는 말씀인가요?

증인: 예. 부족 사람들에게 개발하면 안 된다고 여러 번 말했습니다.

검사: 왜 안 된다고 했습니까?

증인: 정령이 내려준 산을 파헤치면 우리 부족들 모두에게 큰 재앙이 닥친다고 했습니다.

검사: 원주민들 반응은 어땠습니까?

증인: 두 편으로 갈렸습니다. 개발을 해야 한다는 입장과 개발을 하면 안 된다는 입장으로 갈렸습니다.

검사: 개발을 반대하는 입장의 원주민들은 피고인의 속임수에 넘어간 거네요. 그렇습니까?

피고인: 맞습니다. 말도 안 되는 유언비어로 부족민들이 개발에 반대하도록 뒤에서 조종했습니다.

검사: 증인은 삼 년 전 본국 시찰을 했다는데 그래서 개발을 찬성하는 것입니까?

피고인: 그렇습니다. 그 곳은 이 곳과 비교가 되지 않을 정도로 먹을 게 풍부했습니다. 또한 피고인과 호텔에 들어갔는데 여름인데도 조그마한 냉장고엔 얼음이 있었습니다. 밤중에 물을 마시고 싶어 욕실에 물통이 있기에 컵으로 떠서 마셨습니다. 스위치를 누르니 또 물이 나왔습니다. 신기했습니다. 근데 나중에 알고 보니 그건 변기통이

었습니다. 아무것도 모르는 우리들은 변기통의 물을 마셨던 것입니다. 얼마나 어리석었습니까.

검사: 그러니 빨리 문명화가 되어야겠다는 생각을 하게 되었단 말이군요.

증인: 그 뿐만 아닙니다. 스위치 하나 눌렀는데 캄캄하던 방이 대낮처럼 밝았습니다. 밸브를 틀면 물이 콸콸 쏟아졌습니다. 여긴 마실 물이 귀해 멀리까지 나무통으로 물을 뜨러 가야 합니다. 또한 해가 지면 암흑인데 거긴 밤새도록 낮처럼 밝았습니다.

검사: 시찰을 가서 많이 보고 왔는데 또 문명화가 되니 어떤 점이 좋던가요?

증인: 모든 게 다 좋았습니다. 여기서 본국까지 걸어가려면 평생을 걸어가야 될 듯한데 비행기로 하늘을 날아가니 이틀 만에 갔습니다. 얼마나 편리합니까. 또한 차가 엄청나게 많아 누구나 먼 거리를 쉽게 갈 수 있었습니다. 전화기라는 게 있어 아무리 먼 곳에 있어도 목소리를 들을 수 있었습니다. 모든 게 신기했습니다. 우리도 빨리 개발을 해서 편리하게 살아야겠다는 생각을 했습니다.

검사: 작년에 어느 마을에서는 독감으로 마을 사람들의 절반 가까이가 죽었다는데 문명사회에서는 어떻습니까?

증인: 가슴이 참 아픕니다. 만약 문명화 되었다면 아무도 죽지 않았을 테지요. 그런데 문명화가 되지 않아 효과도 없는 약초만 먹다가 많은 사람들이 죽었습니다. 본국에는 수백 명의 환자가 들어가서 치료할 수 있는 병원들이 수두룩하며 사람이 사는 곳 어느 곳에도 의료시설이 잘 되어 있었습니다.

검사: 지금도 많은 부족민들이 각종 질병에 시달리지요? 근데 치료할 의사는 없고 야만적이게 약초를 먹거나 붙이고 정령에게 기도하지요?

증인: 그렇습니다. 아픈 사람이 있어도 치료 받을 데가 없었습니다. 다행히 회사가 들어오고 나서 의사나 약사가 있어 그나마 치료를 받게 되어 다행입니다.

검사: 그러니까, 개발을 해서 많은 사람들이 질병에서 벗어나게 되었고 목숨까지도 건질 수 있었다는 말이네요?

증인: 예, 그렇습니다.

검사: 시찰 갔을 때 또 무엇이 인상적이었습니까?

증인: 소위 말하는 내 것이 있었습니다. 여기는 내 것이 없고 모두 공동으로 사용하는데 거기는 모두 내 것이 있어 맘대로 할 수 있다는 게 좋았습니다. 그래야 열심히 노력한 사람은 내 것이 많아지고 적게 노력한 사람은 내 것이 적은 게 당연하다고 봅니다. 이곳은 열심히 일한 사람이나 게으른 사람이나 똑같이 나누는데 그건 불공평하다고 생각합니다. 내 것이 없다 보니까 그런 현상이 일어나는데 본국에 시찰을 가서 보니까 열심히 노력하는 사람들은 다 내 것이 많았습니다.

검사: 그러니까 놀고먹는 사람이 없어야 한다, 이 말이네요?

증인: 그렇습니다. 게으르거나 일 안 하고 노는 사람은 적게 가져야 합니다.

검사: 시찰 갔을 때 사람들의 생활은 어떠하던가요?

증인: 굉장히 풍요롭게 살고 있었습니다. 어디에 가니까 없는 것이 없었습니다. 먹는 것부터 입는 것, 그리고 각종 생활에 필요한 용품들

이 산처럼 쌓여 있었습니다. 사람들은 그곳에서 맘대로 돈을 주고 샀습니다. 저도 회사에서 준 돈으로 물건을 산 적이 있습니다.

검사: 무얼 샀습니까?

증인: 칼과 양동이를 샀습니다. 목걸이도 사고요. 여기는 물통을 나무로 만들기 때문에 물을 떠올 때 불편한 게 한두 가지가 아닙니다.

검사: 피고인도 뭘 샀습니까?

증인: 피고인은 아무것도 사지 않았습니다. 자기가 노력해서 받은 돈이 아니라고 했습니다.

검사: 또 시찰갔을 때 기억나는 것이 있습니까?

증인: 농장에 갔었습니다. 그곳에서는 사람이 일하지 않습니다. 모두가 기계가 하고 있었습니다. 그러니 그 넓은 땅에서 많은 곡식을 수확할 수 있었습니다. 우리처럼 하루 일해 하루 먹는 식이 아니었습니다. 커다란 창고에 쌓아두고 언제든 먹고 싶을 때 먹을 수 있었고 또 그것을 팔아 필요한 다른 것을 구할 수 있었습니다. 농장에는 없는 농작물이 없었습니다. 우리가 주식으로 삼는 감자는 엄청나게 많이 수확했습니다. 우리가 일 년 내내 캐는 감자를 기계는 하루 만에 캐기도 했습니다. 우리도 저런 기계가 있고 밭을 일구어 농사를 지으면 편안하게 먹고 살 수 있을 것 같아 부러웠습니다.

검사: 문명화된 사회가 부럽죠?

증인: 부럽습니다. 우리도 빨리 개발해서 문명화된 사회가 되었으면 좋겠다는 생각을 했습니다.

검사: 그래서 시찰을 다녀온 후 어떤 활동을 하셨습니까?

증인: 문명사회의 실상을 알렸습니다. 제가 두 눈으로 본 대로 말이

지요. 그래서 어떤 사람들은 제 말에 귀를 기울이고 개발에 찬성을 했지만 일부는 여전히 개발에 반대했습니다.

검사: 개발에 반대한 사람들은 피고인의 선동에 의해 그렇게 된 것입니까?

증인: 피고인이 영향을 많이 미쳤습니다.

검사: 피고인은 시찰을 다녀온 후 어떤 활동을 했습니까?

증인: 부족민들에게 개발을 하면 모두가 불행하게 된다고 했습니다. 무조건 개발에 반대했습니다.

검사: 문명사회에 대해 아무것도 모르는 사람들은 피고인의 말에 속아 넘어갔군요.

증인: 그렇습니다.

검사: 피고인에게 마지막으로 한 마디 하실 의향이 있으시면 말하십시오.

증인: 하루빨리 마음을 바꾸어 개발에 동참하여 우리 부족민들이 풍요롭게 살 수 있도록 도움을 주라는 말을 하고 싶습니다.

검사: 심문을 마치겠습니다. 다른 증인을 심문하겠습니다.

검사는 말을 마치고 검사석으로 돌아가자 꾸벅꾸벅 졸던 판사는 황급히 자세를 바르게 했다. 증인 또 부른다고요? 판사는 약간 짜증스런 목소리로 물었다. 그만 했으면 좋겠다는 표정이 역력했다. 한 명 더 있습니다. 검사의 말에 증인 심문을 하라고 했다. 회사 유니폼을 입은 회사간부가 증인석으로 와 선서를 하였다.

검사: 이름과 직책을 말해주십시오.

증인: 이름은 김석호이며 부장으로 일성기업에 일하고 있습니다.

검사: 증인은 피고인을 만난 적이 있습니까?

증인: 회사로 가끔 찾아와 만난 적이 있습니다.

검사: 그게 언제쯤이죠?

증인: 피고인이 시찰을 다녀온 직후부터 이 년 동안입니다.

검사: 무슨 일로 만났죠?

증인: 산을 파헤치면 안 된다고 했습니다. 정령이 노하신다나 뭐라나, 하면서요.

검사: 정령이 노하기 때문에 개발을 중지하라, 이 말이군요?

증인: 예.

검사: 그래서 어떻게 했습니까?

증인: 우리는 불법적으로 개발을 하는 게 아니다, 국가 간 체결한 협정에 근거해 개발하고 있다, 합법적인 개발이라는 것을 정중히 말씀드렸습니다. 하지만 제 말에는 관심도 두지 않고 자기 말만 되풀이했습니다.

검사: 합법적인 사업을 방해하면 법에 의해 처벌을 받는데 그 후 어떻게 대했습니까?

증인: 법으로 하면 강제로 끌어낼 수도 있지만 정중히 설득했습니다. 개발을 해야 당신 부족들이 잘 살 수 있다, 당신들을 잘 살도록 우리가 도와주겠다, 말씀드렸지만 듣지도 않았습니다.

검사: 개발을 하면서 부족민들에게 어떻게 했습니까?

증인: 이곳은 음식이 귀하고 주로 감자만 먹기 때문에 먹을 것을 갖다 주었습니다. 또한 집도 지어주고 학교도 세워 공부를 할 수 있도록 도와주었습니다. 종교 시설도 만들어 미신을 믿지 않고 고등종교를

믿도록 했습니다.

검사: 피고인은 그런 도움에 어떻게 반응했습니까?

증인: 필요 없다고 했습니다. 평생을 가난하게 살다보니 체념한 것 같았습니다.

검사: 피고인이 부족민들을 선동했다고 했는데 사실입니까?

증인: 그렇습니다. 대부분 부족민들이 개발에 찬성하여 우리 회사에서 광산을 개발하는데 협조를 했는데 일부 부족민들을 꼬드겨 개발에 반대하도록 선동을 했습니다.

검사: 어떻게 선동했습니까?

증인: 일부 부족민들을 광산에 데리고 와 시위를 했습니다.

검사: 회사는 경찰과 같은 법의 도움을 받을 수 없는 상황이었을 텐데 어떻게 대응했습니까?

증인: 폭동이 일어날까 두렵기도 했습니다. 그래서 공장의 가동률을 줄이면서 회사원들이 이십사 시간 경계를 서야 했습니다. 다행히 저희들의 간곡한 설득으로 불행한 사태는 벌어지지 않았지만 우리로서는 큰 불안을 느낀 것은 사실입니다.

검사: 그러니까 설득을 잘했다는 말씀이시군요.

증인: 계속 피고인을 비롯해 시위를 벌이는 사람들에게 개발의 필요성을 말씀드리고 많이 도와주겠다고 했습니다. 그리고 광산에서 벗어날 것을 요구했습니다.

검사: 순순히 물러나던가요?

증인: 대부분 부족민들은 물러나려고 했지만 피고인을 비롯하여 일부 부족민들이 반대했습니다. 그래서 회사 경비원들이 한 분 한 분씩

밖으로 모셨습니다.

검사: 개발 초기부터 부족민들에게 잘 대해주었다고 하던데요?

증인: 그렇습니다. 되도록 부족민들에게 폐를 끼치지 않기 위해 최선을 다했습니다. 또한 그들이 접하지 못한 설탕이나 담배 술도 무료로 제공했습니다.

검사: 그들의 반응은 어땠습니까?

증인: 굉장히 좋아했습니다. 그들이 우리에게도 잘 대해주었습니다. 하지만 피고인을 비롯한 일부 불순한 의도를 가진 사람들이 선동하는 바람에 부족민들이 두 패로 갈렸습니다. 개발에 반대하는 사람들이 그렇게 해서 생겼습니다.

검사: 그러니까 처음엔 회사 사람들과 부족민들이 사이좋게 지냈는데 피고인을 비롯한 일부 과격파들이 이간질을 했다 이거네요?

증인: 예, 그렇습니다.

검사: 마지막으로 묻겠습니다. 지금도 일부 반대파들이 사무실 앞에서 시위를 벌이는데 혹 공포심은 안 느끼십니까?

증인: 광산에서도 시위할 때마다 폭동이 일어날까봐 공포를 느꼈는데 사무실 앞으로 시위장소를 옮기고 나서도 마찬가지입니다. 언제 그들이 폭동을 일으킬까 노심초사하고 있습니다.

검사: 이상으로 증인 심문을 마치겠습니다.

판사는 게슴츠레한 눈을 뜨고 앞을 바라보았다. 어젯밤 늦게까지 술을 마셔서 그런지 몸이 노곤했다. 낮잠이라도 잤으면 좋겠다는 생각이 들었다. 그렇다고 곧장 폐정을 선언할 수도 없고 피고인을 바라보았다. 그때였다.

"당신네들이 어떤 권리로 풀 위에 눕다를 묶어 놓는 것이오. 당장 풀어주시오. 그리고 집으로 돌아가게 하시오."

판사는 낮지만 힘 있는 목소리에 정신이 번쩍 들어 방청석을 바라보았다. 머리가 하얗게 센 원주민이 일어서서 말하고 있었다. 저런 무식한 놈이. 판사는 화를 누르면 엄숙히 말했다.

"조용히 하시오. 여긴 신성한 법정이오. 한번만 더 소란을 피우면 법정 모독죄로 구속시키겠소."

"당장 풀어주시오. 당신네들이 무슨 권리로 재판을 한단 말이오. 죄가 있으면 우리 부족 왕에게 판단하게 해 달라고 할 것이오."

나이 많은 원주민은 꼿꼿이 선 채 말을 계속 했다.

"조용히 하시오. 신성한 법정에서 예의를 지키시오."

판사는 음성을 높였다.

"당신들은 재판할 권리가 없소. 당장 풀어주시오."

나이 많은 원주민은 예의 낮은 목소리로 계속 주장했다. 이런 미개인들 같으리라고. 이 법정에서 벌거벗은 채 들어오질 않나, 지 안방처럼 지껄이를 않나. 판사는 화를 누른 채 이틀 뒤 2차 공판을 하겠다고 공지하곤 서둘러 폐정했다.

"당장 풀어주시오."

판사가 일어서서 법정을 나갈 때까지 나이 많은 원주민은 계속 요구했다.

변호사는 사무실로 온 푸른 천둥의 등을 두드리며 치하했다.

"잘했어. 준비 많이 한 거 같아?"

변호사의 말에 갈색 양복을 입은 푸른 천둥은 히죽 웃었다. 키가 작고 피부가 검어 마치 남의 옷을 걸친 듯했다. 정미는 커피를 타서 변호사와 푸른 천둥의 앞에 놓았다. 법정에서 보았을 때보다 가까이서 보니 눈이 매우 영민해보였다. 일반 원주민들과 다르게 느껴졌다. 법무 법인에 근무하지만 법정에 가서 재판하는 것을 본 것은 처음이었다. 각본대로 움직일 것이라지만 사무실에 앉아 있을 수가 없었다. 원주민들이 입장할 때 소란이 일어 긴장하기도 했지만 정미는 그 쪽으로 고개를 돌리지 않았다. 언뜻 바람소리를 본 듯해 법정에서 차마 마주볼 자신이 없었다. 재판이 끝날 때까지 원주민들이 있는 쪽으로 한 번도 고개를 돌리지 않았다.

"자, 한 잔 들게."

변호사의 말에 푸른 천둥은 검사님이 시키는 대로만 했을 뿐이라며 커피를 마셨다. 말투나 행동이 원주민이 아닌 것 같았다.

"재판이 끝나면 회사에서 곧 답례가 있을 것이네."

변호사는 푸른 천둥을 지그시 바라보며 커피를 마셨다. 어떻게 이 놈을 활용할까, 하는 눈치였다. 정미는 자신의 자리로 돌아와 컴퓨터를 들여다보았다. 모레 있을 변호사의 반대 심문을 위한 자료를 정리하는 중이었다. 변호사 또한 피고인과 증인을 심문할 텐데 피고인이 어떻게 나올까 걱정이 되었다. 대답을 안 하는 것은 재판 자체를 인정 안 하는 것으로 피고인에게 불리하게 작용할 것은 분명했다. 그렇다고 다른 방법이 떠오르는 것도 아니라 정미는 속이 타들어가는 느낌이었다.

"다 자네들 위하는 것인데 그렇게 개발을 반대하면 어떡하느냐 말이야. 자네도 시찰을 갔다 왔으니까 말인데, 문명이 좋지 않나? 이런 미개한 곳보다 말이야."

"저도 놀랐습니다. 완전히 다른 세상이었지요."

변호사는 하하하, 소리내어 웃었다.

"딴 세상이지. 이곳 생활이 어디 사람 생활인가, 짐승 생활이지. 안 그런가?"

"그럼요. 개발해서 우리 부족들도 풍족하게 살았으면 좋겠습니다."

"꼭 그렇게 될 걸세. 그래 오늘 법정에서 얘기한 거 외에 시찰 가서 본 것 중 인상에 남은 거 또 뭐가 있나?"

변호사는 호기심어린 눈빛으로 푸른 천둥을 바라보았다.

"가정입니다."

"가정?"

변호사는 의외의 대답이라는 듯 고개를 갸웃거렸다.

"예. 가족이요. 아빠 엄마랑 아이들이 손잡고 공원에 가는 모습이 좋았습니다."

"그래? 자네 총각인가? 아직 결혼 안 했어?"

변호사의 말에 푸른 천둥은 미소를 지었다. 이럴 땐 영락없이 원주민이었다. 정미는 자판기에서 손을 뗐다. 저절로 귀가 푸른 천둥에게 향했다.

"여긴 결혼 같은 게 없습니다."

"결혼 제도가 없다고? 그럼 어떻게 남녀가 애기 낳아?"

변호사는 놀랍다는 표정을 지었다.

"마음에 맞으면 사랑합니다. 그러다 애기 낳으면 부족민들 전체가 키우고요. 다만 같은 마을 사람끼리 사랑하면 안 됩니다. 정령께서 노하시기 때문입니다."

"그래? 그거 참, 신기하군. 그러니까 꼴리는 대로 누구하고든 한단 말이지? 그러다 아 새끼 생기면 마을 사람들 전체가 키우고."

"누구하고든 할 수 있지만 마음에 맞아야지요. 또한 물속에서만 사랑을 나누게 되어 있지요. 그래야 정령께서 아기를 잉태해 주십니다."

변호사는 커피를 마시지 않고 푸른 천둥의 입만 쳐다보았다. 푸른 천둥은 커피를 조금씩 마셨다. 많이 마셔본 태도였다.

"그러니까 공동체란 게 그런 거야? 공동 생산하고 공동으로 먹고 사는데 그것도 공동으로 한단 말이지? 아 새끼 낳으면 애비도 모른 채 함께 키우고. 완전 개판이네?"

"……."

변호사의 말에 푸른 천둥은 아무 말도 안 했다. 오히려 정미 자신이 모욕을 당하는 기분이었다.

"참, 아까 자네가 가정이 부러웠다고 했는데, 왜?"

변호사의 말에 푸른 천둥은 머뭇거리다 말을 이었다.

"제가 좋아하는 사람이 있었는데…… 시찰 가서 가족끼리 놀러 다니는 것을 보고는 나도 그 사람과 둘이서 오손도손 살면 어떨까 생각했습니다."

"그래? 누군데? 내가 중매 서줘?"

변호사의 말에 푸른 천둥은 잠시 침묵을 지켰다가 입을 열었다.

"그 사람이 싫다고 합니다. 어떻게 한 사람만 마음에 둘 수 있느냐고 합니다. 그건 정령의 뜻이 아니라고 했습니다."

"오호라, 그래? 그러고 보니 개발을 반대하는 불순분자 중에 있는 여자를 사랑하는구먼. 이봐, 자네는 회사에서 받은 집도 있잖아. 확, 데리고 와. 그리고 잠을 자. 그러면 자네 것이 되는 거야. 여자들은 원래 그래. 알았어?"

변호사는 웃으며 커피를 입으로 가져갔다. 정미는 푸른 천둥의 말을 들으며 혹 상대가 바람소리가 아닐까, 하는 생각이 들었다. 바람소리라면 푸른 천둥같이 그런 사고방식을 가진 이라면 절대 같이 살지 않을 거라는 확신이 들었다.

"그러니까 빨리 개발을 해서 문명화 돼야 한다고. 하여튼 자네는 지금 부족들에게 엄청난 큰일을 하고 있는 거야. 계속 열심히 설득하라고."

변호사의 말에 푸른 천둥은 머뭇거리다 물었다.

"정말 부족들 모두 이주를 해야 합니까? 안 하면 안 되는 겁니까?"

"왜? 아주하기 싫어?"

변호사는 손가락에 뭐가 묻었는지 손수건으로 닦으며 말했다.

"그런 건 아니지만. 확실히 이주를 해야 하는지 싶어서요."

"그럼, 이주를 해야지. 이주를 하면 회사에서 집도 지어주고 농장도 만들어준다잖아. 학교도 교회도 세워주고. 공짜로 말이야, 공짜. 근데 반대하면 공짜고 뭐고 없어 한 푼도 못 받고 강제로 쫓겨날지 몰라. 그러니까 그 불순분자들 설득 잘 시키라고. 그러면 자네한테 회사에서 가만히 있지 않을 거고."

"……."

변호사의 말에 푸른 천둥은 가만히 있었다. 푸른 천둥은 뭔가 생각하는 눈치였다. 그도 아무리 개발을 원한다 해도 조상대대로 살아온 땅을 버리고 다른 곳으로 이주하는 것에는 동의하기 힘들 것이었다.

"이주 안 하고 여기 계속 살면서 개발하면 안 되는 겁니까?"

"뭐라고? 이주를 안 하고 계속 개발을 해? 지금껏 무슨 소리 들은 거야? 전무가 얘기 안 했어? 곧 원주민 보호, 아니, 아니. 그게 아니고, 불순분자들 때문에 개발이 안 된다고. 방해가 된다고. 어차피 여기 있는 산 다 파헤칠 텐데. 어디에다 집 짓고 농장 만들어? 안 그래? 강 건너나 다른 데 가면 널따란 곳에 농장을 만들어 다들 배불리 먹을 수 있잖아. 생각을 해 보라고, 생각을. 그렇게 되면 자네가 그 농장의 총책임자가 될 수 있는 거고. 그러면 놀고먹는 거지. 안 그래?"

변호사는 답답하다는 듯 말했고 푸른 천둥은 고개를 숙인 채 생각에 빠진 듯했다. 정미는 컴퓨터를 껐다. 공판 과정에서 내내 침묵을 지키던 풀 위에 눕다가 떠올랐다. 침묵은 더 큰 희생을 가져올 수 있다는 생각이 들었다. 아무리 반대를 하더라도 저들은 개발을 서두를 것이다. 몇 년 안에 원주민 보호법이 국회를 통과한다니까. 정미는 일어서서 변호사를 보았다.

"저, 제가 피고인 만나봐도 되겠습니까? 모레 공판 때도 변호사님의 반대 심문에 피고인이 말을 하지 않으면 변호사님의 체면도 말이 아닐 테고."

정미의 말에 변호사는 눈을 크게 떴다.

"그래 주겠어? 그 놈 보통내기가 아닌데."

"그래도 설득 한번 해 보지요."

"그래요. 혹 무슨 해코지 할 줄 모르니까 회사 사람 옆에 있으라 하고."

정미는 고개를 숙여 인사를 하고는 문 쪽으로 걸어갔다. 그때 변호사의 말이 들렸다.

"그러니까, 선고 전에 이주를 하겠다고 하면 피고인도 살 수 있다 이거야. 물론 선고 후에도 이주하면 살려주겠지만 말이야……."

정미는 사무실 밖으로 나와서도 문밖에 서서 귀를 기울었다.

"…… 그렇게 설득시키라고. 이주를 해야만 피고인이 살 수 있다고. 안 그러면 피고인은 죽을 수밖에 없다고. 그러니까 부족민들이 회사 측의 방침에 얼마나 협조를 잘하느냐 못하느냐에 따라 피고인의 목숨이 달려있다, 이 말이야. 알겠어?"

변호사의 말이 끝나도 푸른 천둥의 말은 들려오지 않았다. 정미는 몸을 돌려 계단을 내려왔다. 건물 밖으로 나오니 사무실 앞에는 많은 원주민들이 모여 있었다. 공판을 보고 그대로 몰려 있는 듯했다. 혹 바람소리가 보일까 싶어 고개를 빼고 둘러보아도 그 사람이 그 사람 같아 눈에 띄지 않았다.

회사 사람은 순순히 창고 문을 열어주며 여자 혼자 들어가도 괜찮으냐는 눈빛을 띠었다. 정미는 아무런 대꾸 없이 안으로 들어갔다. 벌거벗은 원주민 남자를 혼자 대하는 것은 처음이었다. 긴장이 되었다. 풀 위에 눕다는 정미를 흘깃 보더니 앉은 자세 그대로 허공을 바라보고 있었다. 정미는 풀 위에 눕다의 옆쪽으로 갔다. 정면보다 옆이 덜

부담스러웠다. 풀 위에 눕다는 아무런 반응이 없었다. 둥지를 잃은 새 같은 안쓰러움이 느껴졌다. 마음껏 뛰어다닐 숲속을 놔두고 이런 곳에 갇혀 있다니. 정미 자신이 답답함을 느꼈다. 정미는 망설이다 용기를 내어 입을 열었다.

"변호사 사무실에 있는 사람입니다. 변호사는 아니고요. 바람소리와 애기 많이 나눴습니다. 댁의 주장에 동의합니다. 그래서 드릴 말씀이 있어서 찾아왔는데. 그렇다고 변호사님이 시켜서 온 것은 아니고요."

풀 위에 눕다는 여전히 아무런 반응이 없었다.

"어차피 재판은 진행 될 거예요. 댁이 말씀하시나 안 하시나. 하지만 이것만은 분명히 말씀드리고 싶습니다."

정미는 풀 위에 눕다의 눈치를 살폈지만 여전히 허공을 바라보고 있었다. 어찌 보면 사색에 잠긴 것 같았다.

"다음 공판에서는 적극 말씀하시는 게 더 유리합니다. 재판을 하면 다 기록에 남습니다. 다시 말하면 기록이 세상에 공개 될 수도 있다는 겁니다. 그러면 댁의 주장이 세상에 알려질 수도 있다는 뜻입니다. 그러니 개발에 반대하는 분명한 이유를 말씀하셔야 왜 개발을 반대했는가 외부사람들이 알게 된다는 말입니다. 댁이 애기를 하든 안 하든 재판은 회사 뜻대로 진행될 거구요. 그러면 회사의 말만 세상에 알려질 수 있다는 뜻입니다."

정미는 숨을 골랐다. 달리기를 힘껏 한 느낌이었다. 그때 풀 위에 눕다가 흘깃 정미를 돌아보더니 다시 허공으로 눈길을 돌렸다.

"모레 변호사 심문 때는 분명히 개발에 반대하는 이유를 밝히세요. 댁들은 문자가 없기에 반대하는 이유가 남지 않습니다. 왜 반대했는지 기록에 남지 않으면 세월이 지나면 잊혀집니다. 지금 다른 지역에도 많은 원주민들이 개발에 터전을 잃고 쫓겨나고 있습니다. 이번 재판이 그런 지역에도 영향을 준다고 하더군요. 침묵으로 재판을 인정 안 하는 것도 한 방법이지만 그걸 이용할 줄도 알아야 한다고 생각합니다."

정미는 겨우 말을 마치고 풀 위에 눕다를 바라보았다. 허공을 바라보는 눈빛이 달라졌다는 느낌을 받았다. 이제 당신 몫이다. 정미는 풀 위에 눕다를 바라보다 밖으로 나왔다. 뜨거운 열기가 훅 끼쳤다.

정미 자신 또한 풀 위에 눕다처럼 갇혀 지낸 것과 다름없었다. 방학이 되면 곧장 집으로 와야 했다. 친구랑 여행도 할 수 없었다. 어느 때는 아빠가 어떻게 알았는지 방학하는 날 하숙집으로 찾아왔다. 곧장 차에 태워져 집으로 올 수밖에 없었다. 정미는 집에 와서는 거의 말을 하지 않았다. 그 즈음 엄마는 수시로 아빠에게 구타를 당했다. 또한 집밖으로 나가지도 못했다. 아빠의 의처증 증세 때문이었는데 볼수록 엄마한테 화가 났다. 이제 정미를 도와주기 전에 자신의 몸부터 걱정해야 할 형편이었다.

아빠가 집에 없는 날에 엄마에게 물었다.

"엄마는 언제까지 이렇게 살 거야?"

엄마는 모든 걸 체념했는지 아무 말도 안 했다. 아니, 정미하고도 말을 나누려 하지 않았다. 정미는 그런 엄마를 볼 때마다 속이 부글부글 끓어올랐다. 정미가 그렇게 당할 때 가만히 있더니 결국은 그 업이 엄마 자신에게로 온 것이 아닌가. 정미가 당했을 때 신경을 썼더라면 결국은 이 지경까지는 오지 않았을 것 아닌가. 경제력이 없다는 이유로 딸의 성폭행을 방관하더니 결국은 자기 자신까지도 지키지 못할 지경까지 온 게 아닌가.

아빠는 이제 엄마가 안방에 있는데도 밤중에 정미의 방에 들어왔다. 정미는 아빠의 그런 모습을 보며 미쳐간다는 느낌을 받았다. 이제 막다른 골목으로 쫓기는 짐승. 그런 표정이 아빠에게 느껴졌다. 아빠는 s시장과의 뇌물사건으로 검찰의 조사를 받고 집행유예로 풀려나긴 했지만 사업은 상당히 위축되었다. 그 전 만큼 s시의 관급공사를 수주 받을 수 없었고 각종 악성 루머에 시달렸다.

사업이 날로 퇴락하니 아빠 또한 초조한 것 같았다. 잠시라도 느긋한 표정으로 있는 것을 보지 못했다. 정미를 탐할 때도 서둘렀고 거칠었다. 마치 학대하는 것처럼 정미의 몸을 대했다. 끝나고 나면 미안하다고, 다시 안 그러겠다고 울먹이며 다짐했지만 그때뿐이었다.

엄마한테는 이유도 없이 폭력을 가했다. 밥이 늦게 되었다는 둥 반찬이 짜다는 둥 트집을 잡을 건 많았다. 전에는 정미가 옆에 있으면 안방으로 들어가기라도 했지만 이젠 옆에 있어도 손찌검을 했다. 그럴 때마다 정미가 아빠에게 달려들어 말려야 했다, 잘못하면 엄마의 생명까지도 위험할 지경이었다.

사업이 위축됐다지만 아빠는 정미를 범할 때마다 고가의 옷을 사주었고 시계를 바꾸어 주었다. 물론 엄마에게도 폭행을 가한 다음이면 백화점에 데려가 옷을 사 주었다. 하지만 반찬값 외의 돈은 일체 주지 않았다. 그건 정미에게도 마찬가지였다. 선물은 고가로 사주어도 용돈은 주 단위로 조금씩만 주었다. 아마도 돈을 모아 도망이라도 칠까봐 그런 것 같았다.

방학이 끝나갈 무렵 정미는 아빠가 집에 없는 틈을 타 엄마에게 말했다.

"언제까지 이렇게 살 거야?"

"언제까지라니?"

엄마는 텔레비전에서 눈을 떼지 않고 말했다.

"그럼 이렇게 계속 맞고 살 거야?"

"네가 없을 땐 덜 그래. 네가 있어서 더 그런 거야."

엄마는 여전히 텔레비전에서 눈을 떼지 않은 채 말했다. 정미는 순간 자신의 몸이 얼어붙는 것 같았다.

"그럼 나 때문이라는 거야?"

"그런 말이 아니야."

"그럼? 내가 빨리 가야겠네. 내가 오는 거 엄마 반기지 않잖아."

정미는 속사포처럼 말을 쏟아 부었다. 엄마는 힘없이 말했다.

"아빠가 빨리 보내줄 거 같아? 어림도 없지."

정미는 어이가 없었다. 어릴 때 내가 당했을 때도 보호해주지 못했으면서 이제 이게 뭐람. 정미는 엄마에게 살의를 느꼈다. 그때 엄마가 한 마디 했다.

"우린 부부가 아니다. 그냥 한 집에 사는 것뿐이지."

"그게 무슨 말이야?"

정미가 큰소리로 물었다.

"네 아빠랑 잠자리한 것도 이십여 년이 다 되어간다. 그게 부부니?"

정미는 숨이 막히는 것 같았다. 그럼 아빠가 자신을 성추행할 때부터 그랬단 말인가. 정미의 손이 부들부들 떨렸다.

정미가 풀 위에 눕다를 만나고 나와 숙소로 걸어가다 사무실 쪽을 바라보았다. 여전히 많은 원주민들이 땡볕에도 불구하고 시멘트바닥에 앉아 있었다. 보는 것만으로도 숨이 막히는 것 같았다. 정미는 원주민들 쪽으로 걸음을 옮겼다. 혹시 바람소리도 있나 궁금하였다. 법정에서는 차마 눈길을 마주치지 못했지만 이곳에서는 괜찮을 것 같았다. 가까이 가서 봐도 여전히 원주민들은 구분이 되지 않았다. 그 사람이 그 사람 같았다. 감자를 캐러 갔나. 정미는 실망한 채 숙소로 발길을 돌렸다. 이틀 후에 2차 공판이니 그때는 법정에서 만나면 아는 체를 하리라. 정미는 아쉬운 마음으로 고개를 숙인 채 걸었다. 원주민 보호법이 통과되기 전에 저들은 여기를 떠나야 할 것이다. 국가 간 협정을 했고 무엇보다 일성기업이 하니 분명히 그 전에 무슨 조치가 있을 것이다. 페루 국가에서도 일성기업이 하는 일에 눈감아 줄 것이다. 이런 상황에서 자신이 원주민들을 도울 게 없다는 사실에 비참한 마음이 들었다. 자신이 어릴 때부터 누구의 도움을 받지 못했듯, 엄마가 아빠의 구타로부터 도움을 못 받듯, 약자는 도움받는 일이 극히 드물었다.

정미는 숙소 앞에 와서 걸음을 멈추었다. 조금만 걸었는데도 옷에 땀이 묻어났다. 아쉬운 마음에 원주민들을 돌아보았다. 여자 원주민 한 사람이 숙소건물에서 원주민들 쪽으로 걸어가고 있었다. 뒷모습이 눈에 익었다. 정미는 뛰다시피 원주민에게 달려갔다.

"바람소리?"

정미는 조심스럽게 불렀다.

"인상 찡그린 자."

역시 바람소리였다. 와락 안아주고 싶었지만 꾹 눌러 참았다. 바람소리는 예의 미소를 지으며 정미를 바라보았다. 바람소리는 나이가 자신과 비슷할 거라고 정미는 생각하였다. 젖가슴이 처지긴 했지만 아직 앳된 얼굴이나 탄력 있는 몸매가 20대 중반으로 느껴졌다. 문득 푸른 천둥이 떠올랐다. 바람소리와 함께 문명사회처럼 한 가족을 이루고 싶은 푸른 천둥. 푸른 천둥이 당신을 마음에 품고 있다고 말해줄까, 하다가 정미는 속으로 웃으며 참았다.

"어디 갔다 오는 거예요?"

정미가 묻자 검사를 만나고 오는 길이라고 했다.

"아니 사무실에서 만나지 숙소 쪽에서 왜?"

정미가 의아해서 묻자 바람소리는 미소도 짓지 않고 침울한 표정을 지었다. 정미는 더 이상 묻지 않았다. 보나마나 이주에 대한 협박을 했으리라 짐작이 되었다. 사무실에서 만나자니 많은 원주민들이 앞에 진을 치고 있으니 검사도 부담스러웠으리라. 정미는 머뭇거리다 말했다.

"점심 안 먹었죠?"

점심시간은 한참 지나 있었지만 시위하는 원주민들은 굶는 것 같았다. 바람소리는 고개를 끄덕였다. 하지만 괜찮다는 시늉으로 미소를 지었다.

"가요. 점심 사줄게요."

"괜찮아요. 배 안 고픕니다."

바람소리는 사양했지만 정미는 팔을 끌었다. 사무실 건물에 있는 식당으로 가면 아는 사람을 만날 것 같아 숙소 뒤쪽으로 있는 식당으로 갔다. 시위하는 원주민들 모두에게 점심을 못 사주는 게 아쉬웠다. 다행히 바람소리를 만나니 발걸음이 가벼웠다.

식당은 깨끗했고 넓었다. 장식이 화려한 것으로 보아 아마도 밤에는 술을 위주로 파는 것 같았다.

"뭐 먹을 거예요?"

정미는 메뉴판을 바람소리에게 내밀며 물었다가 아차, 했다. 무안한 마음에 고개를 들어 바람소리를 보니 조용히 미소를 띠었다.

"냉면 먹어요. 시원해요."

바람소리는 미소만 지었다. 정미는 냉면 두 그릇을 시켰다. 앉아 있으니 금방 땀이 식었다. 그러자 또다시 밖에 있는 원주민들에게 미안한 마음이 들었다. 정미는 무슨 말이든 꺼내고 싶었다.

"그러니까 시찰단이 돌아오고 두 편으로 갈렸다고요? 개발을 찬성하는 쪽과 반대하는 쪽?"

"그 전에도 찬성과 반대가 있었지만 그리 심하지는 않았어요. 근데 시찰하고 온 사람들이 돌아오자 확연히 패가 갈렸습니다."

"갔다 온 두 사람이 각각 다른 의견을 내니 그렇게 되었군요."

정미는 물수건으로 손을 닦으며 말했다. 식당에 앉아 있으니 오지에 온 느낌이 전혀 나지 않았다. 단지 앞에 앉은 이가 벌거벗고 있다는 것 외에는. 정미는 바람소리에게 물수건으로 손을 닦으라는 시늉을 했다. 바람소리는 미소만 지었다.

"그렇습니다. 한 사람은 문명사회가 좋다고 하고 한 사람은 나쁘다고 말하니 우리는 그저 현재의 일을 보고 판단할 수밖에요."

"난감하겠군요. 둘 다 부족민들에게 존경받는 사람들이라고 들었는데."

"맞습니다. 하지만 두 사람이 처음부터 의견이 달랐지요. 그래서 부족에서 두 사람을 시찰 보냈고요."

"갔다 와서 갈등이 봉합된 게 아니라 오히려 더 크게 분열되었군요."

바람소리는 미소를 지었다. 정미는 생각을 정리하고 있는데 냉면이 나왔다. 정미는 바람소리 앞에 놓은 놋그릇을 가져와 냉면에 식초와 겨자를 섞고 가위로 면을 잘라 바람소리에게 주었다. 자신의 냉면에도 겨자와 식초를 섞고 가위로 자르는데 바람소리가 갑자기 웩, 하며 구역질을 하였다.

"왜요? 속이 안 좋아요?"

정미는 당황하여 물었다. 바람소리는 냉면을 옆으로 치우며 고개를 저었다.

"못 먹겠어요? 왜요?"

정미의 말에 바람소리는 고개를 저으며 어서 먹으라는 손짓을 했다. 정미는 이상하다 생각하며 냉면을 보다가 아, 하고 자신도 모르게 작은 신음소리를 냈다. 고기였다. 그리고 계란 반 쪽. 정미는 당황하여 바람소리를 보았다. 이런 무례한 일이 있나. 죽을죄를 지었구나. 정미는 얼른 바람소리 앞에 있는 냉면을 옆 탁자로 치웠다. 그리고 자신의 것도 그 옆에 놓았다.

"미안해요. 전 냉면에 고기 있다는 생각을 미처 못했어요. 단지 시원한 걸 대접하고 싶어서."

정미의 빨개진 얼굴을 보며 바람소리는 미소를 지었다.

"아니에요. 먹어요. 난 괜찮아요."

남을 배려하는 마음에 정미는 더욱 더 미안한 마음이 들었다. 얼른 메뉴판을 보았다. 고기가 없는 음식이 무얼까 생각하는데 서빙하는 여자가 가까이 왔다. 멀리서 보고 있었던 듯했다.

"여기 된장찌개 2인분 주세요."

정미의 말에 여자는 된장찌개에도 육수가 들어가잖아요, 퉁명스럽게 말했다. 아, 그렇지. 정미는 또다시 당황하여 메뉴판을 보았다. 글씨가 흐릿하게 보였다.

"그렇게 고기 일절 안 먹으면 우리 식당엔 없어요. 절 음식 찾는 것도 아니고."

주면 주는 대로 먹지, 미개인 주제에. 여자는 냉면을 쟁반에 담아 주방으로 가며 중얼거렸다. 정미는 뜨거운 물이 정수리에 확 쏟아지는 것 같았다. 얼른 바람소리의 눈치를 보았다. 바람소리는 멀뚱히 허공을 바라보고 있었다. 여자의 말을 분명 들었을 텐데 저렇게 태연하다니.

"다른 식당에 가요. 여긴 먹을 게 없네요."

정미는 빨리 식당을 나가고 싶었다. 바람소리가 일어서자 정미는 카운터로 가서 계산을 하였다.

"광산에 일하는 것들은 잘도 먹더구면. 꼭 불순분자들이 문제야,

문제."

카운터의 여자도 화가 난 듯했다. 정미는 한 마디 쏘아붙일까 하다가 아무 말도 않고 밖으로 나왔다. 바람소리는 먼 산을 바라보고 있었다. 정미도 고개를 돌렸다. 여러 산이 하얗게 보였다. 울창한 나무로 시커멓게 보이는 다른 산과는 달랐다. 광산이 있는 산이었다.

"저 쪽으로 가요. 거기도 식당이 있어요."

정미의 말에 바람소리는 고개를 저었다.

"아까는 정말 미안했어요. 고기 없는 걸로 사 드릴게요. 가요."

정미는 팔을 끌었지만 바람소리는 고개를 저으며 미소만 지었다. 정미는 난감한 표정을 짓자 바람소리가 말했다.

"얼굴 찡그린 자."

순간 정미의 입에서 쿡, 웃음이 터져 나왔다. 미안한 마음에 답답하던 가슴이 순식간에 뚫리는 것 같았다.

"그럼 저 쪽으로 가요."

정미는 큰 나무가 있는 곳을 가리켰다. 그늘에 있으면 시원할 것 같았다. 바람소리는 순순히 따라왔다. 정미는 나무로 만든 긴 의자에 앉았다. 바람소리도 옆에 앉았다. 배고플 텐데. 정미는 자신 때문에 바람소리가 굶은 것 같아 어떻게 할까 생각했다. 가게에 가서 빵을 사 올까 하다가 빵도 그리 좋아할 것 같지가 않아 그대로 앉아 있었다.

"배 안 고파요?"

정미는 무슨 말이라도 해야 할 것 같았다. 하지만 바람소리는 미소만 지을 뿐이었다.

"저기요. 아까 식당에서 광산에 일하는 부족민들은 고기를 드신다고 하던데, 정말이에요?"

정미는 계속 의문으로 있던 것을 기어코 물었다.

"그 사람들은 먹는다고 합니다. 본격적으로 개발되면서 회사 사람들이 우리에게 고기를 비롯해 각종 음식을 주었지만 우리는 고기를 먹지 않았습니다. 하지만 시찰단이 돌아오고 개발 찬성과 반대로 나뉘지면서 찬성하는 쪽에서는 회사 측에서 주는 고기를 조금씩 먹기 시작했습니다."

"어떻게요? 그동안 고기를 일체 안 먹었는데 어떻게……."

정미는 이해를 못하겠다는 투로 말했다.

"처음엔 물고기를 주었습니다. 각종 양념으로 요리를 하니까 냄새도 별로 안 나고 또한 조금씩 다른 음식과 함께 먹으니까 별로 표시도 안 나고. 하여튼 회사 측에서 물고기 요리를 주었습니다."

"그렇게 개발하는 쪽에서는 먹기 시작했군요. 그러다가 육류까지 먹게 되고."

바람소리는 슬픈 표정을 지었다. 정미가 다시 입을 열었다.

"그러니까 음식으로 그 사람들을 길들였다 뭐, 이 말이네요. 그죠?"

"우리 부족들도 자기들과 똑같으니까 똑같이 먹고 옷도 입으라고 했습니다."

"그래서 광산에서 일하는 사람들은 모두 옷을 걸쳤군요."

정미는 이해가 간다는 투로 고개를 끄덕였다.

"처음엔 고기를 자꾸 주어 마찰이 일기도 했지요. 안 먹는 고기를 우리가 보는 데서 일부러 구워 먹기도 하고 고기를 먹으면 술과 담배를 주기도 하고요."

"그럼 그들이 주는 것을 먹은 사람들은 모두 광산으로 가서 일하는 사람들이겠네요? 옷도 입은 사람들이고. 안 먹은 사람들은 당신들처럼 숲속에서 전통적으로 살아가는 사람들이고요."

바람소리는 미소를 지었다.

"그럼, 식당에는 한 번도 안 가 봤겠네요? 하긴 돈도 없으니."

또다시 바람소리는 미소를 지었다. 그러고 보니 자신도 원주민에게 폭력을 행사했구나, 하는 생각이 들었다. 채식주의자들에게 옆에서 고기를 먹는 것 자체가 폭력인 것을. 정미는 또다시 미안한 마음이 들었다.

"저도 이제 고기 안 먹을게요. 바람소리에게 미안한 마음으로."

정미가 바람소리의 손을 잡고 말하자 바람소리는 환한 미소를 지었다.

"어떤 동물은 죽이기만 하고 고기는 안 먹어요. 그래서 썩는 냄새가 진동을 해요. 우리가 죽은 동물들을 땅에 묻어주기도 했습니다."

"동물을 죽이기만 해요? 저번에 새를 재미로 쏘는 것처럼요? 큰 동물들도?"

정미는 놀란 눈으로 바람소리를 보았다. 소름이 돋았다. 정미는 얼른 다른 얘기를 했다.

"근데요…… 마음에 두는 남자가 있으면 사랑을 하잖아요. 근데 문명인들처럼 한 남자만 마음에 두고 살 생각은 없어요?"

바람소리는 무슨 얘긴가 싶어 정미를 바라보았다.

"그러니까. 내가 마음에 품은 남자를 나만 품으면 안 되냐. 다른 여자들까지 품지 말고."

정미는 푸른 천둥을 떠올리며 말을 했지만 혹시라도 실수하는 게 아닌가 걱정이 되었다. 음식으로 실수한 것 외에는 다시는 실수하지 말고 조심해야지 싶었다.

"어떻게 그럴 수 있어요? 내가 가슴에 품었다고 다른 사람이 품지 말라고 하면 슬프잖아요. 정령께서도 그런 걸 바라지 않고요."

"그러니까…… 문명사회의 일부일처제 같은 거…… 싫다는 거 죠?"

바람소리는 무슨 뜬딴지같은 얘기를 하느냐는 듯한 표정을 지었다.

"싫고 좋고가 어디 있습니까. 마음으로 오는 건 바람처럼 오는 겁 니다. 온다고 미리 아는 것도 아니고. 가슴으로 오면 그냥 받아들이면 됩니다."

"그럼 내가 가슴에 품은 남자가 다른 여자를 사랑해도 괜찮은가 요?"

정미는 얘기를 하면서도 자신의 얘기가 터무니없다는 생각이 들었 다. 하지만 뭔가 모르게 자꾸 오기 같은 게 생겼다.

"사랑하면 어때요? 마음으로 품었으면요. 다 같이 품고 사랑도 해 야지요."

정미는 속으로 악의 같은 것이 느껴졌다. 물론 바람소리에 대한 악 의는 아니었다. 처음 사랑한 남자. 처음으로 진정 사랑으로 몸을 섞었 던 남자. 아직도 그 남자에 대해 뭔가 남아 있어 짜증나는 내 몸. 정미 는 바람소리의 손을 가만히 잡았다.

그 남자가 떠난 것은 정미와 처음으로 몸을 섞은 날이었다. 정미는 처음으로 남자를 사랑했다. 자신은 절대로 남자를 사랑하지 못할 것이라고 생각했다. 실제로 다른 대학 남학생들을 보면 남자로 느껴지지 않았고 친근감을 표시하면 정미는 한 걸음 뒤로 뺐다. 마음 한 구석에는 남자에 대한 혐오감이 있었다. 그런데 거짓말같이 사랑이 찾아왔다. 최희연. 동갑이자 옆에 있는 학교에 다니던 남자였다. 법학과였는데 착하고 생각이 깊은 학생이었다. 친구의 미팅 자리에 대타로 나갔다가 만난 사람이었는데 봉사활동도 여럿 하고 있었다. 정미는 우선 가난한 사람들을 위해 봉사하는 그런 마음이 좋았다. 집도 부자였는데 아버지와 할아버지도 법조계에 몸담고 있어 자신도 그쪽으로 갈 거라고 했다. 하지만 정미에게는 그런 것은 귀에 들어오지 않았다. 착하고 이해심이 깊어 호감이 갔다. 힘없고 어려움에 처한 사람들을 위해 살겠노라고 했을 때 정미는 이미 그 남자에게 마음이 다 간 상태였다. 평생 남자를 사랑하는 일은 없을 거라는 생각이 있었는데 전혀 예상치 않은 사랑이 찾아왔다.

정미는 행복했다. 누군가를 사랑한다는 자체가 행복한 일이구나 싶었다. 혹시 아빠에게 들킬까봐 사람들의 눈을 피해 그 남자를 만나는 데이트는 짜릿했다. 그 남자는 주위에 알려지는 것에 민감한 정미에게 뜨악한 표정을 지었지만 정미로서는 그래도 남자와의 사랑 자체가 더없이 좋았다. 사랑을 놓치고 싶지 않았다. 언젠가는 자신의 처지를 얘기하고 도움을 요청하면 흔쾌히 모든 걸 도와줄 것 같았다. 또한 전공도 법학과가 아닌가. 법적으로 대응할 때 도움을 많이 받을 것 같았다.

정미는 그 남자에게 끌린 것은 또 하나 있었다. 함부로 손을 잡거나 하지 않았다. 솔직한 마음은 그런 면에서 좀 서운한 감정은 있었다. 하지만 스킨십에 정미 자신이 거부 감정이 있기에 오히려 편안하게 만날 수 있었다. 심지어 하숙집 주인 몰래 정미 방으로 들어와 새벽까지 함께 있어도 그 남자는 정미의 몸에 일체 손을 데지 않았다. 정미는 그가 세세한 것까지 마음을 써주는 것에 감동을 받았고 평생 사랑하리라 생각했다. 다만 아빠의 문제를 언제 어떻게 그 남자에게 얘기하느냐가 고민이었다. 하지만 그 남자는 봉사활동도 하면서 고시준비하느라 바빴는데 일은 다른 곳에서 터졌다. 꼬이는 인생은 어디서든 꼬이게 마련이던가. 어이가 없던 일이었다.

만난 지 1년이 지나고 2년째 접어들 무렵이었다. 서로에 대해 알 것은 다 안다고 생각할 즈음이었는데 남자가 하숙집으로 밤늦게 찾아왔다. 몇 번 그랬듯이 사다리를 놓고 담으로 넘어온 남자는 술에 취해 있었다. 저녁을 안 먹었다기에 정미는 커피포트로 물을 데우고 컵라면을 사왔다. 라면을 먹는 모습조차도 예뻤다. 정미의 흐뭇한 표정에 남자는 라면을 먹다가 정미를 바라보았다. 정미는 따스한 웃음으로 답했다. 잠시 수저를 들고 머뭇거리던 남자는 정미에게 다가왔다.

"사랑해."

남자는 정미를 안았다. 정미는 가슴이 쿵닥쿵닥 뛰었다. 남자에게 안긴 것은 아빠 외에는 처음이었다. 하지만 두려움보다도 설렘이 더 컸다. 사랑의 힘이라고 생각했다. 남자의 입이 정미의 입을 덮쳤고 정미는 거부하지 않았다. 남자의 혀는 달콤했다. 다 사랑하자. 모두 다 사랑하자, 싶었다. 남자의 손이 가슴을 더듬었고 아래로 내려와도 정미는 참자, 했다. 몸이 굳어오는 걸 느꼈지만 남자의 손길에 몸을 맡기자 했다. 하지만 몸은 점점 뻣뻣해졌고 정미는 당황하였다. 정미는 남자의 손길을 느끼며 마음을 놓으려 했지만 자꾸만 혼란스러웠다. 마음은 뻔한데 몸이 뜻대로 되지 않았다. 마침내 남자는 정미의 속옷을 벗겼고 정미는 가만히 있었다. 남자를 안으려고 했지만 손이 말을 듣지 않았다.

"사랑해."

정미는 안간힘을 다 해 남자의 귀에다 고백했다. 내 모든 걸 다 바치겠노라는 뜻이었다. 남자는 처음인지 허둥거렸고 정미의 몸은 더 굳었다.

"나도 사랑해."

남자는 정미 위에서 허둥거리며 떨리는 목소리로 답했다. 그러면 됐다. 우리는 사랑하니까. 정미는 마음을 놓았다. 얼마 안 있어 남자는 거친 숨을 내쉬며 위에서 내려왔다. 정미는 속으로 한숨을 내쉬었다. 휴, 그래 처음이 어렵지. 나도 사랑할 수 있는 거야.

남자의 팔을 베고 누웠다. 달콤한 향이 부드럽게 방안을 떠다녔다. 안도감이랄까, 정미는 섹스 후의 노곤함으로 눈을 감았다. 근데 느낌이 이상했다. 남자의 몸이 뻣뻣했다. 자신을 안고 있는 몸이 부드럽지가 않았다. 정미 또한 편안하지가 않았다. 뭐지? 이 이상한 느낌은? 정미는 순간 불길한 느낌을 받았지만 처음으로 경험한 남자의 뻣뻣함이라고 생각했다. 정미는 어쨌든 이 행복한 순간을 누리고자 했다. 이 남자만 있으면 어떤 어려움이 닥치더라도 이겨낼 수 있으리라. 그때였다.

"에이씨."

남자는 여전히 거친 숨을 내쉬더니 상체를 벌떡 일으켰다. 정미는 화들짝 놀라 이불로 몸을 가리며 남자를 보았다. 하지만 남자는 정미와 눈길을 맞추려 하지 않았다.

"왜 그래요?"

정미는 조심스럽게 물었다. 하지만 남자는 속옷을 입고 바지와 남방을 입을 때까지 정미의 눈길을 피했다. 정미는 내가 무얼 잘못했지? 하며 반문했지만 뚜렷하게 떠오르는 게 없었다. 정미는 남자의 행동을 물끄러미 바라보았다. 남자는 화난 얼굴로 옷을 다 입더니 문을 열고 나갔다. 이럴 수가. 정미는 뭐가 잘못됐는지 몰랐지만 그냥 잘못했다고 빌고 싶었다. 하지만 몸이 꼼짝하지 않았고 입이 열리지 않았다. 문을 쾅, 닫은 남자는 신발을 신더니 다시 문을 열고 정미를 바라보았다. 충혈된 눈이었다.

"네가 그런 여잔 줄 몰랐다. 순진한 줄 알았더니."

경멸스런 표정에 정미는 아무 말도 못하고 멍하니 남자를 쳐다보았다.

"에이씨."

다시 한 번 더 남자가 인상을 찡그리며 말을 내뱉었을 때에야 정미는 벌떡 일어나 문을 잡았다.

"왜 그래요? 말을 해야 알 거 아니에요?"

정미는 자신의 말이 입에서 나오는 소리가 아니라 허공에서 나오는 것 같았다. 남자는 잠시 멈칫하더니 고개를 돌려 정미를 바라보고 소리쳤다.

"봐라. 네 처음이 아니지? 평소엔 순수한 척 내숭은 혼자 떨더니.

에이, 걸레같이."

정미는 남자의 말에 주저앉았고 남자는 담을 넘어 사라졌다. 어이가 없었다. 걸레 같다니. 그렇구나. 내가 걸레구나. 정미는 자신이 누웠던 요를 바라보았다. 구겨진 요에는 빨간 핏자국이 없었다. 그래 너는 그걸 보물처럼 여기는구나. 정미는 이를 악물었다. 그래 네가 그런 것에 목숨을 걸었다면 가라, 이 개자식아. 내가 너를 잘못 보았다. 정미는 자신의 입으로 할 수 있는 욕은 다 했다.하지만 속은 후련하지 않았다.

8

2차 공판이 시작되었고 판사는 검사에게 피고인 심문을 하라고 했다. 어젯밤에도 회사 측으로부터 술과 여자를 제공받은 판사는 눈부터 좀 붙이자 했다. 심문 내용은 들을 것도 없었다.

검사는 일어서서 피고인에게 갔다. 첫 공판 때처럼 피고인은 하의를 입지 않았다. 검사는 피고인을 보며 자신이 한심하다는 생각이 들었다. 인간도 아닌 것에 심문을 해야 하다니. 개나 돼지 같은 짐승과 다를 게 뭐가 있는가 싶었다. 하지만 국가를 위해, 경제를 위해 자신이 맡은 소임은 막중하다고 스스로 타일렀다.

검사: 피고인은 사고 당일 광산에 갔었습니까?

피고인: 예, 갔었습니다.

검사는 놀란 표정을 지었다. 피고인이 대답을 하지 않을 줄 알고 미리 준비한 질문서를 읽는 것으로 끝내려고 했는데 피고인이 답변을 하니 의아하게 생각했다.

　검사: 왜 갔습니까?

　피고인: 광산의 실태를 파악하고자 갔습니다.

　검사: 실태를 파악했습니까?

　피고인: 했습니다. 대지는 우리들의 어머니입니다. 그런 어머니가 신음을 하고 있었습니다.

　검사: 웃기는군요. 대지가 신음을 하다니. 그 다음은 무엇을 했습니까?

　피고인: 대지의 비명소리에 슬프기도 하고 겁도 나서 집으로 가려고 나왔습니다.

　검사: 가지고 간 물건은 무엇입니까?

　피고인: 아무 것도 가져가지 않았습니다.

　검사: 갱도가 폭발하는 것을 보았습니까?

　피고인: 굉음이 들려 돌아보니 갱도가 무너지고 연기 같은 게 피워올랐습니다.

　검사: 그 현장에서 다른 사람을 본 적이 있습니까?

　피고인: 없습니다.

　검사: 현장에 피고인 외에는 아무도 없었단 말이지요?

　피고인: 아무도 보지 못했습니다. 다만 갱도 안에는 사람이 있었는지 없었는지 모릅니다.

　검사: 갱도가 폭발하고 난 뒤 어떻게 행동했습니까?

　피고인: 혹 사람이 다쳤는가 싶어 가보려고 했는데 회사 사람들이 몰려가기에 집으로 왔습니다.

검사: 죄를 솔직히 인정하고 선처를 바랄 마음은 없습니까?

피고인: 죄를 짓지 않았는데 왜 선처를 바랍니까? 그리고 죄를 지었다 해도 정령에게 용서를 빌어야지 왜 당신들에게 빕니까?

검사: 법은 국가를 대신해 죄를 판단하고 형을 확정짓는데, 죄를 인정할 의향이 없다는 말이군요?

피고인: 국가가 무엇인지 모르겠으나 여기는 우리 조상 대대로 살아온 땅입니다. 이곳에서 일어난 일은 우리 부족의 왕께서 판단을 내리셔야 합니다. 당신들은 판단할 권리가 없습니다.

검사: 끝까지 죄를 인정하지 않고 신성한 법정까지 모독하는군요.

피고인: 법정은 당신들의 법정일 뿐입니다. 우리 부족의 법정이 아닙니다. 이 땅은 우리 부족들의 삶의 터전입니다. 우리의 터전에서 물러나기를 바랄 뿐입니다.

검사: 이상으로 피고인 심문을 마치겠습니다.

판사는 잠이 들려다 번쩍 깼다. 무슨 말할 게 있다고 저렇게 오래 하는가 싶었다. 판사는 변호사를 바라보았다.

"변호인 반대 심문 하십시오."

판사는 변호사를 보며 빨리 끝내라는 듯 고개를 끄덕였다. 변호사는 판사에게 인사를 하고 피고인에게 다가갔다.

변호사: 1차 공판 때는 일체 말씀을 안 하시더니 다행입니다. 피고인께서는 현장에 있었지만 범행을 저지르지 않았다고 주장하시는데 피고인이 믿는 정령께 한 점 부끄러움이 없습니까?

피고인: 정령께 부끄러운 일은 하지 않았습니다.

변호사: 만약 피고인께서 범행을 인정하고 용서를 빈다면 저 또한

재판장님께 선처를 호소할 수 있을 것인데요. 그럴 의향은 없습니까?

피고인: 짓지 않은 범행을 인정하라는 말씀이신가요? 그래서 회사에서 원하는 이주를 하라고 강요할 작정입니까?

변호사: 피고인께서는 상당히 피해의식을 가지고 계시는군요.

피고인: 당신들이 이곳에 오면서 우리 부족들은 불행해졌습니다.

변호사: 시찰을 다녀왔기 때문에 잘 아실 텐데요. 개발이 되면 부족민들이 다 잘 살게 된다는 것을요. 어땠습니까? 본국의 문명화된 나라를 보니까요?

피고인: 당신들 용어대로 말하자면 지옥이었습니다.

변호사: 지옥이라고요? 어제 증언한 푸른 천둥은 천국이 따로 없다고 했습니다. 근데 피고인은 왜 지옥이라고 생각하십니까? 만사를 그렇게 비뚤게 보니까 세상이 지옥으로 보이는 게 아닙니까"

피고인: 극히 일부사람에게만 천국이겠지요. 하지만 대다수 사람들은 불행해 보였습니다. 소수 또한 결코 행복하지 않을 거라고 확신합니다.

변호사: 시찰 가서 본 것 중 어떤 것이 불행해 보였습니까?

피고인: 본국으로 갈 때 비행기를 탔습니다. 근데 앞자리는 자리가 넓고 뒷자리는 좁았습니다. 뒷자리는 사람이 빼꼭히 앉았고 앞자리는 텅텅 비웠는데도 앞자리로 가면 안 된다고 합니다. 그곳은 돈을 많이 낸 사람이 앉는다고 합니다. 이건 있을 수 없는 일입니다. 공평하지가 않습니다.

변호사: 그건 피고인이 몰라서 그런 건데 돈이 많으면 좋은 자리 앉고 없으면 뒷자리에 앉는 것이 당연합니다. 피고인이 문명 생활을 몰

라서 그런 오해를 하신 것 같은데요.

　피고인: 그뿐만 아닙니다. 돈이 없어 병원에도 못 가는 사람을 봤습니다. 곧 죽을지도 모른다고 하던데 돈이 없다고 치료를 안 해주는 건 도저히 이해할 수 없었습니다. 돈이 많은 사람들은 언제든 병원에 갈 수 있고 병실도 크다고 들었습니다.

　변호사: 음. 역시 불순한 의도를 가지고 문명사회를 보셨군요.

　피고인: 공항에서 차를 타고 가는데 커다란 빌딩들이 많았습니다. 다들 풍요롭게 사는구나 싶었습니다. 하지만 시내 식당에서 밥을 먹는데 일하는 사람이 따로 있었습니다. 자기가 먹을 건 자신이 챙겨야지 왜 다른 사람이 챙겨줍니까? 아픈 사람도 아닌데요. 그래서 제가 직접 요리를 가져다 먹겠다고 하니까 안 된다고 합니다. 그러면 저 일하는 사람들이 제일 좋은 음식을 먹는 거냐고 물었더니 종업원이 어떻게 제일 좋은 것을 먹을 수 있느냐고 했습니다. 노는 사람은 좋은 것을 먹고 일하는 사람은 안 좋은 것을 먹습니다.

　변호사: 그건 피고인이 문명사회를 몰라서 그러는 겁니다. 정당하게 돈을 내고 음식을 사먹는 것입니다. 여기처럼 자급자족하는 게 아니라 분업화가 되어 생산하는 사람과 소비하는 사람이 다릅니다. 각자 하는 일이 다를 뿐이지요. 일하는 사람도 대가를 받습니다.

　피고인: 알아보니 그 대가가 일하지도 않는 사장이라는 사람보다 적게 받습니다. 또한 언제든 사장 맘대로 종업원이라는 사람들을 일 못하게 할 수도 있다고 했습니다. 실제로 어떤 곳에서 봤습니다. 붉은 띠를 머리에 두르고 길가에서 구호를 외치는 사람들을 보았습니다. 저를 안내하는 사람에게 물어보니 별거 아니라고 했습니다. 하지만

저는 그 사람들에게 다가가 물어보았더니 일하는 곳에서 쫓겨나서 그렇다고 했습니다. 여기서 쫓겨나 당장 굶어죽게 생겼다고 했습니다. 먹을 것을 구하기 위해 일하고 싶은데 일을 못하게 하는 것은 사람을 죽이는 거나 같습니다. 안내한 사람이 서둘러 저를 다른 곳으로 끌고 가서 많은 얘기를 못해 봤지만 그런 일이 전국에서 많이 일어나는 것 같았습니다. 밤에 텔레비전을 보았더니 그런 일이 많았습니다.

변호사: 그건 극히 일부의 일입니다. 큰 기업에서 수만 명의 사람들에게 일거리를 주고 돈을 줍니다. 그 돈으로 종업원들은 풍족하게 잘 삽니다. 그러니까 기업이 잘 살아야 온 국민들이 일자리를 얻을 수 있고 잘 살 수 있는 것이지요. 기업이 국민을 먹여 살린다고 할 수 있겠지요. 피고인은 그래서 개발을 반대하는 겁니까?

피고인: 개발을 해서 그런 불행한 사람이 생기길 원하지 않습니다.

변호사: 대부분 풍요롭게 잘 삽니다. 어쩌다 게으르고 놀기 좋아하는 사람이 그런 경우가 가끔 있긴 합니다. 하지만 그런 면을 보고 문명사회 전체를 판단하면 안 됩니다.

피고인: 개발 되어서 열사람이 행복하고 한 사람이 불행하다면 개발을 하지 말아야 합니다. 그 한 사람이 슬프잖아요. 다 같이 웃고 다 같이 울고 해야 합니다. 누구는 웃고 누구는 우는 사회는 좋은 사회가 아닙니다.

변호사: 피고인은 상당히 삐뚤어진 생각을 가지고 있군요. 좋은 점도 많을 텐데요.

피고인: 그 뿐만 아닙니다. 어느 날 길을 가고 있는데 길에 한 사람이 엎드려 누워서 통을 내밀고 있었습니다. 이 사람은 왜 이러고 있

나 싶어 가까이 가보니 다리가 썩어 들어가고 있었습니다. 돈이 없어 병원에 못 간다고 합니다. 그래서 전 주머니에 있는 돈을 모두 꺼내어 그 사람에게 주었습니다. 그러자 그 사람은 놀란 표정으로 저를 바라보더군요. 그때 저를 안내해주던 분이 황급히 주었던 돈을 도로 빼앗더군요. 이 사람이 아직 세상물정을 몰라서 그렇다, 그러면서 돈 한 장을 빼서 주고는 나머지는 저에게 주더군요. 저는 이상해서 물어보았습니다. 아프면 당연히 병원에 가서 치료를 받아야 하는데 돈이 없어서 못 받다니요. 그런데 돈조차도 못 주게 합니다. 도저히 이해가 안 갔습니다. 안내하는 분 얘기로는 저런 사람들에게 돈을 주면 버릇되어 평생 저러고 산다, 그러니 도와주면 안 된다고 합니다. 참 어이가 없었습니다. 결국 저는 주지 못했습니다.

변호사: 스스로 벌어먹어야 인간 아닙니까? 일할 능력이 되는데도 일하지 않고 게으른 사람은 굶어야 합니다.

피고인: 다 사정이 있겠지요. 게으른 사람과도 함께 먹어야 합니다.

변호사: 그럼 모든 사람이 게으르게 생활하면 생산은 누가 하고 많은 사람들이 어떻게 먹고 삽니까?

피고인: 먹을 만큼만 생산하면 됩니다. 먹을 거보다 더 많이 생산하면 낭비입니다. 공장에 다니는 사람들을 만나보았습니다. 그들은 하나같이 아침 일찍 출근해서 밤늦게 퇴근했습니다. 그런데도 항상 빚지고 있었습니다. 그래서 알아보니까 사장이나 임원들은 많은 돈을 가져가고 실제로 생산하는 종업원들은 조금밖에 못 가져갑니다. 종업원이 밥 한 그릇을 가져간다면 임원들은 밥 백 그릇을 가져갑니다. 그러니 종업원들은 항상 빚에 허덕이지요. 이해가 안 갑니다. 똑같이 나

뉘야지 왜 임원들은 백배나 더 많이 가져갑니까? 임원들이 더 많이 가져가기 위해 정규직을 비정규직으로 만들고 회사가 이익금을 많이 남겼는데도 구조조정이라 하여 회사원들을 명예퇴직시키는 것도 보았습니다. 풍요롭게 산다고 했는데 부자들만 풍요롭고 노동자들은 풍요롭지가 않았습니다.

　변호사: 피고인은 굉장히 안 좋은 쪽으로만 보고 왔군요. 그저께 증언한 푸른 천둥과 함께 시찰을 했는데 어떻게 두 사람이 정반대의 견해를 가질 수 있는 거지요?

　피고인: 푸른 천둥과 함께 갔지만 나중엔 따로 다녔습니다.

　변호사: 따로 다니다니요? 안내하는 사람이 없었나요?

　피고인: 한 6개월 정도는 안내하는 사람과 같이 다녔는데 행동에 제약이 많았습니다. 보고 싶은 것도 못 보고 알아보고 싶은 것도 못하게 해서 6개월쯤에 저는 혼자 다니겠다고 했습니다. 6개월 정도 지나니까 혼자 다녀도 되겠더라고요. 물론 안내책자와 지도를 가지고 말이지요. 푸른 천둥은 안내원과 함께 계속 다녔지만 말입니다.

　변호사: 그래서 피고인은 혼자 다니며 사회의 어두운 면만 봤군요. 세상 어디에나 어두운 곳은 있지요. 그게 전부는 아닙니다. 그것은 극히 일부이고 또한 게으르고 놀기 좋아하는 사람들이고 대다수 사람들은 열심히 일해서 풍요롭게 살고 있습니다.

　잠을 자던 판사가 눈을 떴다. 변호사와 피고인이 하고 있는 얘기를 듣더니 그만하라고 했다. 변호사는 머뭇거렸고 피고인은 더 말할 시간을 달라고 했다. 시찰해서 보고 들은 것을 말해야 왜 자신이 개발을 반대하는가에 대한 답이 될 것이라고 했다. 판사는 개발에 반대하는데 왜 사람을 죽였느냐고 했고 피고인은 그건 음모이며 회사가 우리 부족들을 이주시키기 위한 계략이라고 했다. 그러니 자신이 시찰을 다녀와서 느낀 점을 얘기하는 것은 이번 재판의 핵심이라고 했다. 판사는 검사와 변호사를 부르더니 상의했다. 변호사는 찬성을 했고 검사는 반대를 했다. 판사는 곰곰이 생각하다가 계속 심문을 하라고 했다.

변호사: 피고인은 이 재판이 음모라고 했는데 무슨 뜻입니까?

피고인: 이 재판은 저에 대한 재판이 아니라 우리 부족민들에 대한 협박입니다. 그러니까 회사 측의 말을 안 들으면 어떻게 되는 줄 아느냐? 죽을 수도 있다는 것을 보여주는 것입니다.

변호사: 피고인은 굉장히 위험한 발언을 하고 있는데 여긴 신성한 법정입니다. 허위로 말을 하면 처벌을 받게 됩니다. 발언에 신중을 기해주시기 바랍니다.

피고인: 사실을 말했을 뿐입니다. 시찰을 다녀온 후 저에게 회유와 협박이 들어왔습니다. 개발을 찬성하도록 부족민들을 잘 설득해 달라는 것이었습니다. 시찰을 보내준 회사 측에서 말이지요. 하지만 전 그 말을 듣지 않았습니다. 처음에 말씀드렸듯이 문명화된 사회는 지옥이었습니다. 일부 잘 사는 사람들이 있긴 했지만 그 사람들은 극소수였습니다. 개발해서 극소수만 잘 살게 되고 나머지는 못 사는 사회를 우리 부족의 미래로서 받아들일 수 없었던 것입니다. 근데 회사 측에서는 개발을 찬성하도록 해주면 회사에 고위직으로 자리를 주겠다고 했습니다. 그러면 평생 편안하게 살 수 있다고 했습니다. 푸른 천둥이 어떤 기술도 능력도 없는데도 회사의 높은 직위에 있습니다. 개발

을 찬성하도록 설득했기 때문입니다. 처음에 회사 측의 말을 듣지 않자 아무도 모르게 죽을 수도 있다고 했습니다. 저 하나쯤 없애는 것은 회사 측에선 어려운 게 아니겠지요. 하지만 제가 계속 개발에 반대하자 이번엔 이주 문제를 들고 나왔습니다. 조만간에 이주를 하게 될 것이다, 이주에 찬성하고 부족민들을 설득시켜달라는 것이었습니다. 그러면 부족민들도 풍요롭게 살 수 있도록 해주고 저에게도 관리를 할 수 있는 직책을 주어 평생을 편안하게 살 수 있도록 해주겠다고 했습니다. 하지만 문명사회의 폐해를 목격한 저로서는 절대로 회사 측의 제안을 받아들일 수 없었습니다.

변호사: 그러니까 회사 측이 협박을 했다는 말인데 피고인 외에 누구 아는 사람 있습니까?

피고인: 저만 알고 있습니다. 저 혼자 있을 때 회사 측에서 회유를 했습니다.

변호사: 그래서 회유가 안 되니까 피고인을 죽이려 했다고요? 회사 측에서?

피고인: 말을 그렇게 했습니다.

변호사: 신변의 위협을 느낀 적은 있었습니까?

피고인: 없었습니다.

변호사: 그럼 피고인이 회사 측을 무고하는 것으로 간주될 수 있습니다. 회사 측에서 위협했다는 증거도 없으면서 그런 말을 하면 안 됩니다. 당신의 변호인으로서 말을 조심해서 하실 것을 권고합니다.

피고인: 물론 그 뒤로 어떠한 위협도 없었던 것은 사실입니다. 하지만 이번 광산 폭발 사건에서 저를 범인으로 지목하여 처벌하려고 하

는 것 자체가 그동안 회사 측에서 위협한 것과 같은 것으로 생각됩니다.

변호사: 그러니까 피고인이 회사 측의 회유에 안 넘어가니까 폭발 사건의 범인으로 몰았다, 이겁니까?

피고인: 그렇습니다. 제가 범인이라는 증거는 없습니다. 단지 현장에 있었던 사람이 저 외에는 없었다는 것 외에는요. 하지만 전 분명히 광산을 폭발할 아무런 무기도 없습니다. 그 정도로 폭발이라면 폭발물의 상당량이 필요할 텐데 저에겐 그런 폭발물이 없습니다.

변호사: 수사기록에 의하면 회사의 창고에 있던 폭발물 한 상자가 없어졌다고 합니다. 회사 측에서는 누군가 밤에 들어와서 훔쳐갔다고 하던데 누가 그걸 훔쳐갔겠습니까? 회사 측에 앙심이 있는 사람이 누굽니까? 그 사람이 훔쳐갔지 않았을까요?

피고인: 제가 시찰가서 본 것 중 재판도 있었는데요. 철저하게 증거를 위주로 하더군요. 근데 제가 개발을 반대하니까 훔쳐갔을 것이다, 라고 추측으로 범인으로 모는 것은 문명국의 기본 법체계로 이해할 수 없습니다.

변호사: 그래서 제가 피고인을 변호하려고 하는 겁니다. 피고인이 범인이 아니라면 보호해주기 위해서 말이지요. 수사기록을 봤을 때 피고인이 범인이라는 확신이 든다는 겁니다. 그래서 피고인이 범행을 시인하고 선처를 바라면 제가 재판장님께 온정을 베풀어달라고 호소할 수 있다는 겁니다.

피고인: 폭발물은 회사에서 갱도에 많이 사용합니다. 그럼 그 날도 갱도에서 사용했을 텐데, 혹시 회사 측에서 실수를 한 것으로는 보지

않습니까?

변호사: 물론 폭발물을 다루면 실수할 수 있겠죠. 하지만 그 날 일한 전문가들은 하나같이 실수는 없었다고 주장합니다. 그들은 모두 전문가입니다. 그들의 말을 믿지 않으면 누구를 믿겠습니까?

피고인: 믿어야겠지요. 어쨌든 전 폭발물을 훔치지 않았고 폭발도 시키지 않았습니다. 단지 부족민들의 이주를 시키기 위해 저를 범인으로 지목하고 재판을 하는 것이라 생각합니다.

변호사: 그러면 피고인은 상당히 불리해집니다. 많은 사람들이 죽거나 다쳐 극형을 피하기 어려운 상황인데 이러면 더욱 더 불리합니다. 범행을 시인하는 게 피고인에게 유리합니다. 피고인을 변호하는 입장으로서 간곡히 부탁드립니다.

피고인: 시인이 아니라 사실을 말씀드리는 겁니다. 또한 이주는 절대로 반대합니다. 설사 저를 이용해 이주를 획책해도 부족민들이 속지 않을 겁니다.

변호사: 변명과 거짓으로 사실을 호도하려고 하면 안 됩니다. 법으로 사회가 질서를 잡아갑니다.

피고인: 우리는 법이 없습니다. 하지만 회사가 오기 전에는 혼란에 빠진 적이 한 번도 없었습니다. 평화로웠고 부자 가난한 자, 귀한 사람 천한 사람으로 나눠지지 않았습니다. 하지만 문명 세계를 보았을 때 법이 잘 되어 약자를 보호한다고 하나 오히려 약자는 더 도움을 못 받고 서럽게 살고 있었습니다. 정의가 있다면 변호사가 왜 필요합니까? 변호를 하지 않아도 진실이 있을 진데 꼭 변호사가 변호를 해야 형을 적게 받고 돈이 없어 변호사를 의뢰하지 못하면 형을 무겁게 받

습니다.

변호사: 사회의 모든 것에 불만이 많군요. 그럼 안내자 없이 혼자서 6개월 동안 다녔다는데 주로 어떤 곳에 다녔습니까?

피고인: 우선 10여 개의 신문을 봤습니다. 정치면은 하나도 모르겠고 사회면을 봤는데 곳곳의 문제를 보고 현장에 찾아가기도 했습니다. 예를 들면 우리 부족에는 없는 말인 독거노인이라는 말이 있습니다. 이게 무슨 뜻인가 했더니 돌보는 사람 없이 혼자 사는 나이 많은 사람을 지칭하더군요. 길거리에 넘쳐나는 사람들은 다 어디에 가고 혼자 사나 싶었습니다. 더욱 슬픈 일은 먹을 게 없어 굶거나 죽지 않을 만큼만 먹는다는 사실입니다. 또한 아픈데도 병원에도 못 갑니다. 돈이 없어서요. 돈이 없으면 치료도 안 해 준답니다. 그래서 제가 찾아간 독거노인 한 분은 많이 아픈 상태였는데 제가 부축해서 병원에 갔습니다. 그랬더니 영양실조라더군요. 회사 측에서 항상 얘기하는 풍요로운 나라에서 영양실조라니요. 심한 영양실종에다 각종 병이 있어 병원에서도 어찌지 못한다고 합니다. 의사가 저한테 왜 이제야 데리고 왔느냐고 호통을 쳤습니다. 저는 죄송하다고 용서를 빌었습니다. 그 분은 며칠 못 가 정령께 갔습니다. 나중에 얘기를 들으니 그래도 이 분은 저를 만나 다행이었다고 합니다. 어떤 독거노인은 죽은 지 몇 개월, 심지어 일 년 뒤에 발견되기도 한답니다. 그러다 며칠 뒤 집에서 신문을 보았는데 일가족 세 명이 굶어죽었다는 기사가 났습니다. 어머니와 딸 둘입니다. 슬퍼서 눈물이 났습니다.

변호사: 어느 사회나 어두운 점은 있습니다. 그런 경우는 극히 일부분이지요. 또한 본인이 열심히 노력해서 살 생각을 해야지 국가에 기

대려고 하면 안 됩니다.

피고인: 국가는 국민을 보호해야 합니다. 국민을 보호하지 않는 국가는 이미 국가로서의 자격이 없습니다. 제가 본 바로는 국가가 일부 권세를 가진 사람들이나 부자들 편에 서 있었습니다.

변호사: 아직 법체계를 잘 모르는 상태에서 편협한 시각을 가지고 호도를 하고 있군요. 그래서 회사 측을 못 믿는 겁니까?

피고인: 꼭 그것만이 아니라 모든 걸 믿지 못합니다. 정령이 깃든 산을 파괴하는 사람들을 어떻게 믿겠습니까. 회사 측은 다른 곳으로 이주를 하면 커다란 농장을 만들어 많은 곡식을 수확하여 먹고 사는 걱정이 없게 한다고 했습니다. 하지만 제가 가본 농장은 생지옥이었습니다.

변호사: 생지옥이라니요? 도대체 어딜 갔는데 그런 선동을 합니까?

피고인: 여러 군데 갔는데, 처음 간 곳은 돼지 농장이었습니다. 몇 사람이 수백 마리를 기른다고 자랑하더군요. 가 보았습니다. 차마 눈 뜨고 볼 수 없는 지경이었습니다. 쇠로 만든 칸막이로 된 공간은 몸 크기와 비슷하여 돌지도 못하고 계속 같은 자세로 있어야 했습니다. 그 자리에서 먹고 그 자리에서 똥을 쌉니다. 그러다 크면 도살장에 끌려가 죽습니다. 평생을 이렇게 삽니다. 어떻게 가족 같은 동물을 그렇게 할 수 있는지 도저히 이해가 가지 않았습니다. 양조장에도 마찬가지였습니다. 닭들이 몸도 움직이지 못할 크기에 갇혀 먹고 알 낳는 일만 평생 하다가 도살장에 끌려갑니다.

변호사: 그건 피고인이 이런 초원지대에서 살다보니 몰라서 그런 겁니다. 인구는 많고 땅은 좁은데 어떻게 자연 방목을 합니까? 적은 비

용으로 많이 생산해야 가난한 사람들이 싸게 사 먹을 수 있지 않겠습니까? 이런 오지에서 사는 관점으로 문명을 바라보는 피고인의 편협한 시각이 참으로 우려스럽습니다. 그런 관점에서 부족민들을 호도하고 선동하여 일성기업이 개발을 하지 못하도록 막는 점에 참으로 유감스럽습니다. 본 변호사는 비록 국선이나 법을 모르는 피고인을 위해 최선을 다 하려고 했지만 피고인의 문명에 대한 악의적인 감정으로 더 이상 변호를 할 수 없기에 이로써 심문을 마치겠습니다.

변호사는 말을 마친 후 자리로 돌아갔다. 판사는 피고인을 물끄러미 바라보았다. 저 무식한 게 입이 있어 제법 그럴 듯하게 지껄이는구나. 본국에도 저런 불평분자들이 많아 사회를 어지럽히지. 법이 얼마나 엄중한지 보여주리라. 판사는 폐정을 선언하려다 피고인을 보고 물었다.

판사: 피고인은 본국 시찰을 다녀온 소감을 피력하였는데 계속 안 좋은 점만 얘기했습니다. 또 있습니까?

피고인: 많습니다. 노숙자 문제도 그렇습니다. 노숙자 중에 대부분 멀쩡하게 직장에 다니다가 명퇴한 사람들이 많았습니다. 앞에서도 얘기했지만 국가는 국민을 보호하고 먹여 살리는 게 도리라고 생각합니다. 근데 호의호식하는 사람들이 있는 반면에 집도 없어 노숙하는 사람들이 있는 게 과연 풍요롭고 살기 좋은 나라인가 싶습니다. 재벌과 노동자로 구분하는 것도 이해가 안 됩니다. 같이 일하고 같이 나누어야지 누구는 저임금에 겨우 먹고 살 정도로 밥을 주고 누구는 으리으리한 집에 고급 승용차를 몰면서 가정부나 비서까지 두고 사는 것은 이해가 안 됩니다. 또한 돈만 많으면……

판사: 됐습니다. 뭔 눈에는 뭐만 보인다고. 그럼 한 가지 묻겠습니다. 좋은 점은 없었습니까? 하나라도 없었나요?

피고인: 있었습니다.

판사: 뭔가요? 그건 이 자리에서 말할 수 없나요?

피고인: 말할 수 있습니다. 어린이대공원에 갔습니다. 아이들이 부모와 같이 와서 놀이기구도 타고 뛰어노는 걸 보고 이런 곳도 있구나 싶었습니다.

판사: 어린이대공원이 좋았지요? 그러니까 피고인이 미처 보지 못한 좋은 점이 많다고는 생각지 않으십니까?

피고인: 물론 제가 본 것은 한정되었습니다. 인정합니다. 짧은 시간에 신문과 텔레비전을 보고 현장에 가본다 해도 많은 제약이 있어 제대로 파악 못한 것은 사실입니다. 하지만 어린이들이 뛰어노는 모습을 보고는 어린이에 대한 정책은 잘 되어 있구나, 생각했습니다. 그런데 아니었습니다. 놀이가 끝나면 집으로 갑니다. 다음 날 아침 일찍 일어나 학교에 갑니다. 끝나면 학원으로 갑니다. 집에서 저녁 먹고 또 학원가거나 집에서 밤늦게까지 공부해야 합니다. 시험이란 게 있어 성적이 안 좋으면 부모에게 꾸지람을 듣고 아이 역시 열등의식을 가집니다. 왜 그렇게 공부해야 하는지 처음에는 이해하지 못했습니다. 나중에 알아보니 공부를 하지 않으면 돈을 많이 받고 편한 곳에 취직을 못하니까 그렇습니다. 공부를 잘하는 일부 아이들만 좋은 직장에 취직하고 대부분 사람들은 힘들고 돈을 조금밖에 못 받는 곳에 취직합니다. 이러니 부모로서는 엄청난 돈을 들여 아이를 공부시킵니다. 아이는 아이대로 맘껏 뛰어놀지 못하고 죽을 지경이지요. 왜 사회에서

아이를 책임지지 않는지 궁금합니다. 아이는 사회 구성원이고 앞으로 사회를 지탱할 사람들입니다. 그런데 아이를 먹여 살리고 교육시키는 건 부모에게 하라고 합니다. 아이는 내 아이 네 아이 없이 공동으로 키워야 하는데 말입니다. 부모로서도 집 사랴 아이들 공부 시키랴, 자신의 놀이는 하나도 못한 채 아이 키우기에 모든 것을 바칩니다. 그나마 그런 재력이 있는 사람은 낫습니다. 돈이 없는 아이들은 학원이나 과외를 안 하기 때문에 성적이 떨어지고 그러니 소위 좋은 대학 못가고 취직도 못합니다. 돈 많은 부모 만난 아이들은 좋은 데 취직하고 가난한 부모 만난 아이들은 안 좋은 데 취직합니다. 아이들의 재능과 관계없습니다. 참 슬픈 일입니다.

판사: 열심히 노력하면 다 이뤄질 수 있는 세상입니다. 그런 삐딱한 시선으로 보니까 세상이 어둡게 보이는 겁니다. 자신만 노력하면 언제든 좋은 대학 가고 좋은 데 취직할 수 있습니다. 본인이 게을러 그런 거지요. 여기에도 게으른 사람이 있지 않습니까? 그런 사람은 당연히 못 사는 것은 자연의 이치 아닙니까?

피고인: 여기는 게으른 사람도 똑같이 먹습니다. 이유가 있기에 그렇겠지요. 몸이 아프거나 다른 할 일이 있는 경우에요. 그렇지 않아도 하기 싫을 땐 하지 말아야지요. 그땐 다른 사람들이 좀 더 많이 일하면 됩니다. 다른 사람들 또한 언젠가는 일을 못할 때가 있으니까요.

판사: 그러니까 여기는 못 사는 거예요. 왜 일을 많이 하고 적게 하는 사람들이 똑같이 나눠 갖느냐고요. 일한 만큼 가져가야지요. 그게 공평하지요. 그러니 개발을 해서 문명화가 되어야 합니다.

피고인: 사람은 태어날 때부터 각자 다르게 태어납니다. 예를 들면 감자를 잘 캐는 사람이 있고 높은 나무에 올라가 열매를 잘 따는 사람이 있습니다. 둘 다 어느 것이 중요하다고 얘기할 수 없습니다. 똑같이 중요한 일입니다. 그런데 태어날 때부터 그런 일을 못하는 사람이 있습니다. 그렇다고 그런 사람은 적게 먹어야 합니까? 아닙니다. 그런 사람은 나름대로 잘하는 게 있습니다. 우리가 일할 때 노래를 불러준다든지, 재미있는 이야기를 들려준다든지, 그 사람이 잘하는 게 있습니다. 그걸 하면 됩니다.

판사: 평생 오지에서 살아왔으니 말이 통하지 않는군요. 이것으로 공판을 마치고 이틀 후에 3차 공판을 하겠습니다. 폐정하겠습니다.

판사는 서둘러 폐정을 하고 자리에서 일어섰다. 그리곤 변호사와 검사에게 자신의 사무실로 오라고 하였다.

정미는 법정에서 나오며 원주민들을 돌아보았다. 역시 바람소리는 뒷자리에 있었다. 판사가 나가고 나자 원주민들은 일어섰다. 정미는 바람소리에게 가볼까 하다가 회사 사람들 이목이 있어서 그만두었다. 요즘 회사 사람들의 신경이 날카로워 있었다. 사무실로 갔는데 변호사는 보이지 않았다. 아마도 판사에게 간 것 같았다. 정미는 창 쪽으로 걸어가 밖을 내려다보았다. 원주민들이 사무실 앞으로 몰려들고 있었다. 정미는 원주민들이 달아오른 시멘트 포장 위에 앉는 것을 보는 것만으로도 몸이 더워지는 것 같았다. 그때 정미는 원주민들 사이에서 바람소리를 발견했다. 자신도 모르게 미소가 얼굴에 번졌다. 정미는 변호사를 기다릴까 하다가 밖으로 나와 곧장 바람소리에게 다가

갔다. 바람소리는 원주민들과 오다가 정미를 보고는 미소를 지었다.

"우리 저리 가요."

정미는 바람소리에게 큰 길 쪽을 가리켰다. 바람소리는 여전히 미소를 지으며 따라왔다. 바람소리와 걷는 것만으로도 기분이 좋았다. 둘이는 말없이 걷다가 정미가 숲속으로 들어가자고 했다. 옆으로 지나가는 회사 사람들이 아무래도 눈에 거슬렀다. 어제 변호사는 원주민들과 어울리느냐고 물었다. 정미는 대답은 않고 왜 그러느냐고 되물었더니 소문이 그렇게 났다고 했다. 그러면서 원주민들은 속임수에 능하니 조심하라고 했다. 정미는 알았다고만 했다.

"오늘 공판 어땠어요?"

정미의 물음에 바람소리는 미소만 지었다. 그러자 정미는 자신이 너무 막연하게 물었다는 것을 알았다.

"풀 위에 눕다 얘기 잘하던데요? 문명사회에 대한 얘기 많이 들었어요?"

정미는 자신이 풀 위에 눕다를 설득한 것을 은근히 자랑하고 싶어 입이 근질근질 했지만 참았다.

"많이 들었습니다. 오늘 얘기도 여러 번 들은 얘기입니다."

"그래요? 그럼 오늘 한 얘기 말고 또 어떤 얘기했어요?"

정미는 궁금하여 바람소리를 바라보며 말했다.

"왕 이야기요. 거기는 회장 사장이라고 부르는데 사람들에게 왕 노릇을 한데요. 그 가족들도 왕 노릇하고요. 왜 같이 일하면서 왕이 있고 고생하는 사람들이 있는지 궁금해요. 그냥 다 같이 일하고 똑같이 먹으면 될 텐데요."

"그렇네요."

정미는 딱히 할 말이 없었다. 풀 위에 눕다의 말도 대부분 공감 가는 내용이었다. 오랫동안 그 제도에 길들여진 사람들은 그 제도를 당연히 여기게 되는데 처음 겪는 사람들은 문제점을 알아보는 것 같았다.

"또요?"

정미는 호기심으로 물었다. 잠깐만요. 바람소리가 말을 하려는데 정미는 자리에 멈춰 섰다. 정미는 미안한 마음에 미소를 지어보였다. 원주민들은 어떠한 경우에도 다른 사람이 말을 하는 도중에 끼어드는 법이 없었다. 저, 정미는 주위를 보며 망설이자 바람소리는 무슨 일인가 정미를 바라보았다.

"나 옷 벗을래요. 그래도 되죠?"

정미는 쑥스런 미소를 짓다 남방을 벗었다. 바람소리는 무슨 일인가 눈을 동그랗게 뜨고 정미를 바라보았다. 정미는 브래지어를 벗고 바지를 벗었다. 여전히 바람소리는 무슨 일인가 싶은 표정으로 정미를 바라보았다. 정미는 팬티마저 벗고 옷을 나뭇가지에 걸쳐두고 바람소리를 향해 돌아섰다.

"어때요? 이제 당신과 같죠?"

정미는 얼굴이 빨개진 채 물었다. 바람소리는 대답 대신 미소를 지었다. 정미는 두 팔을 벌리고 한 바퀴 빙그르르 돌았다. 아. 입에서 감탄이 나왔다. 몸이 날아갈 것 같았다. 또다시 빙그르르 돌았다. 피부세포 하나하나가 살아나는 것 같았다. 머리도 맑아졌다. 바람소리는 여전히 아무 말도 안 하고 미소를 지으며 바라보기만 했다. 몇 번 두 팔을 벌리고 몸을 돌던 정미는 바람소리를 바라보며 말했다.

"진작부터 옷을 벗고 싶었어요, 당신들처럼. 어때요? 나도 당신들과 같죠?"

바람소리는 대답 대신 미소를 짓다가 주위를 두리번거렸다. 그러더니 숲속으로 들어갔다. 정미는 왜 그런가 하고 바람소리를 물끄러미 바라보았다. 바람소리는 나무에 달린 손톱만 한 열매를 따기 시작했다. 정미는 가까이 갔다. 파란 열매인데 앵두만 했다. 정미도 땄다. 아마 바람소리가 뭔가 할 것 같았다. 이벤트랄까. 잔뜩 기대되었다. 바람소리는 정미가 따는 걸 보고 미소만 지었다. 정미도 미소를 지어보였다. 한 움큼 정도 되자 바람소리는 주위를 둘러보더니 바위가 있는 곳으로 갔다. 평평한 바위 위에 돌을 가져와 열매를 찧기 시작했다. 그러자 빨간 즙이 흘러나왔다. 겉은 파란색인데 속은 빨간색이었다. 정미도 돌을 주위와 바위의 평평한 부위를 찾아 열매를 놓고 찧었다. 대충 감이 잡혔다. 아무래도 몸에 문신을 새길 것이었다. 정미는 잔뜩 기대한 채 열심히 열매를 찧었다. 바람소리는 한참동안 찧더니 엄지손가락으로 짓이겨진 열매를 만져보았다. 정미가 돌아보자 엄지손가락으로 즙을 찍어 정미에게 다가갔다. 정미는 가만히 있었다. 그러자 바람소리는 손가락으로 정미의 이마에서 볼로 쭉 그었다. 시원한 느낌이 얼굴에 느껴졌다. 또다시 이마에서 코로 줄을 그었다. 다시 즙을 찍더니 줄을 그었다. 아. 정미는 눈을 감았다. 몸이 공중에 붕 뜨는 것 같았다. 나무와 하나가 되고 풀과 하나가 되는 것 같았다. 공기와 바람과 한 몸이 되는 것 같았다. 손가락이 어깨를 거쳐 젖가슴을 거쳐 음부를 거쳐 허벅지를 지나갔다. 또다시 어깨를 거쳐 유두를 거쳐 배꼽을 거쳐 음부를 거쳐 허벅지를 거쳐 다리로 내려갔다. 또다시, 손가락이 어깨에서 유두를 거쳐 배꼽을 거쳐 금방이라도 오줌보가 터질 것 같은 음부를 거쳐 허벅지를 거쳐 다리로 내려갔다. 아. 정미는 탄성을 질렀다. 몸이 산산이 흩어지는 듯했다. 정미는 몸이 나무가 되었다가 풀이 되었다가 공중으로 흩어지도록 내버려두었다. 자신을 느낄 수 없었다.

얼마나 지났을까. 여러 번 선을 긋던 손이 멈추었다. 정미는 눈을 떴다. 미소를 짓는 커다란 바람소리의 얼굴이 눈에 들어왔다. 정미는 미소를 지었다. 자신의 얼굴이 어떤지 보고 싶으나 거울이 없었다. 우물도 없었다. 그래도 좋았다. 대충 짐작이 갔다. 정미는 바람소리를 보고 또다시 미소를 지었다.

"제가 해 줄게요."

정미는 자신이 낸 즙을 찍어 바람소리의 이마에 발랐다. 바람소리가 한 것처럼 이마에서 볼을 거쳐 턱으로 내려왔다. 검은 피부에 빨간색이 그어지니 강렬하게 느껴졌다. 또다시 즙을 찍어 이마에서 볼을 거쳐 턱으로 그었다. 바람소리는 미소를 머금은 채 눈을 감았다. 정미는 계속 찍어 발랐다. 마치 무아지경에 빠진 듯했다. 바람소리의 몸이 팽창되는 걸 느꼈다. 정미는 멈추지 않았다. 어떨 땐 바람소리의 몸에 바르는 것이 아니라 자신의 몸에 바르는 것 같은 착각에 빠지기도 했다. 즙을 바른 손가락이 곧 터질 것 같은 젖가슴을 거쳐 튀어나올 것 같은 유두를 거쳤다. 바람소리의 몸이 움찔거렸다. 무릎을 거쳐 발로 죽 그었다. 이마와 몸에 땀이 배어났고 열기가 활활 타올랐다. 또다시 손가락으로 어깨에서 튀어나올 것 같은 유두로 내려갔다.

얼마쯤일까. 정미는 바람소리의 몸에 문신을 다 그은 후 바닥에 주저앉았다. 심한 운동을 한 것 같았다. 마음은 한없이 평온했다. 바닥에 누웠다. 자신의 몸이 느껴지지 않았다. 눈을 감았다. 느껴지는 게 없었다.

한참 후 정미는 눈을 떴다. 아무것도 보이지 않았다. 고개를 옆으로 돌리자 바람소리가 보였다. 바로 옆에 누워 있었다. 눈을 보았다. 아, 이 무구한 눈빛이라니. 정미는 바람소리를 와락 안았다. 머리가 턱 밑으로 왔는데도 자신이 안긴 듯했다. 마음이 한없이 편안했다. 바람소리도 정미의 등을 팔로 두른 채 가만히 있었다. 바람소리의 심장 뛰는 게 느껴졌다. 몸의 세포 하나하나가 일어서는 것 같았다. 새소리도 바람소리도 들리지 않았다. 자신의 몸조차도 느껴지지 않는 것 같았다.

정미는 한동안 안고 있던 팔을 풀었다. 바람소리도 팔에 힘을 빼고 풀었다.

"고마워요."

정미는 바람소리를 보면서 말했다. 바람소리는 미소를 지었다. 정미는 일어나 바위에 걸쳐 앉았다. 바람소리도 곁에 다가와 앉았다. 시원한 바람이 불어와 얼굴을 간질이고 몸을 부드럽게 애무했다. 옷을 입지 않으니 자연의 체온이 몸으로 스며드는 것 같았다. 자신이 나무이고 풀이고 공기 같았다.

"저…… 예전에 한번 이렇게 자유를 느낀 적이 있었지요."

정미의 말에 바람소리는 돌아보았다.

"하숙을 하다가 자취를 할 때였어요."

"자취가 뭡니까? 하숙은요?"

바람소리의 말에 풋, 하고 정미는 웃었다.

"집을 떠나 멀리 공부하러 가면 하숙이나 자취를 해야 돼요. 하숙은 밥도 얻어먹을 수 있지만 자취는 혼자 밥을 해먹어야 돼요."

"집을 왜 떠나요? 가족과 함께 지내지요? 꼭 그렇게 공부를 하러 멀리 가야 하나요? 집에서 배우면 안 돼요?"

거긴, 원래 그런 나라에요. 우습죠? 정미는 바람소리를 바라보며 미소를 지었다. 정미는 더 말을 하려는데 바람소리가 일어섰다.

"벌써 가게요?"

정미는 일어서지 않고 물었다.

"마을 사람들에게 가야겠어요. 감자를 캐러 가든지."

바람소리의 말에 정미는 굼뜨게 일어섰다. 해질 때까지 이렇게 있으면 좋겠다는 생각이 들었지만 할 수 없었다. 바람소리가 앞장서고 정미가 뒤를 따랐다. 풀이 몸을 스쳐 따끔거릴 때도 있었지만 몸을 간질이는 바람의 숨결이 더 좋았다. 사람들이 보이지 않는 한 도로 근처까지 벗고 갈 작정이었다.

"참, 아까 풀 위에 눕다가 시찰 다녀온 후 이상한 점을 얘기했다고 했잖아요? 또 무슨 얘기했어요?"

정미의 말에 바람소리는 뒤를 돌아보고 미소를 지었다. 마치 이야기 해달라고 떼쓰는 동생을 바라보는 마음씨 좋은 언니 같았다.

"괴한이요."

"괴한요?"

정미는 뜨악하여 물었다.

"밤에 골목길을 다닐 때 괴한을 조심하라고 했대요. 괴한이 뭐냐고 물어봤대요. 처음엔 무슨 큰 동물인 줄 알았는데 사람이라는 거예요."

"음."

정미는 대꾸할 말을 찾지 못했다.

"근데 왜 사람이 다른 사람의 물건을 빼앗아요? 자기 것 쓰면 되지요? 그러다 죽이기도 한다는데…… 물건이 사람 목숨보다도 더 소중한가요?"

"풀 위에 눕다가 그 말만 했어요?"

"아뇨. 괴한 중에는 가난한 사람이 많대요. 먹고 살기 힘들어서 그런 경우가 많다던데 …… 그렇게 풍요로운 나라에서 왜 가난한 사람이 생기는 거죠? 돈이 많은 사람은 수십, 수백 명의 돈보다 더 많이 가지고 있고 없는 사람들은 굶어죽을 지경이라 괴한이 생겼다고 했어요. 그런 사회에서 무서워서 어떻게 살아요?"

정미는 고개를 끄덕였다. 각종 부조리와 부모의 혜택으로 놀고도 엄청난 재산을 가진 자들이 많았다. 바람소리에게 부끄러움을 느꼈다.

"풀 위에 눕다는 소유가 문제라고 했어요. 땅과 집을 내 것 네 것을 구분한대요. 땅을 어떻게 내 것 네 것으로 구분하는지 이해가 안 가요. 그건 정령이 만들어준 거잖아요. 근데 선을 그어놓고 이건 내 것이다, 이러면 웃기지 않은가요? 공기를 내 것 네 것 가를 수 없듯이 땅도 가를 수 없다고 봐요. 소유라는 거, 그게 왜 필요한지 모르겠어요. 같이 사용하면 되잖아요. 필요한 사람이 쓰고…… 모자라면 적게 쓰면 되고. 군대 얘기도 했어요. 젊은 사람들이 나라를 지킨다며 군대를 조직했다고 하는데 그것도 이해가 안 돼요. 서로 사이좋게 지내면 되지 군대가 왜 필요한지 모르겠어요."

"오늘 공판에서 안 한 얘기를 많이 했군요."

"풀 위에 눕다는 만나는 사람마다 이런 얘기를 많이 했어요. 풀 위에 눕다는 우리 모두가 존경하는 사람이에요."

정미는 고개를 끄덕이며 걷다가 큰 도로 가까이 오자 걸음을 멈추었다. 이대로 살아가면 좋겠다는 생각이 들었지만 할 수 없었다. 옷을 입자 바람소리는 물끄러미 바라보았다. 정미는 옷을 다 입고 나서 걸음을 떼자 당장 몸이 무겁게 느껴졌다. 금방 몸이 알아채는구나, 싶어 속으로 씁쓸히 웃었다.

"풀 위에 눕다 얘기를 들으니까 회사 사람들이 무섭죠? 개발되면 저렇게 되는구나, 안 그랬어요?"

정미는 큰 도로가 나오자 도로 위를 걸으면서 말했다.

"무서워요. 우리 부족민들을 때리기도 했습니다. 나무를 못 베게 한다고, 새가 낳은 알을 못 가져가게 한다고 회사 사람들과 마찰이 심했습니다. 그럴 때마다 어떤 사람은 우리에게 주먹을 날리기도 하여 다치는 사람도 있었어요. 그래도 우린 나아요. 들어보니 광산에서 일하는 사람들은 수시로 맞는다고 했습니다. 게으르다고 때리고 일을 못한다고 때리고, 무엇을 훔쳤다고 때리고."

"아니, 어떻게 그런 일이."

정미는 뒤를 돌아보며 인상을 찡그렸다. 바람소리는 미소만 지었다. 둘은 아무 말 없이 길가로 천천히 걸었다. 다행히 큰 나무들이 있어 그늘이 진 곳이었다. 하지만 낮 동안 데워진 바닥에서 열기가 훅 끼쳤다. 정미는 자신이 죄를 지은 것처럼 마음이 무거웠다. 그때 회사 유니폼을 입은 남자 둘이 앞에 나타났다. 정미는 깜짝 놀라 그들을 바라보았다. 땅에 코를 박고 걸어서 그런지 미처 그들이 오는 것을 못 본 듯했다. 남자들이 정미를 쳐다보았다. 웃음이 가득한 얼굴이었다. 정미는 왜 그러나 싶었다가 자신의 얼굴에 문신이 그대로 있다는 생각을 하자 웃음이 나왔다. 정미는 빠른 걸음으로 곁을 지나쳤다. 남자들을 만난다는 것은 불편했다. 그때였다.

"히히."

남자들의 웃음소리가 들리는가 싶더니 바람소리의 악, 하는 비명소리가 들렸다. 정미는 뒤를 돌아보았다. 회사 사람들은 뒤를 돌아보며 히죽거리며 걸어가고 있었다. 바람소리는 두 팔로 가슴을 감싼 채 화난 표정을 짓고 있었다. 그런 표정을 이제껏 본 적이 없어서 정미는 당황하였다.

"왜 그래요? 예?"

정미는 바람소리에게 다가갔다. 회사 사람들은 여전히 히죽거리며 정미와 바람소리를 돌아보며 걷고 있었다.

"저들이 만졌어요. 여기."

바람소리는 가슴과 음부 엉덩이를 가리켰다. 순간 정미는 펄펄 끓는 물을 얼굴에 덮어쓴 것처럼 열이 훅 끼쳤다. 이 개같은 자식들이. 정미는 자신도 모르게 소리치며 회사 사람들을 바라보았다. 이미 그들은 저 멀리 가고 있었다. 가까이에 돌이라도 있으면 들고 가 뒤통수라도 후려치고 싶었다.

"괜찮아요?"

정미는 바람소리를 바라보며 물었다.

"이런 일 자주 있어요?"

바람소리는 고개를 끄덕였다. 그때 광산 옆에 있는 원주민 집으로 유치원생들이 가던 모습을 본 게 기억이 났다. 키가 멀뚱하게 큰 두 아이. 혼혈아.

"혹시. 회사 사람들이 강제로, 그러니까, 성폭행을, 그러니까, 강제로, 사랑을 한 경우도, 있었어요?"

정미는 심하게 말을 더듬었다.

"강제로 여자를 사랑한 경우가 많았어요."

정미는 몸이 부들부들 떨렸다.

"그래서 애기도 태어났어요?"

정미는 재빨리 물었다. 바람소리는 아무 말 없이 걸음을 옮겼다. 정미는 뒤를 따랐다. 새들이 무엇에 놀랐는지 20여 마리가 한꺼번에 날아올랐다.

여기에 말이야. 단란주점도 있더라고.

언젠가 변호사가 한 말이었다. 직원들이 500여 명이 되니 없는 게 없다고 하면서 무슨 말 끝에 단란주점 얘기를 꺼냈다.

단란주점이 있다는 것은 몸 파는 여자들도 있다는 얘기지. 역시 일성이니까 직원들에게 세세한 것까지 신경쓴다니까.

변호사는 그렇게 얘기했지만 정미는 들으려 하지 않았다. 변호사가 심문할 내용을 정리하는데 신경을 썼지만 변호사의 말은 계속 귀에 와 꽂혔다. 검사하고 있을 때는 더 노골적인 말을 했다.

본국에서 마누라들이 섹스걸도 보내온다더구먼. 왜 있잖아 실리콘으로 여자와 똑같이 만든 거. 따스한 느낌이 사람의 체온과 같다나. 할 때는 신음 소리도 똑같대.

회사원들이 토요일마다 이키토스로 가서 쓰는 돈이 얼마야. 그걸로 해소하라는 건데 그게 되나. 여기까지 왔으니까 백마도 타보고 흑마도 타봐야지.

변호사와 검사는 낄낄거리며 농을 지껄였다. 옆에 정미가 있는데도 의식하지 못하는 것처럼 얘기를 나눌 때면 가증스런 생각이 들었다.

"처음부터 그랬어요?"

정미는 회사가 개발 시작할 때부터 그랬느냐고 물었다.

"처음에는 우리에게 잘 대해줬어요. 하지만 개발을 반대하고, 또한 회사 사람들이 늘면서 여자들을 놀리는 사람들이 생겼어요."

"가만히 있었어요? 단체로 항의하든지."

정미의 말에 바람소리는 아무 말도 하지 않았다. 정미는 순간 자신이 실수했다는 생각이 들었다. 여기에 신고할 때가 어디 있는가. 항의를 한다면 어디에 한단 말인가. 초창기라면 말도 통하지 않았을 텐데.

"건드리는 사람에게 화도 내고 했지만 그들은 여전했습니다. 손으로 갑자기 만지기도 하고, 심지어 막대기로 가슴을 찌르기도 하면서 그들은 낄낄거렸습니다. 그러다 계절이 두 번 바뀌자 애기가 태어났습니다."

"혼혈아요?"

정미의 물음에 바람소리는 여전히 걸어가며 말했다. 바람소리의 표정을 읽을 수 없었다.

"처음에 경악을 했습니다. 정령이 노하신 줄 알았습니다. 우리와 다른 애가 태어나다니요. 정령께 제를 지내고 했지만 우리 마을뿐만 아니라 다른 마을에도 태어났습니다. 우리는 그것도 정령의 뜻이라고 받아들일 수밖에 없었습니다."

"이제라도 문제를 삼아야겠네요. 마침 재판이 열리는 중이니."

"그러면 우리를 도와줄까요?"

바람소리의 힘없는 말에 정미는 대답을 못했다. 자신이 없었다. 검사가? 변호사가? 판사? 어림도 없는 일일 것 같았다. 오히려 저들은 점점 더 노골적으로 할 것이었다. 이주를 하도록 하기 위해서는 오히려 그런 쪽으로 권장할지도 몰랐다. 그래야 원주민들이 이주할 테니까.

"사실 어제 공판 녹음했어요. 풀 위에 눕다의 말을 전부 녹음했어요. 물론 내일 공판 때도 할 거고요. 바람소리만 알고 있어요."

바람소리는 여전히 말없이 걷기만 했다. 무관심한 것 같았다. 세상에 알린다고 해도 바람소리는 믿지 못할 것 같았다. 거대한 회사 측에 맞선다는 것은 용기뿐만 아니라 믿음이 있어야 하는데 이미 문명사회를 믿지 못하는 것이었다.

정미 또한 아빠로부터 몇 번이나 벗어나려고 했지만 거대한 산이었다. 산을 넘을 용기도 없거니와 자신과 사회에 대한 믿음조차도 없었다. 사회를 믿지 못한다는 것은 절망을 뜻했다.

"아까 자취했다고 했지요?"

정미는 바람소리의 등을 바라보며 말했다.

"하숙하다가 이러다가는 영원히 아빠로부터 못 벗어날 거 같았어요. 그래서 틈틈이 용돈을 아껴두었다가 방을 하나 구했어요. 산꼭대기에 있는데다 몸 하나 겨우 누일 정도요. 화장실도 공동으로 쓰고 부엌겸 신발 벗어놓는 곳이 있었어요. 하지만 저에겐 천국보다 더 좋았어요. 하숙집 몰래 책이나 옷 같은 것을 며칠에 걸쳐 옮겼어요. 하숙집 주인이 알면 아빠에게 고해바칠 테니까요. 다행히 하숙집 주인에게 들키지 않았어요. 마지막으로 하숙집을 나오던 날 시장에 가서 살림 도구를 샀어요. 수저 두 짝, 밥그릇 두 벌, 국그릇 두 벌. 이불도 2인용으로 사고요."

바람소리는 여전히 앞만 보며 걸었고 정미는 강아지처럼 졸졸 따라갔다.

"왜 두 개씩 샀느냐면요. 외로웠나봐요. 모두가 하나씩만 있으면 너무 외로울 것 같았으니까. 칫솔도 두 개 샀을 정도였으니까요. 살림 도구를 사는 게 그렇게 좋을 수가 없었어요. 이제 자유다, 내 맘대로 살아간다. 비록 알바를 해서 등록금도 마련하고 생활비도 벌어야 하지만 일단 아빠로부터 벗어났다는 자체가 너무 기뻤어요. 하지만⋯⋯ 며칠 못 갔어요. 강의 끝나고 나오는데 아빠가 떡하니 기다리고 있더라고요. 강의실 앞에서요. 지금 생각해보면 그때 아빠한테 끌려가지 말았어야 했는데⋯⋯ 자취방으로 끌려왔는데 아빠는 살림도구가 2인용으로 된 걸 보고는 남자가 생겼다고 의심했어요. 아니라고 해도 증거가 있는데 무슨 소리냐. 당장 집으로 끌려갔죠. 대학을 못 다니게 하겠대요. 죽도록 얻어맞고 당하고, 그러다가 지옥 같은 몇 개월이 지나니까 정신이 번쩍 들더라고요. 이렇게 살 수는 없지요. 결국은 아빠라는 거대한 산을 넘을 수는 없다는 것을 깨달았죠. 그래서 아빠와 타협을 했죠. 아빠가 원하는 것을 다 들어줄 테니 대학만 보내달라고요. 대학을 나와야 제대로 된 직장을 얻고 독립할 수 있으니까요. 바람소리, 내 말 알겠어요? 내 말 듣고 있어요?"

정미의 헉헉거리는 소리에 바람소리는 걸음을 멈추고 뒤를 돌아보았다. 정미가 다가가자 바람소리는 정미의 손을 잡고 미소를 지었다.

9

판사는 개회를 하고 나서 검사에게 물었다.

"피고인 심문을 하시겠소?"

검사는 피고인의 무례하고 억지스런 법정 태도에 불만을 품고 심문을 생략하겠다고 했다. 그러자 판사가 변호사에게도 물었으나 변호사 또한 피고인의 편협한 시각으로 문명사회를 호도한다며 반대 심문을 생략한다고 했다. 판사는 그럼 모두 생략하고 피고인의 최후변론을 듣고 검사의 구형이 내려지길 바란다고 했다. 피고인에게 최후변론을 하라고 했다. 역시나 어깨가 드러나고 하의를 입지 않은 피고인은 일어서서 원주민들을 돌아보았다. 한참동안 바라보더니 이윽고 입을 열었다.

"현명한 형제들이여, 믿음을 가지고 귀를 기울이십시오. 여러분들은 문명인들이 갖는 것과 같은 악의를 가지고 있지 않고, 문명인이 두려워하는 일을 두려워하지 않는 것을 행복하다고 생각하여야 합니다. 여러분들도 저 선교사들의 말을 똑똑히 기억하고 있을 겁니다. 하느님은 사랑입니다. 한 사람의 진정한 그리스도, 즉 구세주가 언제나 사랑 바로 그것이라는 선을 행하셨다고 했습니다. 그러하기에 문명인들은 오직 위대하신 하느님만을 숭배한다고 했습니다.

그 선교사는 우리들에게 거짓말을 했고, 우리들을 속였습니다. 문명인들은 선교사를 매수하여 위대한 마음의 말씀을 빌어서 우리들을 홀렸던 것입니다. 둥근 쇠붙이와 묵직한 종이. 즉 그들이 돈이라고 부르는 그것이야말로 문명인들의 진짜 하느님입니다.

사랑의 신에 대해서 문명인들에게 말해 보십시오. 얼굴을 찡그리며 쓴웃음을 지을 뿐입니다. 사고방식이 유치하다고 말하며 웃을 것입니다. 그런데 반짝반짝 광이 나는 둥근 모양의 쇠붙이나, 크고 묵직한 종이를 건네 보십시오. 그 순간 눈은 빛나고 입술은 흘러넘치는 군침으로 반짝거릴 것입니다.

돈이야말로 그들의 사랑이며, 돈이야말로 그들의 하느님입니다. 그들 모든 문명인들은 잠자고 있는 동안에도 돈에 대한 생각을 하고 있습니다. 손은 구부러지고, 발 모양은 붉은 큰 개미와 비슷한 사람들이 많습니다. 바로 그 쇠붙이와 종이를 잡으려고 끊임없이 손을 내밀고 쫓아다닌 탓입니다. 눈이 보이지 않게 된 사람도 많습니다. 끊임없이 돈만 헤아린 탓입니다.

돈 때문에 기쁨을 바쳐버린 사람이 많습니다. 웃음도, 명예도, 양심도, 행복도, 뿐만 아니라 아내와 자식까지도 돈 때문에 바쳐버린 사람들이 많습니다. 거의 모든 사람들이 그것 때문에 자신의 건강마저도 바치고 있습니다. 둥근 쇠붙이와 묵직한 종이 때문에.

그들은 작게 접은 딱딱한 가죽 사이에 돈을 끼우고 허리도롱이 속에 넣어서 갖고 다닙니다. 밤엔 그것을 누가 몰래 가져갈까봐 베개 밑에 두고 잡니다. 날마다 때마다 온갖 순간에 그들은 돈에 대한 생각을 하고 있습니다. 그들 모든 사람들이 말입니다. 온통! 아이들조차도! 아이들조차도 돈에 대해 생각지 않으면 안 됩니다. 생각해야 하는 의무를 갖습니다. 어머니로부터 그렇게 가르침을 받고, 아버지 역시 그렇게 가르치고 있습니다. 모든 문명인들이 말입니다.

요컨대 모두가 돈, 돈, 돈, 돈만이 문명인들의 진짜 하느님입니다. 그렇습니다. 지극히 높은 것으로 우러러 받드는 하느님이 돈이라는 말씀입니다.

여러분들 중에 누군가가 문명인들의 나라에서 살려고 하여도 돈이 없이는 살아갈 수가 없습니다. 해돋이에서부터 해넘이까지 단 하루도, 돈이 없으면 도저히, 돈이 없으면 주린 배를 채울 수도, 마른 목을 축일 수도 없습니다. 밤이 되어도 잠자리의 거적조차도 없습니다.

돈을 갖고 있지 않다는 것만으로 여러분은 감옥에 갇히게 되고 신문에 이름이 나게 됩니다. 걷고 있는 땅바닥에 대해서, 여러분의 오두막집이 세워져 있는 땅뙈기에 대해서, 밤에 잠자는 거적에 대해서, 오두막집을 밝히는 불빛에 대해서 여러분은 지불해야 합니다. 즉 돈을 지불하지 않으면 안 됩니다. 하천에서 몸을 씻는데도, 모두가 노래를 부르기도 하고 춤을 추기도 하는 즐거움이 있는 장소에 가고자 하여도, 형제들과 무슨 의논하러 가고자 하여도, 당신들은 많은 둥근 쇠붙이나 묵직한 종이를 건네지 않으면 안 됩니다.

정말 당신은 태어날 때에도 돈을 지불해야 했으며, 당신이 죽을 때에도 단지 죽었다는 사실 하나만으로 당신의 아이가, 혹은 가족은 돈을 지불하지 않으면 안 됩니다. 몸뚱이를 대지에 묻는 데에도, 추억을 위해서 당신의 무덤 위에 굴려다 놓는 큰 돌에도 돈이 듭니다.

나는 오직 하나, 문명사회에서도 돈을 주지 않아도 되는, 누구나 좋아하는 만큼 할 수 있는 것을 발견했습니다. 그것은 바로 공기를 들이마시는 것입니다. 그렇지만 이것도 실재로는 잊고 있을 뿐이라는 생각이 듭니다. 내가 이런 말을 하고 있는 것을 문명인들이 듣기라도 한다면, 숨을 쉬는 데에도 곧 둥근 쇠붙이와 묵직한 종이가 필요하게 될 것입니다. 왜냐하면 모든 문명인들은 온종일 새로 돈을 뺏을 구실이 없나 하고 눈에 불을 켜고 있기 때문입니다.

문명사회에서는 돈이 없는 것은 머리가 없는 것과 마찬가지입니다. 손발이 없는 것과 마찬가지요, 아무것도 없는 것과 마찬가지입니다. 당신은 돈을 지니지 않으면 안 됩니다. 돈은 먹는 일과 마시는 일과 잠자는 일과 마찬가지로 소중합니다.

돈을 많이 가지고 있으면 그만큼 당신은 더 좋은 생활을 할 수가 있습니다. 돈이 있으면 팔찌도, 담배도, 예쁜 허리도롱이에도 손에 넣을 수 있습니다. 돈이 있으면 있을수록 더 많이 수중에 넣을 수가 있습니다. 누구나 더 많은 물건을 갖고 싶어합니다. 그러니까 누구나 더 많은 돈을 갖고 싶어합니다. 다른 사람보다도 더 많은 돈을 갖고 싶어합니다. 그러니까 돈을 애타게 그리워하고, 언제나 눈을 돈에 집중시키고 있습니다. 둥근 쇠붙이 하나를 모래 위에 던져보십시오. 아이들이 그 위로 엎어지듯 달려들어 데굴데굴 구르고, 싸움이 벌어집니다. 용케 잡은 아이는 행운의 승리자입니다. 하지만, 좀처럼 돈을 모래위에 던지는 사람은 없습니다.

돈은 어디에서 오는 것일까요. 어떻게 하면 돈을 얻을 수 있을까요.

쉬운 것부터 어려운 것까지, 여러 방법이 있습니다. 다른 형제의 머리 털을 잘라준다거나, 오두막집 앞의 쓰레기를 치워준다거나, 바다에서 카누를 젓는다거나, 좋은 계획을 찾아내면 됩니다. 물론 공평하기 위해서 이 사실만은 분명히 말해둘 필요가 있습니다. 요컨대 무엇을 하는 데에도 묵직한 종이와 둥근 쇠붙이가 필요하지만, 무엇을 해주더라도 또 시원스럽게 돈을 받을 수 있다는 사실입니다. 뭔가를 하면 됩니다. 그것을 문명인들은 노동이라고 말합니다.

일하라. 그러면 돈을 얻는다.

이것이 문명인들에겐 율법입니다. 이 율법에는 커다란 어떤 불공평이 있습니다. 그 사실에 대해서 문명인들은 충분히 생각하지도 않으며, 생각해 볼 마음도 없습니다. 생각하면 그 불공평을 인정해야만 하기 때문입니다. 돈을 많이 갖고 있는 사람이, 반드시 일을 많이 한다고는 할 수 없다는 사실을 말입니다. 물론, 누구나가 일하지 않고 돈을 많이 갖고 싶어합니다.

그것은 이렇게 해서 일어납니다. 만약에 어떤 문명인이 많은 돈을 벌었다고 합시다. 먹을거리와 오두막집과 잘 때 걸치는 거적을 마련하고 나서도, 약간의 여유가 있다고 합시다. 그러면 그는 그 돈으로 곧 그의 형제들에게 일을 시킵니다. 자기 자신을 위해서 말입니다.

우선 자신의 손이 더러워지는 일, 힘들거나 하기 거북한 일을 형제에게 시킵니다. 자기가 배설한 똥오줌을 형제를 시켜 치우게 합니다. 여자일 경우, 젊은 아가씨를 하녀로 부립니다. 하녀는 마님을 위해서 더러워진 거적을 깨끗이 하고, 요리 도구와 발껍질을 씻고, 찢어진 허리도롱이를 깁지 않으면 안 됩니다. 마님을 위한 일이 아니고는 아무

것도 해서는 안 됩니다.

그렇게 되면 주인 또는 안주인은 보다 크고 반응이 있는, 이익이 많은 일에 자기 시간을 돌립니다. 물론 손은 더러워지지 않고, 몸도 평안합니다. 그런데도 돈은 이쪽이 더 많이 벌립니다.

주인이라는 자가 배를 만드는 일을 한다고 합시다. 그는 누군가 다른 목수의 손을 빌려서 배를 짓습니다. 목수의 손을 빌려서 돈을 벌었으니까 돈은 따지고 보면 손을 빌려준 목수의 것일 텐데도, 실제로 일부만을 줍니다. 대부분은 주인인 자가 차지해 버립니다.

그리고 곧 그는 형제 두 사람에게 자기를 위해서 일을 시키고, 다시또 금세 세 사람에게 일을 시킵니다. 일하는 사람은 자꾸 늘어나서 마침내는 백 사람, 아니 그 이상의 사람들이 그를 위해서 배를 만들지 않으면 안 되게 됩니다.

이렇게 되면 이 배 만드는 주인은 거적 위에 아무렇게나 드러누워 문명사회의 술을 마시고, 담뱃대로 연기를 유유히 내뿜다가는, 다 만들어진 배를 딴 사람에게 넘겨주고, 다른 사람들이 그를 위해서 일해 벌어준 둥근 쇠붙이, 묵직한 종이를 자기 앞으로 모으는 일 외에는 전혀 아무 것도 하지 않게 됩니다. 이렇게 되면 사람들은 이 사람을 가리켜 부자라고 부릅니다. 모든 사람은 그를 부러워하고, 그에게 간살을 부리고, 듣기에 좋은 알랑거리는 말을 늘어놓습니다.

요컨대 문명인의 세계에서 한 인간의 무게를 재는 것은, 성품의 고상함도 아니고, 마음의 빛남도 아닙니다. 다만 하루에 얼마만큼 많은 돈을 벌 수 있는가, 어느 정도로 많은 돈을 지진이 일어나도 끄떡도 없는 튼튼한 쇠 상자 속에 간직하고 있는가, 입니다.

다른 사람들이 일을 해서 벌어다 준 돈을 모으고 있는 문명인들이 많습니다. 그들은 그 돈을 든든하게 지켜주는 한 장소로 운반해 갑니다. 자꾸자꾸 더 많이 운반해 갑니다. 그러면 어느 날, 자기를 위해서 일해 줄 사람이 한 사람도 필요치 않게 됩니다. 왜냐하면 돈 그 자체가 그들을 위해서 일을 해주기 때문입니다. 마법도 아닐 텐데, 어째서 그러한 일이 가능한지, 나로서는 아무리 해도 알 수가 없습니다. 그렇지만 정말로 그렇습니다. 돈은 나무줄기에서 잎이 돋아나듯이 늘어나기만 하고, 설령 그들이 잠을 자고 있더라도 더욱 더 부자가 됩니다.

어느 사람이 돈을 많이, 보통 사람보다 훨씬 많이 가지고 있어서, 만약 그 돈을 쓴다면 백 명, 아니 천 명이 고통스러운 일을 하지 않아도 될 정도입니다. 하지만 그는 한 푼도 내놓지 않습니다. 다만 둥근 쇠붙이를 껴안고, 묵직한 종이를 깔고 앉아 있을 뿐입니다. 탐욕과 환희에 눈을 빛내면서 말입니다.

여러분이 만약에 이 사람에게 질문 한다고 칩시다. 그렇게 많은 돈을 어찌하실 겁니까? 입기도 하고 굶주림과 목마름을 진정시키는 외에, 이승에서 당신이 무엇을 할 수 있습니까? 하고 물으면 아무 대답이 없을 것입니다. 아니면 이렇게 말할지도 모릅니다. 더욱 많은 돈을 갖고 싶다. 더욱 더 많이……. 이윽고 여러분은 알게 될 것입니다. 돈이 그를 병들게 했다는 사실을, 그는 돈에 홀리어 얼이 나가버렸다는 사실을 말입니다.

그는 병들고 악마에 홀리었습니다. 그러니까 마음은 둥근 쇠붙이와 묵직한 종이에만 집착하여 결코 만족하지 않고, 가능한 한 많이 강탈하고자 하여 지칠 줄을 모릅니다.

이런 생각, 나는 이승에 왔을 때와 마찬가지로. 불편도 부정도 없이 또 이승을 떠나고 싶다, 위대한 마음은 우리들을 쇠붙이, 묵직한 종이 없이 이 세상에 보내주셨으니까, 라는 생각을 문명인들은 하지 못합니다. 이렇게 생각하는 것은 극히 소수의 사람뿐입니다. 대다수는 병든 채로, 마음의 결코 건전해지는 일이 없이 많은 돈을 갖게 해 주는 자기 자신의 힘을 즐기고 있습니다. 그들은 열대우 속에서 썩은 과일처럼 거만함 속에서 부풀어 올라 있습니다.

그들은 자기의 많은 형제들을 고통스런 일 속에 방치한 채로 즐기고, 자기들만 몸을 살찌우고 풍요를 누리고 있습니다. 그렇게 하면서도 양심의 가책을 느끼는 것도 아니고 이제는 더러워질 까닭이 없는 허여멀겋고 파리한 손가락을 기뻐하고 있습니다.

남의 힘을 끊임없이 빼앗아서 자기의 것으로 만들고도 괴로워하지도 않거니와 잠 못 이루는 밤도 없습니다. 일의 부담을 가볍게 해주기 위해 남에게 돈의 일부를 나누어주겠다는 따위의 생각은 아예 해 본 적도 없습니다.

속임수, 거짓말, 언제나 부정직이기 때문에 위험에 처해 있습니다. 돈 때문에 얼마나 많은 문명인들이 다른 문명인에게 죽임을 당하곤 했는지. 그런가 하면, 남의 돈을 남김없이 탈취하기 위해서 독을 숨긴 말로 상대방을 죽이기도 하고, 상대방을 기절시키기도 합니다.

서로가 이 엄청난 일들의 약점을 알고 있기 때문에, 사람들은 좀처럼 남을 믿지 않습니다. 돈을 많이 가진 사람이 마음이 착한 사람인지 아닌지 타인으로서는 절대 알지 못합니다. 지독하게 나쁜 몸의 경우도 있을 수 있는 일이니까. 어떻게, 어디에서 돈을 빼앗아 왔는지,

알 게 뭡니까.

그러니까 부자도 잘 모르고 있습니다. 자신에게 바쳐지는 세상 사람들의 존경이 자기 자신을 대상으로 한 것인지, 아니면 그의 돈을 대상으로 한 것인지를 말입니다. 그것은 물론 거의 전부가 돈을 대상으로 하고 있습니다.

그런데도, 문명인들의 어느 한 사람도 돈을 체념한 자는 없습니다. 어느 한 사람도, 돈을 탐내지 않는 사람은 바보 멍청이라고 불리며, 비웃음거리가 됩니다.

부, 그러니까 돈을 많이 가지고 있는 것은 행복의 근원이라고 문명인들은 말합니다. 그리고 또 이런 말도 있습니다. 많은 부를 가진 나라, 그것은 가장 행복한 나라이다.

위대한 마음은 우리들을 악령☒ 악마로부터 지켜줌으로써 우리들을 사랑해주셨습니다. 돈이 바로 악령☒ 악마입니다. 그 소행은 모두가 악이며, 또 악을 낳습니다. 돈에 관계를 가진 자는 그 마력에 사로잡히고, 그것을 탐내는 자는, 살아 있는 한, 그 힘도 모든 기쁨도 돈을 위해서 바치지 않으면 안 됩니다.

대접을 했다고 해서 무엇을 요구하거나, 무엇인가를 해주었다고 해서 선물을 탐내는 그러한 인간을 우리들은 좋게 여기지 않습니다. 이 귀한 풍습을 우리들은 소중히 해야 합니다. 한 사람의 인간이 다른 사람들보다 훨씬 많은 물건을 갖는다든가, 한 사람이 아주 많이 갖고 있는데 다른 사람들은 아무 것도 가지지 못한다면, 그러한 일들을 우리들은 용서하지 않습니다. 이러한 풍습을 소중히 지켜야 합니다. 그러면 우리들은, 이웃의 형제가 불행을 한탄하고 있는데도 자기는 행복하고 명랑하게 지낼 수 있는 저 문명인들과 같은 마음으로 되지 않아도 됩니다.

무엇보다도 먼저 우리들로 하여금 돈으로부터 몸을 지켜야 합니다. 문명인들은 지금 우리들로 하여금 돈을 탐내도록 하기 위해, 우리들에게 저 둥근 쇠붙이와 묵직한 종이를 내밀고 있습니다. 그것이 우리들을 풍요하게 만들고 행복하게 한다고 말하면서 말입니다.

이미 우리들 중에는 눈이 어두워지고, 중한 병에 걸린 자가 제법 있습니다. 그렇지만 나는 여러분들에게 말하겠습니다. 돈으로 사람이 즐거워지거나 행복한 일은 없다고 말입니다. 그렇기는커녕 오히려 사람의 마음을, 사람의 모든 것을, 나쁜 다툼 속으로 끌어넣고 만다는 사실을 알아야 합니다. 그리고 돈은 어떠한 인간도 즐겁게, 억세게, 행복하게 해주지 못한다는 사실을 명심하지 않으면 안 됩니다.

여러분들이 여러분들의 얌전한 형제의 말을 믿고, 내가 하는 말을 알아듣는다면, 여러분들은 저 둥근 쇠붙이와 묵직한 종이를 가장 흉악한 적으로서 증오하게 될 것입니다.

따라서 우리들은 문명인들의 계략에 속아 조상 대대로 살아온 이 터를 떠난다면 앞으로 우리를 그 어느 누구도 행복하지 않으며 돈의 노예가 되어 평생 신음하며 살아갈 것입니다. 또한 돈을 산더미처럼 쌓아 놓고 남의 손을 빌어먹고 사는 문명인들의 노예가 되어 평생 불행하게 살아갈 것입니다.

우리는 둥근 쇠붙이와 묵직한 종이는 없지만 누구보다도 더, 행복하게 살아왔습니다. 함께 먹고 함께 굶었기 때문입니다. 누구는 굶는데 누구는 배불리 먹는다면 그 사회는 누구도 행복할 수 없습니다.

형제들이여. 눈을 잘 뜨고 판단하여야 합니다. 문명인들이 우리들에게 이주를 요구하는 것은 풍요로움을 주려는 것이 아닙니다. 행복하게 살도록 하는 것도 아닙니다. 오직 산에 파묻혀 있는 노란 돌멩이 때문입니다. 우리가 있는 한 그들은 그 노란 돌을 가져가는데 방해가 되기 때문입니다.

　현명한 나의 형제들이여. 밝은 눈으로 판단하여야 합니다. 문명인들을 멀리 하십시오. 문명인들은 온갖 질병을 가지고 있습니다. 그 질병은 문명인들은 오랫동안 접해 왔기 때문에 면역력이라는 것이 생겨 어느 정도 이겨낼 수 있습니다. 하지만 우리들은 이러한 질병에 한 번도 노출 된 적이 없어 쉽게 전염 될 수 있습니다. 몇 년 전 이웃 마을의 사람들이 절반이 죽었습니다. 치료하는 사람이 약초를 아무리 써도 절반만 살릴 수 있었습니다. 우리는 지금까지 병이라는 것은 거의 없었습니다. 그리하여 문명인들의 질병에 취약할 수밖에 없습니다. 의학이 발달했다는 문명사회에서도 치료하지 못하는 사람들이 하루에 수 백 명씩 죽어갑니다. 우리는 문명인들이 이곳에 오기 전에는 아무도 아파서 죽은 적은 없었습니다. 그러나 문명인들이 오고 난 후에는 자꾸만 사람들이 병에 걸리고 죽어갑니다. 밝은 눈을 가진 형제들이여. 문명인들을 멀리 하십시오. 그리고 항상 밝은 눈으로 세상을 바라보십시오.”

　최후진술을 마친 풀위에 눕다는 잠시 원주민들을 둘러보고는 자리에 가서 앉았다. 판사는 피고인을 지그시 바라보았다. 뚫린 입이라고 함부로 지껄이는구나. 방청객에 있는 일성기업 사람들이나 개발을 찬성하거나 반대하는 원주민들 또한 조용히 고개를 숙이고 있었다. 이 무식한 놈의 선동에 놀아나는 건가? 판사는 검사를 바라보았다.

"검사, 구형하시오."

검사는 기다렸다는 듯이 일어났다.

"피고인은 많은 사람들을 죽이고도 반성의 뉘우침이 없으므로 이 사회로부터 영원히 격리시키길 바랍니다. 사형을 구형합니다!"

판사는 검사의 말이 끝나자마자 선고는 이틀 후에 하겠습니다, 하고 폐정하였다.

정미는 법정 밖으로 나오며 원주민들을 돌아보았다. 원주민들은 풀 위에 눕다가 검찰 수사관들에게 끌려가는 것을 지켜보며 앉아 있었다. 개발을 찬성하는 원주민들도 몇몇은 움직이지 않고 그대로 앉아 있었다. 통상 미개인이라는 원주민들의 사고방식이 어떻게 형성되었을까 궁금하였다. 풀 위에 눕다가 말한 문명인들의 수준으로 본다면 웬만한 사람은 따라오지 못할 현명한 지혜를 가진 것이 아닌가, 하는 생각이 들었다.

정미는 법정 밖에서 바람소리를 기다렸다. 피고인이 최후변론을 끝냈으니 변호사 사무실에 가도 크게 할 일이 없을 것 같았다. 너덜한 옷을 입은 원주민들이 밖으로 나오고 있었다. 모두들 표정이 굳어 있었다. 풀 위에 눕다 말대로 돈의 맛을 본 사람들일까. 옷을 입지 않은 원주민들과 표정이 달랐다. 맑은 물 같은 얼굴과 데스마스크처럼 굳은 얼굴. 정미는 광산에서 일하는 원주민들을 바라보는데 문득 엄마의 공허한 눈이 떠올랐다. 엄마가 집을 나가면서 정미를 바라보았을 때 텅 빈 것 같은 공허한 눈. 정미는 그 눈을 잊을 수가 없었다.

아빠와 엄마는 결국 이혼을 했다. 아빠는 의처증 증세로 매일이다시피 엄마를 구타했으니 엄마는 당해낼 재간이 없었을 것이었다. 엄마는 이혼을 요구했고 아빠는 돈 한 푼 주지 않고 엄마를 내쫓았다. 그때 정미는 방학 중이라 집에 있었는데 커다란 가방 하나 달랑 끌면서 집을 나서는 엄마의 눈은 공허했다. 외가에 얻어준 가게 또한 아빠는 회수했다.

동생은 그 즈음 집에 거의 오지 않았다. 아마도 엄마의 이혼도 몇 개월 후에 알았을 터였다.

아빠는 엄마와 이혼하고 나자 정미에게 아무도 모르는 곳에 가서 살자고 애원을 하였다. 아무도 없는 곳. 그곳이 어딜까 정미는 생각했다. 그곳은 아빠가 없는 곳이어야 했다. 그때 정미는 임신을 했다. 피임을 한다고 했는데 뭔가 잘못된 것 같았다. 정미는 겁이 덜컥 났다. 이러다 정말 아빠에게 평생 못 벗어나는 게 아닐까, 두려웠다. 아빠에게 들켰다. 아빠는 신기하게도 단박에 정미가 임신한 것을 알았다. 2개월쯤에서 정미가 알았으니까 배가 많이 불러오지 않은 상태였다. 다만 입맛이 없고 자주 굶을 때가 많았다.

"네 홀몸 아니지?"

아빠는 밥을 먹다 정미의 두 어깨를 잡고 물었다. 무슨 미친 생각을 다 하느냐고 정미는 완강하게 부인하였는데 아빠는 믿지 않는 눈치였다.

"그러니까 우리 멀리 가서 살자니까. 내 사업 정리하면 우리 둘이 평생 먹고 살 수 있어. 그러니 아무도 없는 곳으로 가자."

아빠는 애원을 하다가 정미가 말을 듣지 않자 주먹을 휘둘렀다. 정미는 주먹을 고스란히 맞으면서도 끝까지 임신이 아니라고 우겼다.

문제는 돈이었다. 정미는 어떻게 돈을 구할까 궁리하다가 아빠의 지갑에서 돈을 훔쳤다. 그 날로 바로 산부인과에 가서 애를 지웠는데 그때 처음으로 아빠를 죽일까 생각했다. 죽여야 내가 산다. 언제 기회를 봐서 죽이자, 결심했다. 하지만 아빠는 자신의 돈을 훔쳐 수술을 한 것을 알고는 길길이 날뛰었다. 며칠 동안 죽지 않을 만큼 구타했다. 정미는 맞은 데가 아파 밥을 못 먹을 지경이었다.

엄마가 없으니 정미가 밥을 해야 했는데 부엌칼을 볼 때마다 아빠를 죽이는 상상을 했다. 부엌칼을 자신의 방에 몰래 가져다놓기도 했다. 하지만 살인은 마음만으로 하는 게 아니었다. 상상만으론 무수히 죽였으나 막상 실행에 옮기려고 하니 도저히 용기가 나지 않았다.

너덜한 옷을 입은 원주민들이 나가고 나자 옷을 벗은 원주민들이 나오기 시작했다. 정미는 수시로 입구 쪽을 바라보다 바람소리를 발견했다. 얼른 팔을 잡았다. 바람소리는 미소를 지었다. 정미는 아무 말 없이 팔을 끌고 도로로 올랐다.

"오늘은 뭐 할 거예요?"

정미의 말에 바람소리는 감자 캐러 가야 한다고 했다. 그럼 자신도 따라가겠다고 하자 바람소리는 미소를 지었다. 한 무리의 원주민들은 사무실 앞으로 가고 다른 원주민들은 큰길로 접어들었다. 정미는 바람소리의 뒤를 따랐다. 이제 마지막이구나. 오늘 지나고 내일 지나면 마지막이라고 생각하니 가슴이 먹먹했다. 선고 판결이 나면 곧장 배로 떠나기로 예정이 되어 있었다.

원주민들의 집까지 가는 길은 멀었다. 혼자서 아무 생각 없이 갈 때는 몰랐는데 오솔길을 한참동안 걸었다. 이 나무는 열매를 따 먹고 이 나무는 가지를 베어 껍질을 벗겨내고 먹어요. 바람소리는 나무들을 가리키며 일일이 설명했다.

"우와. 먹는 거 천지네요?"

정미의 말에 바람소리는 미소를 지으며 말했다.

"여기보다 광산 쪽에 많아요. 열매도 많고 먹는 나무도 많고요. 하지만 회사 사람들이 다 캐어버렸어요. 우리가 그곳을 떠나게 하려고요. 또다시 우리가 사는 곳에 나무를 죄다 캐어버릴까봐 겁나요."

바람소리의 말에 설마 그렇게 하겠어요, 했지만 회사 측의 집요한 설득과 협박이 가해질 것이었다. 잠시만요. 정미는 바람소리를 불렀다. 바람소리는 무슨 일인가 하는 표정으로 뒤를 돌아보았다.

"나 옷 벗을래요."

정미의 말에 바람소리는 미소만 지었다. 아. 정미는 옷을 벗어 양 손에 들고 두 팔을 하늘로 쭉 뻗었다. 금방이라도 날아오를 것 같았다. 원주민들이 미소를 띠며 정미를 바라보고는 옆으로 스쳐지나갔다. 순간 정미는 깜짝 놀랐다. 바람소리와 얘기를 하며 다른 원주민들을 의식하지 못했는데 남자 원주민까지 웃으며 정미를 바라보고는 지나치는 게 아닌가. 하지만 눈길이 몸에 머무르지 않았다. 눈길도 음탕한 기운도 없었다.

"괜찮죠?"

정미는 다른 원주민들이 의식되어 바람소리에게 물었다. 바람소리는 미소만 짓더니 다시 걷기 시작했다. 정미도 몸을 흔들며 뒤를 따랐다. 정신이 맑아지고 몸이 가뿐했다. 발이 그냥 걷는 것 같았다. 조금 걷다가 정미는 그저께 유치원 다니던 혼혈아 생각도 나고 말없이 걷는 것이 익숙하지 않아 궁금하던 것을 물었다.

"개발에 찬성하는 사람들만 아이를 유치원에 보내나 보죠?"

정미의 말에 바람소리는 뒤를 돌아보지도 않고 말했다.

"지금은 그래요. 하지만 처음에는 우리도 보냈어요."

"좋지 않아요? 보내면."

정미의 말에 바람소리는 고개를 저었다.

"자기들이 필요한 것만 가르칩니다. 또한 문명사회 방식대로 가르치고요."

"어떻게요?"

"수학이나 역사 사회 제도 같은 걸 가르치는데 그게 우리와 무슨 상관이겠어요. 위인전도 읽어주는데 우리하고는 상관없어요. 우리는 우리대로 교육 방식이 있어요."

"그래요?"

정미는 의아해서 물었다. 원주민들도 나름대로 교육방식이 있다니.

"우리는 어른 모두가 교육자입니다. 나무를 잘 타는 사람은 나무 타는 법을 가르치고 감자를 잘 캐는 사람은 감자 캐는 방법을 가르치고요. 노래하는 사람은 노래를 가르칩니다. 그리고 시험을 보지 않아요. 1등 2등 하는 게 없어요. 선교사들은 자꾸 아이들 등수를 매기잖아요. 그러면 못하는 아이들은 슬퍼하잖아요. 잘하고 못하고가 무슨 의미 있겠어요. 원래 잘하는 것이 각자 다르잖아요. 그런데 못하는 것을 자꾸 잘하게 억지로 만들면 안 되잖아요. 잘하는 것을 칭찬해주면 됩니다. 그곳에서 배우는 것은 전혀 쓸 데가 없어요."

"그렇지요."

이런 곳에서 교육이 왜 필요한가. 바람소리의 말을 듣고 보니 그랬다. 숫자 개념이 5까지 밖에 없다고 했는데 이 사람들은 살아가는데 불편함을 전혀 느끼지 않았다. 그런데 숫자를 가르치고 구구단을 욀 필요가 있을까. 그건 원주민들에 대한 또다른 폭력이고 자신의 방식대로 동화시키기 위한 술책이 아닐까 하는 생각이 들었다.

"또 안 좋은 게 뭐가 있어요?"

정미가 묻자 바람소리가 걸으며 대답했다.

"가서 배운 아이들은 버릇이 없어져요. 안 배울 땐 안 그랬는데 배우고 나서는 욕도 하고요. 어디서 배웠는지. 우리말에는 욕 자체가 없어요. 또한 남을 배려할 줄도 모르고요. 점점 아이들이 회사 사람들 따라가는 것 같아 못 다니게 했어요."

"그렇군요."

정미는 할 말이 없어 고개만 끄덕였다.

어느새 집들이 있는 공터에 도착했고 정미는 마치 자신의 집에라도 온 양 마음이 편안함을 느꼈다. 계속 이런 곳에 살면 좋겠다는 생각이 문득 들었고 정미는 순간 계속 그런 생각을 해 왔던 것에 당황했다. 바람소리가 집으로 들어가 바구니를 챙길 때 정미는 해먹에 드러누웠다. 흔들거리는 게 생각보다 편안했다. 눈을 감으니 금방이라도 깊은 잠에 빠져들 것 같았다. 바람소리는 정미의 행동을 보더니 미소를 지었다. 그러곤 아무 말 없이 밖으로 나갔다. 정미는 감자 캐러 가지 않고 이대로 혼자 있으면 좋겠다는 생각을 했지만 그럴 수는 없었다. 재빨리 일어나 집밖으로 나왔다. 많은 원주민들이 바구니를 하나씩 들고 무리지어 가고 있었다. 정미는 손에 아무 것도 든 게 없으니까 소외된 것 같은 느낌이 들었다.

"이거 제가 들고 갈게요."

정미는 바람소리의 바구니를 잡고 당겼다. 바람소리는 손을 놓더니 미소를 지었다.

10

판사는 숙소에서 머무는데 노크 소리가 들렸다. 판사가 다가가 문을 열자 전무 비서실에 근무하는 아가씨가 공손히 인사를 하며 파티 시간이 되었다고 했다. 판사는 들어와 옷장에서 양복을 꺼내자 아가씨가 따라 들어와 옷 입는 것을 도왔다. 법복을 비서가 입혀주는 것은 판사의 오랜 습관이었지만 모르는 아가씨가 양복 입는 것을 도와주는 것은 처음이었다. 판사는 체통을 차리느라 점잖을 떨며 아가씨가 입혀주는 옷을 입었다.

아가씨가 앞장을 섰고 판사는 뒤따랐다. 걸을 때마다 이쪽저쪽으로 쏠리는 아가씨의 엉덩이를 보며 마른 침을 꿀꺽 삼켰다. 오늘 밤엔 이 아가씨한테 접대를 받으면 좋겠다는 생각이 들었다. 그러면서 자신도 모르게 미소를 지었다. 전무는 독심술이 있는지 판사가 어떤 생각을 하고 있으면 금방 알았고 금방 소원이 이루어지게 했다. 전무는 입속의 혀처럼 마음에 들었다.

식당 1층에서 안쪽으로 들어간 곳에 홀이 있었는데 언제 꾸며 놓

앉는지 3단으로 된 샹들리에를 비롯하여 홀 중앙에 얼음으로 조각한 여성의 나신이 우아한 모습으로 서 있었다. 또한 우윳빛 벽에 붉은 카펫이 깔려 있어 마치 본국의 최고급 요정을 연상케 했다. 페루의 총괄 책임자인 조사장까지 왔고 전무 검사 변호사가 참석하였다.

"이제 내일 선고 공판만 하면 모든 게 끝납니다. 그동안 수고 많으셨습니다."

조사장은 판사가 방에 들어서자 다가와 악수를 청했다.

"뭘요. 다 국가를 위하는 일인데."

판사 또한 조사장을 반갑게 대했다. 페루에 도착한 날 환대를 받고 또한 이틀 동안 페루 유적지를 관광해 주었기에 조사장에 대한 판사의 기억은 좋았다. 조사장이 판사를 자리로 안내했다. 홀 중앙에 보라색으로 여러 조각이 있는 기다란 탁자가 있고 황금색으로 된 의자들이 있었다. 의자마다 옆에는 흑인 사내 아이 둘이 있었다. 시중드는 아이구나 생각하며 자리에 앉았다. 그러자 아이는 재빨리 의자 앞에 엎드렸다. 판사가 어리둥절한 표정을 짓자 조사장이 웃으며 말했다.

"양말을 벗고 아이를 밟고 앉으십시오. 그러면 아이의 싱싱한 기운이 다리로 올라와 힘이 오를 뿐만 아니라 관절에도 상당히 좋습니다."

판사는 다른 사람들을 둘러보니 검사는 이미 아이의 등에 발을 올려놓은 채 의자에 앉아 있었다. 아마도 자신이 오기 전 얘기가 있었던 듯했다. 판사는 의자에 앉아 양말을 벗고 아이의 등에 발을 살며시 놓았다. 보드라운 느낌이 전해왔다.

"옛날 중국 황제들이 매일 이렇게 생활했다고 합니다."

조사장도 의자에 앉아 아이의 등에 발을 얹으며 말했다.

"그렇지요. 나이가 들면 다리부터 힘이 빠지는데 다리의 근력을 키우는 게 장수의 비결입니다."

조사장 옆에 있던 전무가 말했다. 판사는 고개를 끄덕이며 발에 힘을 주었다. 그러자 꿈틀거리는 아이의 힘이 느껴졌다. 이 힘이 내 다리로 온단 말이지. 판사는 또다시 발에 힘을 지그시 주었다.

"판사님 같은 분이 항상 건강하셔야 나라를 위해서도 좋은 일 아니겠습니까?"

변호사가 말했다.

"그럼요. 판사님 같은 분이 오래오래 법조계에 계셔야지요."

전무는 판사를 보고 말한 후 손바닥을 쳤다. 그러자 기다렸다는 듯이 옷을 하나도 입지 않은 원주민 여자들이 쟁반을 하나씩 들고 들어와 탁자에 놓았다. 한 사람마다 각각 접시를 놓았다. 술도 한 사람 앞에 한 병씩 놓여졌다.

"자, 한 잔씩 드시지요. 오늘은 그동안 고생하신 판사님 검사님 변호사님을 위한 자리이오니 맘껏 드시고 회포를 푸시기 바랍니다. 판사님 건배사 하시지요."

조사장이 건배를 청했고 모두들 잔을 들어올렸다.

"국가의 경제를 위해서 이 먼 오지에서 고생하는 일성기업을 위하여!"

"위하여!"

"위하여!"

"위하여!"

우렁찬 소리가 홀을 울렸다. 시중들던 원주민들이 놀란 표정으로 그들을 바라보았다. 술은 달착지근해서 입에서 깊은 맛을 냈다.

"이곳에서 나는 것으로 만든 술입니다. 안 들어간 게 없습니다. 불개미부터 나무 꼭대기에 있는 일 미리짜리 굼벵이까지요. 지네도 들어갔습니다. 여기는 다른 곳보다 모두 큰데 효과도 만점이랍니다. 안주들도 모두 같은 것으로 만들었습니다. 남자들에게는 최고랍니다."

전무가 판사에게 안주를 권하며 말했다.

"하하하. 좋지요. 이런 청정 지역에서 나는 것이라면 모두가 보약이 아니겠습니까."

변호사가 안주를 집어 먹으며 말했고 검사가 말을 받았다.

"전 이곳에 와서 몸이 많이 좋아졌습니다. 전무님께서 얼마나 챙겨주시든지. 하여튼 일성기업에 많이 고마워하고 있습니다."

"검사님께서 도움을 많이 주셨지요. 범인을 취조하시느라 고생하셨는데 많이 드십시오."

조사장이 말하자 옆에 있던 원주민 여자가 술을 따랐다.

"내일 재판 끝나고 본국에 가시면 회장님을 알현하시게 될 것입니다."

조사장의 말에 검사와 변호사는 입을 벌리고 판사를 바라보았다. 조일현 회장님을 알현하다니. 알현이라면 조선시대 신하가 왕을 만나는 것을 말하는데 사실 왕을 만나는 것보다 더 어려웠다.

"하하. 바쁘실 텐데. 이 미천한 사람한테."

"아닙니다. 이번에 큰일도 하셨고. 또한 내년에 대법원의 김일지 대법관이 퇴임하시면 대법관 자리도 비게 되고."

"하하. 선배님 내년에 좋은 일 있으시길 빕니다."

검사가 말했다.

"선배님이야 그 자리에 올라갈 때가 됐지요."

변호사가 말했다.

"에이, 무슨 그런 말씀을."

판사는 마치 조일현 총수가 앞에 있는 것처럼 공손히 말했다. 대법관 자리를 일성기업에서 민다면 다 된 것이나 다름없었다.

판사는 아직 총수를 만나본 적이 없었다. 조사장의 말은 내년에 비게 될 대법관 자리에 자신을 추천한다는 얘기인데. 판사는 술이 확 깨는 기분이었다. 앞에 총수가 있다면 큰절이라도 하고 싶었다. 판사는 아직 총수를 만나본 적은 없었다. 총수는 기업인이고 자신은 법조인이라 만날 일이 드물기는 하지만 하다못해 언론을 통해서라도 본 적 없었다. 총수는 언론에 나오는 것을 극히 싫어하였다. 어찌 보면 신비스러웠다. 그러니 일반 사람들은 총수가 있다는 것을 알았지만 얼굴조차 본 적이 없으니 살아 있는지 죽었는지조차 몰랐다. 조일현 회장은 창업주의 3대 후손의 장남이었다. 창업주는 일제 강점기에 조선 귀족인 백작 작위를 받았다가 나중에는 후작까지 올랐다. 조선총독부 중추원 부의장까지 올랐으니 조선 사람으로서는 최고의 자리에 올랐다. 그 뒤 일본이 패망하고 돌아가자 일본 기업을 이어받았는데 현재의 일성기업 모태였다. 90년대에 현재의 조일현 총수가 장손으로서 현재의 일성기업을 이어받았다. 현재 계열사만 200여 개였다.

알현한다. 이 보다 더 좋은 소식이 어디 있는가.

판사는 세상을 다 얻은 기분이 들었다. 앞에 있는 잔을 단숨에 비웠다. 꿀맛이었다. 옆에 있는 원주민 여자가 술을 따랐다. 또 단숨에 비웠다.

"선배님 기분이 좋으십니다. 앞으로 저도 선배님을 잘 모시겠습니다."

검사는 판사에게 다가가 술을 따르고 자리로 돌아가자 옆에 있는 원주민 여자가 술을 따랐다. 술을 받고 나서는 손으로 여자의 엉덩이를 쓸어내렸다.

"이곳 여자들의 엉덩이는 탱탱합니다. 좋은 것을 많이 먹어서 그렇지요. 이 가슴도 보십시오. 풍선처럼 얼마나 탄력이 있습니까? 오늘이 여기 마지막 밤인데 보약 많이 드시고 가십시오."

검사의 말이 끝나자 전무도 옆에 있는 원주민 여자의 젖가슴을 만지며 말했다.

"그러니까 좀 거시기한 것도 있지만 이런 여자와 잠자리를 하면 기운이 뻗쳐올라 보약이 따로 없습니다."

변호사도 옆에 있는 여자의 허벅지를 손으로 더듬으며 말했다.

"술과 안주도 많으니 맘껏 드시고 보약도 맘껏 드십시오. 또한 내일 가시더라도 혹 오실 마음 있으면 언제든 오십시오. 언제든 환영합니다."

조사장이 잔을 들면서 말했다. 다른 사람들도 잔을 들어 단숨에 마셨다. 술과 안주가 금방 동이 났고 순식간에 술과 안주가 새로 들어왔다. 판사는 옆에 있는 여자가 술을 따라 주는 대로 마셨다. 몸이 부풀어 오르는 것 같았다. 술에 취하는 전조였다. 안주도 여자가 주는 대로 받아먹었다. 내일 본국으로 돌아가면 이런 음식을 어떻게 맛본

단 말인가. 오늘 실컷 먹자. 판사의 앞에는 연신 빈 접시가 나가고 새 안주가 들어왔다. 검사와 변호사도 마찬가지였다. 다만 전무와 조사장은 계속 이곳에 머물기 때문인지 탐을 내지는 않았다. 그때였다.

"이 노무 짜식이."

전무의 입에서 욕설이 튀어나왔다. 다들 전무를 바라보았다. 전무는 발아래에 있던 아이를 발로 걷어찼다. 아이는 1m는 나가떨어졌다.

"술 마시는데 좀 가만히 있으라고 몇 번 말했는데도 자꾸 움직이나. 그렇게 못 참아서 어떻게 사나."

전무는 다른 아이도 일으켜 세워 뺨을 후려쳤다. 아이가 나가떨어졌다. 코에서 나는지 입에서 나는지 얼굴에 피가 벌겋게 번졌다.

"썩 꺼져라, 이 미개인들아."

전무의 말에 부들부들 떨던 아이들은 밖으로 나갔다. 조금 지나자 다른 아이 둘이 들어와 익숙하게 전무의 발아래 꿇어앉았다. 전무는 발을 올려놓았다.

"이 미개인들은 참을성이 없어요. 해만 지면 자고 피곤하다고 자고. 조금만 힘들어도 쉬고. 도대체 게을러 빠져가지고."

전무의 말에 검사가 웃으며 말했다.

"그러게 일성이 개발하는 거 아닙니까. 선배님 화내지 마시고 잘 개조하십시오."

검사의 말에 조사장이 나섰다.

"참 우리도 힘듭니다. 도통 말귀를 알아들어야지요, 미개인들이 되어서. 하여튼 검사님 말씀처럼 정신개조를 해야 합니다."

판사는 말을 들으며 발밑을 바라보았다. 아이는 꼼짝도 않고 가만히 있었다. 흠. 훈련이 잘 되었구나. 그래, 잘한다. 판사는 흐뭇한 표정을 지었다.

모두들 어느 정도 술에 취하자 전무가 원주민 여자에게 귓속말로 속삭이자 원주민 여자는 밖으로 나갔다. 잠시 뒤 역시 옷을 하나도 입지 않은 원주민 여자 아이들이 우르르 들어왔다. 아이들은 이미 훈련이 되었는지 사람들 옆에 두 명씩 서서 안마를 했다.

"자고로 옛날부터 젊은 여자아이가 몸에 제일 좋다고 했습니다. 중국 황제들은 항시 열 살 미만의 여자 아이들을 껴안고 잤다는 기록이 있습니다. 젊은 기운이 뻗쳐 흰 머리카락은 검게 되고 주름이 사라진다고 했습니다."

전무의 말에 조사장이 나섰다.

"맞습니다. 몸에는 몸이 가장 좋지요. 옷을 입고 기운을 받는 것보다 맨 살에 받는 것이 더 좋을 듯합니다."

조사장은 판사에게 윗옷을 벗으라고 하고 자신도 윗옷을 벗었다. 그러자 원주민 여자들이 판사의 옷 벗는 것을 도와주었다. 다른 사람들도 모두 옷을 벗었다.

"후배님께서는 욕심도 많으십니다. 옷을 다 벗으시고."

조사장의 말에 판사는 느낌이 이상해서 자신의 몸을 보았다. 헉. 언제 벗었는지 바지와 팬티까지 벗었다. 기억에 없는데 어찌 된 일이지? 판사는 아무렇지도 않다는 듯 웃으며 기억을 되돌려보았지만 여전히 기억나지 않았다. 판사는 무안하여 술잔을 들어 단숨에 마셨다. 판사가 옷을 벗으니 다른 사람들도 그냥 있을 수 없어 다들 바지와 팬티를 벗었다. 순간 판사는 속이 터부룩한 것을 느꼈다. 기름기 많은 안주를 많이 먹어서 그런가. 판사는 항문에 힘을 주었다.

"하하하. 좋습니다."

조사장이 소리쳤다.

"그러게요. 이렇게 시원한 걸."

검사가 소리쳤다.

"진작 벗을 걸 그랬습니다."

전무가 소리쳤다.

"역시 판사님은 선견지명이 있습니다."

변호사가 소리쳤다.

하하하하하하. 웃음소리가 벽을 울렸다. 옆에 서 있던 원주민 아이들이 깜짝 놀랐다.

판사는 술과 안주를 주는 대로 먹었다. 검사와 변호사도 술과 안주를 거침없이 먹었다. 아름다운 세상이여. 판사는 몸을 흔들며 중얼거렸다. 그때 조사장은 취했다며 양 쪽에 아이들을 두 팔로 두르고 홀을 나갔다. 곧이어 전무도 두 아이를 데리고 나갔다.

"허, 이 사람들. 술이 그렇게 약해서야."

판사는 허허, 웃었다. 검사는 탁자에 이마를 찧었다가 원주민 여자들에게 업혀 나갔고 변호사는 뒤로 벌러덩 넘어졌다가 역시 원주민 여자들에게 업혀 나갔다. 판사는 에이, 하더니 술잔을 입으로 가져갔다. 여전히 아이들을 무릎에 앉히고 술을 마셨다. 판사의 손이 아이들의 몸을 더듬을 때마다 아이들은 벗어나려고 몸부림쳤다. 판사는 감기는 눈을 겨우 뜨고 앞을 보았다. 언제 갔는지 조사장도 전무도 보이지 않았다. 검사도 변호사도 보이지 않았다. 홀 중앙에 있는 나신 조각상도 머리가 녹고 어깨가 녹고 가슴이 녹고 팔이 녹고 배가 녹고 두 다리만 겨우 남았을 뿐이었다. 화장실을 갔다 와야겠구나. 속이 좋지 않아. 음. 판사는 신음소리를 내며 몸을 반쯤 일으켰다. 그때 갑자기 엉덩이에서 누런 똥물이 쏟아졌다. 콸콸 쏟아졌다.

판사는 비틀거리더니 그대로 꼬꾸라졌다. 큰 덩치라 넘어지는 소리가 쾅, 울렸고 건물이 흔들렸다. 또다시 쏴, 하는 소리와 함께 판사의 똥구멍에서 똥물이 콸콸 쏟아졌다. 발에 깔렸던 아이와 품에 안겼던 여자 아이들이 비명을 지르며 방을 나갔고 시중들던 여자들도 곧 뒤따라 나갔다.

판사는 쓰러진 채 꼼짝도 하지 않았다. 항문에서는 여전히 누런 똥물이 콸콸 쏟아졌다. 어느새 똥물이 방안에 가득찼고 판사의 몸이 잠겼다. 똥물이 판사의 코와 입으로 들어갔다.

어푸, 어푸.

판사는 두 팔을 저으며 흐느적거렸다.

정미는 눈을 떴다. 몸이 개운했다. 지금껏 이렇게 편안한 잠을 자본 적이 없었던 것 같았다. 몸도 날아갈 듯 가뿐했다. 이틀째 바람소리의 집에서 옷을 모두 벗고 잤지만 두 번 모두 편안한 잠이었다. 꿈도 꾸지 않았고 식은땀도 흘리지 않았다. 처음엔 해먹에서 자면 제대로 잘 수 있을까 걱정이 들었던 건 사실이었다. 해먹은 흔들렸고 항상 침대에서 자던 버릇이라 편안하지가 않을 것 같았다. 하지만 의외로 해먹이 편안했다. 약간 흔들릴 때는 몸이 오히려 편안해지는 것 같았다.

눈을 뜬 원주민들이 하나 둘 밖으로 나갔다. 아직 해가 뜨지 않은 때였다. 날이 밝으면 일어나고 어두워지면 잠을 자는 생활방식이었다. 바람소리가 정미를 보고는 미소를 짓고 밖으로 나갔다. 정미도 일어나 옷을 입지 않고 바람소리의 뒤를 따랐다. 숲으로 들어서니 공기가 상쾌했다. 나무와 풀들도 기지개를 켜는 것 같았다. 여기저기서 안녕이라고 인사를 하는 것 같았다. 정미도 주위를 돌아보며 안녕, 하고 작은 소리로 대답했다.

원주민들은 물가에 이르자 조용히 들어가 세수를 하고 물을 몸에 끼얹었다. 팔과 어깨 배 다리를 정성껏 씻었다. 정미도 그들을 따라 정성껏 몸을 씻었다. 조금 지나자 산 위에 붉은 기운이 퍼지는가 싶더니 밝은 빛이 물가로 쏟아졌다. 빛이 몸에 닿자 평온한 마음이 들었다. 원주민들은 씻는 것을 멈추고 고개를 약간 숙였다. 정미 또한 고개를 숙였다. 무아지경이라는 것을 이럴 때 쓰는 것일까. 아무 생각이 들지 않았다. 내 몸 자체를 자연의 일부로서 느껴졌다.

시간이 조금 지나 원주민들이 하나 둘 물 밖으로 나가자 정미도 나왔다. 몸이 개운했다. 집까지 걸어가다 보면 물기가 마를 것 같았다. 집에 도착하면 아침을 먹고 감자를 캐러 가거나 열매를 따러 갈 것이었다.

"오늘 마지막 재판인데 갈 거예요?"

정미는 바람소리의 뒤를 따라 걸으며 물었다.

"안 갈 거예요. 아마도 모두 안 갈 거예요."

"왜요? 오늘 재판 결과가 나오는데요?"

정미의 말에 바람소리는 아무 말 없이 걸어가기만 했다. 또 묻기도 이상해서 그냥 뒤만 졸졸 따라갔다. 얼마 못 가 정미는 또다시 물었다.

"선교사도 있던데 교회나 절에 나오라고 안 하던가요?"

"오라고 해서 갔었어요. 하느님에게 속죄를 하라고 하더군요. 하느님을 믿어야지 천국에 가고 안 믿으면 지옥에 떨어질 거라고 했어요."

"그래서요?"

"난 그들이 말하는 하느님을 믿지 못하겠어요. 하느님이 이 세상을 창조했다면 왜 그들이 우리들을 내쫓고 못 살게 하겠어요. 우리와 그들이 똑같이 살게 해 줘야 하는 게 아니에요? 하느님은 그들만의 하느님 같아요."

"그러네요. 하느님도 힘 있는 사람들 편이네요."

정미는 씁쓸히 웃었다. 지금까지 겪어온 바에 의하면 이 세상은 항상 힘 있는 자들의 편이었다. 문득 하숙집 주인이 떠올랐다.

어느 날 밤 자고 있는데 방문이 덜컥 열렸다. 문을 잠근다고 했는데 잠그지 않았는가. 시커먼 물체가 방으로 들어왔다. 정미는 자는 척 가만히 있었다. 도둑이면 조용히 가져갈 것을 가져갔으면 싶었다. 하지만 물체는 어둠이 눈에 익기를 기다렸다가 정미의 옆에 누웠다. 정미는 그제야 도둑이 아님을 깨달았다. 일어나 소리를 지르려고 했는데 커다란 손바닥이 입을 가렸다. 그리곤 다른 손으로 옷을 벗기기 시작했다. 정미가 반항했지만 역부족이었다. 속수무책으로 당했다. 하지만 그 다음이 더 충격적이었다. 일을 끝낸 물체가 옷을 입는데 눈에 익었다. 정미는 잠시 생각하다가 기가 막혀 숨도 제대로 쉴 수가 없었다. 하숙집 주인이었다. 이럴 수가. 정미는 분노로 떨고 있는데 주인도 눈치챘는지 한 마디 했다.

"너무 서러워 마라. 나도 다 안다. 니 아버지, 아버지 아니지?"

정미는 말을 못했다. 아빠가 자신을 보호할 겸 감시자로 주인을 선택했는데 이제 주인이 달려들다니. 그때 정미는 아빠도 죽이고 주인도 죽이고 자신도 죽으리라 마음먹었다. 그 다음 날이 금요일이라 수업을 빼먹고 집으로 왔다. 아빠는 밤늦게 집으로 왔는데 동생도 함께 왔다. 동생은 오랜만에 만났는데 여전히 인사도 없이 방으로 들어갔다.

"제 유학 간단다."

그 말 뿐이었다. 어쩌면 동생까지도 죽이려 했을지 몰랐다는 생각이 들었다.

결국은 아무도 죽이지 못했다. 잘한 것일까. 그러면 나도 여기 없을 텐데. 정미는 바람소리의 뒤를 따라가며 이제는 그들을 마음에 지울 수 있을까, 생각했다. 이틀 동안 이곳에서 원주민들과 생활하며 그들을 잊어버린 것은 사실이었다. 계속 이렇게 산다면 앞으로 영원히 잊을 수 있을 것 같았다.

11

판사는 아직 술이 깨지 않은 눈으로 법정을 돌아보았다. 회사 사람들과 옷을 입은 원주민들만 있었다. 이 미개인들에게 법이 얼마나 무서운지 보여줘야 하건만 오늘 왜 안 온 거야. 판사는 쑤셔오는 머리에 인상을 찡그렸다. 몸에서는 아직도 똥냄새가 났다. 또한 몸이 몹시 가려웠다. 따끔따끔하기도 했다. 왜 몸에서 똥냄새가 나고 몸이 가렵고 따끔거리는지 판사는 이해를 할 수 없었다. 향수를 듬뿍 뿌렸는데도 그랬다.

판사는 심호흡을 하고 상의 주머니에 손을 넣어 서류를 꺼냈다. 판결문이었다. 꾸깃꾸깃한 판결문에서 똥냄새가 났다. 판사는 인상을 찡그렸다.

어제 낮에 판결문을 작성했는데 오늘 아침에 법정으로 나오려고 하니 판결문이 보이지 않았다. 분명 탁자에 올려놓았는데, 아무리 찾아도 없었다. 그때 순간 화장실 휴지통이 떠올랐다. 새벽에 똥이 마려워 급한 김에 가져간 종이? 밑을 닦았던 게 판결문? 판사는 급하게 화장실로 가서 휴지통을 뒤졌다. 맙소사. 판결문은 꾸깃꾸깃해 있고 똥이 여러 군데 묻어 있었다. 이게 뭐야. 판사는 기겁을 했다. 지금 가도 재판 시간에 늦었는데 사무실까지 가서 다시 판결문을 프린트할 수도 없었다. 물로 씻었다. 그러면서 생각했다. 어찌된 일인가. 그러자 설사가 나서 새벽에 화장실에 간 기억이 났다. 똥이 마려워 일어나니 몸이 알몸이었다. 왜 이렇지? 옷을 안 입고 잤나 싶어 주위를 둘러보니 아무도 없었다. 어젯밤 술을 마신 기억은 나는데 숙소로 어떻게 왔는지 기억이 나지 않았다. 다만 몸에서 똥냄새가 진동을 했다. 원주민 여자아이를 데리고 잤을 텐데 보이지 않았다. 급한 김에 일단 화장실에 갔다. 쫙쫙, 쏟아졌다. 한참동안 누고 나서 돌아왔다. 자려고 누웠는데 또다시 아랫배가 사르르 아프면서 설사가 나려고 했다. 다시 일어나 화장실로 가려다가 방금 다녀올 때 화장지를 다 썼다는 생각이 들었

다. 급한 김에 탁자에 있는 종이를 들고 간 기억이 났다. 맙소사. 놀라
자빠질 뻔했다.

판사는 꿈이야 꿈. 그러면서 판결문을 물로 씻었다. 하지만 누렇게
된 판결문은 잘 씻기지 않았다. 글자도 흐릿하며 몇 글자는 똥물이
들어 잘 보이지도 않았다. 급한 대로 들고 왔더니 계속 똥냄새를 풍겼
다.

흠. 판사는 서류를 책상 위에 놓았다. 냄새가 코를 찔렀다. 내 인생
에 최악이구나. 빨리 끝내고 사무실로 가서 다시 프린터하자 싶었다.
마이크를 앞으로 당겼다. 글자가 희미하고 몇 글자가 안 보였지만 어
제 기억을 되살리며 대충 읽어나갈 계획이었다.

"사건번호 이공일…… 오 기단 사오팔이…… …… 살인 및 국가재
산파손죄…… 피고인 풀 위에 눕다…… …… 주문 …… 사형에 처
한다…… …… 이유 범죄사실 피고인은 이천일십오년 …… …… 일
성기업의 …… 파괴하고 기업 직원 여섯 명 원주민 다섯 명을 사망케
…… 직원 여덟 명 원주민 다섯 명을 다치게 하였다 증거의 요지……
…… 일 콤마 피고인의 일부 법정 진술 일 콤마 증인 푸른 천둥 법
정 진술 증인…… …… 법정진술 …… ………… 일 콤마 …… ……
…… 법령의 적용 ………… 범죄 사실에 대한 해당 법조 …… ……
형법 …… 제 …… …… 오칠…… …… 호 …… 양형의 이유 피고인
은 명백한 증거와 증인이 있음에도…… …… 호도하고 선동하여 ……
…… …… 반성의 기미가 없으므로 영원히 이 사회와 격리시키는 게
사회의 안정과 ………… 참작하여 주문과 같이 형을 정한다 콤마 판
사 황태섭"

판사는 휘유, 한숨을 내쉬었다. 서둘러 폐정을 하고 서기가 판결문을 받으러 오기 전에 재빨리 법정을 떠났다.

*** 최후진술의 일부는 빠빠라기(에리히 쇼일만 엮음 최시림 옮김 정신세계사 1990년)에서 인용하였습니다.